多维视角下英美女性文学研究

齐心 著

吉林大学出版社

·长春·

图书在版编目（CIP）数据

多维视角下英美女性文学研究 / 齐心著. —长春：吉林大学出版社, 2020.2
ISBN 978-7-5692-6062-5

Ⅰ.①多… Ⅱ.①齐… Ⅲ.①英国文学—妇女文学—文学研究②妇女文学—文学研究—美国 Ⅳ.①I561.06②I712.06

中国版本图书馆CIP数据核字(2020)第021002号

书　　名：多维视角下英美女性文学研究
DUOWEI SHIJIAO XIA YINGMEI NVXING WENXUE YANJIU

作　　者：齐　心 著
策划编辑：樊俊恒
责任编辑：樊俊恒
责任校对：赵　莹
装帧设计：达诺传媒
出版发行：吉林大学出版社
社　　址：长春市人民大街4059号
邮政编码：130021
发行电话：0431-89580028/29/21
网　　址：http://www.jlup.com.cn
电子邮箱：jdcbs@jlu.edu.cn
印　　刷：长春市昌信电脑图文制作有限公司
开　　本：787mm×1092mm　　1/16
印　　张：11.75
字　　数：240千字
版　　次：2020年2月第1版
印　　次：2020年2月第1次
书　　号：ISBN 978-7-5692-6062-5
定　　价：45.00元

版权所有　翻印必究

前　言

女性文学可以称为女性解放文学、女性主义文学，从广义上来讲，女性文学一般指具有女性性质的文学或由女性执笔写作的文学。英美女性文学起源于19世纪30年代初，自古以来关于女性的话题不断，多以性别偏见来审视女性。直到文艺复兴时期，随着时代的进步以及生产力的发展，女性意识才逐渐从英美文学中建立起来。在20世纪30年代以后，女性的社会地位发生了变化，她们逐渐拥有了选举权、财产权等以往所没有的权利，并拥有了自由工作的时间，英美诞生了许多著名的女性文学作家，也产生了许多我们耳熟能详的佳作。英美文学中的女性意识象征着性别歧视的弱化，女性的崛起，为当前社会男女平等的发展做出了重要的贡献。

本文共有八个章节。

第一章是对英美女性文学的概述，简述英美文学中的女性意识的发展与体现，及对当代女性价值观的影响；

第二章以女性主义文学理论的开山鼻祖英国女作家弗吉尼亚·伍尔夫为例，简述了女性主义文学理论，弗吉尼亚·伍尔夫的女性主义文学理论内涵丰富而精深，是社会发展和时代精神的必然产物，对女性主义文学理论的产生和发展起到了重要的奠基作用；

第三章英美文学小知女性形象研究，通过对英美女性文学作品中的小知女性形象的探析，梳理了19世纪以来西方文学作品中的小知女性形象，深入探析19世纪以来英美女性作家的经典作品中的小知女性形象以及对她们在文本中的话语特征、所处时代和各自国家的地理环境、社会历史中的跨文化进行了比较研究；

第四章英美黑人女性主义文学研究，黑人女性主义主张对传统女性主义思想做出了重要修正与必要补充，重新定义了女权主义运动的政治目标，对女权主义运动中所存在的种族主义、性别主义、阶级主义进行了严厉的批判。与此同时，胡克斯更以其敏锐的身份自觉，要求颠覆黑人女性的支配性形象并揭示其背后的话语霸权，主张重构黑人女性主体；

第五章是对美国华裔女性文学的研究。探索了20世纪90年代后的美国华裔女性作家沿袭了前辈的哪些传统，又进行了个性化的创作。本章从探寻华裔作品的文学性价值出发，挖掘美国华裔作品的文学特征中的普遍性和特殊性，确定美国华裔女性小说跨世纪研究的重要价值所在；

第六章是对多维视野中的女性文学批评的研究。鉴于肖瓦尔特批评理论的重要影响，以伊恩·肖瓦尔特的女性主义文学批评理论为切入点，对其批评理论进行梳理分析，从而进一步研究阐释；

第七章是英美女性主义文学批评影响下的中国女性主义文学批评，将回顾与前瞻相结合，倡言中国女性文学多"拿来"英美女权意识，与时俱进，为中国女性主义文学旗帜设计略遣愚衷，为建设有中国特色的女性文学大厦添砖加瓦；

第八章是英美女性文学解析，以美国黑人女性文学中姐妹情谊的建构作为批评审视的对象，探讨姐妹情谊这一术语怎么从妇女解放运动中的一个政治口号发展成女性主义批评中的一个理论术语，又如何被黑人女性主义及批评发展性地运用，最后以美国黑人女性文学不同发展时期三位女性作家佐拉·尼尔·赫斯顿、艾丽丝·沃克、托妮·莫里森代表作品中对姐妹情谊的建构为例探讨这一术语如何进入美国黑人女性文学的创作中，探析姐妹情谊这一术语在这种发展中是如何表现出来的，力图揭示姐妹情谊在美国黑人女性文学中建构的意义。

由于作者水平有限，书中难免有不当之处，恳请各位专家、同行和广大读者批评指正。

编 者

2019年4月

目 录

第一章　英美女性文学概述 ··· 1
　第一节　英美文学中女性意识的发展与体现 ································· 1
　第二节　英美女性文学对当代女性价值观的影响 ···························· 7
　第三节　跨文化视野下中国女性文学与英美女性文学的比较 ············ 10
第二章　女性主义文学理论——以弗吉尼亚·伍尔夫为例 ··············· 14
　第一节　弗吉尼亚·伍尔夫的女性主义文学理论概述 ····················· 14
　第二节　弗吉尼亚·伍尔夫的女性主义文学理论在作品中的体现 ······ 16
　第三节　英美学派对弗吉尼亚·伍尔夫女性主义文学理论的继承与发展 ··· 21
第三章　英美小知女性形象文学研究 ··· 23
　第一节　小知女性的基本形象特征 ·· 24
　第二节　小知女性的源头 ·· 32
　第三节　英国小知女性的文学表现 ·· 34
　第四节　美国小知女性的文学表现 ·· 43
　第五节　英美小知女性形象异化的原因 ···································· 57
第四章　英美黑人女性主义文学研究 ··· 64
　第一节　黑人女性主义思想的历史文化背景 ······························· 64
　第二节　关于黑人女性的自传性写作问题 ································· 72
　第三节　关于黑人女性文学的文学理论问题 ······························· 76
　第四节　黑人女性主义文学思想的意义 ···································· 80
第五章　美国华裔女性文学研究 ·· 83
　第一节　美国华裔文学概述 ··· 83
　第二节　美国华裔女性文学写作专业化 ···································· 87
　第三节　美国华裔女性文学书写与思想的升华 ···························· 89

第六章　多维视野中的女性文学批评研究——伊莱恩·肖瓦尔特的女性主义文学 …… 94
第一节　理论溯源 …… 94
第二节　女性文学大厦的构筑 …… 97
第三节　女性主义文学批评理念的构筑 …… 103
第四节　肖瓦尔特对英美女性主义文学批评发展的影响 …… 118

第七章　英美女性主义文学批评影响下的中国女性主义文学批评 …… 120
第一节　英美女性主义文学批评对中国女性主义文学批评的影响 …… 120
第二节　从他者阐释走向主体建构的中国女性主义文学批评 …… 128

第八章　英美女性文学解析 …… 138
第一节　英美女性暗黑婚姻文学探析 …… 138
第二节　美国黑人女性文学中的姐妹情谊探析 …… 157

参考文献 …… 179

第一章

英美女性文学概述

对于大多数人来讲，女性文学和英美文学都是非常熟悉的文学形式，但是对于它们的概念的界定，却很难准确地实现。只有了解了英美文学和女性文学的基本概念以及女性文学的一些基本信息，我们才能更好地去解读女性文学在英美文学中的相关情况。

第一节 英美文学中女性意识的发展与体现

自古以来关于女性的话题不断，多以性别偏见来审视女性。直到文艺复兴时期，随着时代的进步以及生产力的发展，女性意识才逐渐从英美文学中凸显出来。英美文学中的女性意识象征着性别歧视的弱化，女性的崛起，为当前社会男女平等发展做出了重要的贡献。主要以英美文学中女性意识的出现、发展以及实际体现作为研究内容，以便更深入地将其融入实践中。

一、英美文学中的女性文学

英美文学中的女性意识主要体现在女性文学中。女性文学与英美文学从严格意义上来讲是两个不同的概念，具有不同的界定，但两者之间又有不可分割的关系。英美文学是一个十分广义的概念，只要是属于英美地区的文学作品都可以被宽泛地称为英美文学，主要展示的是当地人们的生活习俗、社会现状等。英美文学具有久远的历史，在文学史上占据了一定的地位，其独有的浓烈情怀推动了文学的发展。

女性文学是完全可以自成一派的文学，其主要是从女性角度出发，充分考虑女性的内心思想，理解女性的"三观"，借助女性细腻的情感，展示女性跌宕起伏的命运，警醒社会中处于弱势的女性，号召女性积极争取女权的文学形式。

女性文学与英美文学又是不可分割的，女性文学开始于英美文学，从英美文学中发展而来。虽然英美文学历史久远，但是女性文学一直处于不温不火的状态，其真正受到人们的关注与欣赏源于文艺复兴时期女性文学的出现。女性文学迄今为止一直是各个国家文学研究关注的文学类型，也一直被众多读者关注。

二、英美文学中女性意识的发展历程

英美文学中的女性意识并不是一蹴而就的，而是经过了漫长的、曲折的发展历程，分别经历了启蒙、发展以及逐渐成熟三个时期，在发展期间出现了无数著名的作家和闻名的作品。

（一）文艺复兴到18世纪末——启蒙时期

从文艺复兴时期到18世纪末期间，资产阶级经历了第一次工业革命，在经济上有了前所未有的飞跃。有了经济作为基础，人们的思想观念也开始逐渐发生改变，不再局限于传统的思维，而是萌发了女性与男性之间权利争夺的思潮。越来越多的女性开始意识到自己地位的不平等，要求平权。

这种思潮的出现促使英美文学中出现了一批女性文学作品。这些作品主要是以诉求男女平等、号召女性勇于抒发自己的心声为中心思想，抨击社会中的不公平现象。这个时期的女性作家以玛丽·沃斯通克拉夫特和玛丽·雪莱为代表，她们的代表作分别是《为女权辩护》和《弗兰肯斯坦》。

虽然追求平权运动在当时引起了很大的轰动，但是这个时期还处在启蒙阶段，文学作品中体现的女性意识还比较浅显，仅仅停留在追求男女平等上。当然这在当时已经是女性意识最深刻的体现，女性能够勇敢地向社会发声，挑战男权社会，已经是伟大的进步。

（二）19世纪——发展时期

有了启蒙时期的铺垫，19世纪发展时期出现了女性文学的第一次繁荣。女性意识已经从单纯的平权意识发展到了更深层次，女性开始追求人权，追求女性解放。不仅如此，由于随着生产力的发展，工业化越来越严重，很多女性开始厌倦这种生活，她们更喜欢自然中的生活，希望能够回归自然，能够得到心灵的慰藉。由此，这时期出现了生态女性主义。

伴随着越来越多的女性的追求，女性文学作家和作品如雨后春笋般发展起来，最具代表性的作品当属艾米莉·勃朗特的《呼啸山庄》、夏洛蒂·勃朗特的《简·爱》以及乔治·艾洛特的《亚当·比德》。

这三部作品在19世纪被称为"三杰"，它们主要通过女性身上发生的悲惨爱情、坎坷人生来塑造不屈、坚强、独立、勇于反抗的女性意识。用人物描写和故事叙述的形式唤起社会中的女性意识，进行女性解放运动。虽然这个时期的女性有了自主、自强的意识，但是依然困守家中，没有经济来源，没有自己的事业，在很大程度上需要依靠男人，想要彻底摆脱男权社会有很大难度。

（三）20世纪至今——逐渐成熟时期

从20世纪发展到现在，女性意识完全不一样了，女性不仅有了自强自立的意识，更有了实现独立自主的能力。她们不再只能是家庭主妇，而可以是活跃在各个工作职位上的职场女性。当然，有了新的经济基础，自然会有更深层次的女性意识，它完全从个人浪漫主义情怀中脱离出来，上升到了国家主义情怀。女性文学又向更深层次挖掘女性意识，即政治问题和自我价值实现问题。这一时期的文学代表作以玛格丽特·米切尔的《乱世佳人》和多丽丝·莱辛的《金色笔记》为主。这两部作品的故事内容的共同特点是不再仅仅描述发生在女性自身上的事件，而是将女性与当时的社会、时代以及家园结合在一起。英美文学中的女性将抛却传统思想——女性就是弱者，将自己归纳到社会主体中，同男性一样能够心系国家，为社会做贡献。

三、女性意识在英美文学中的体现

女性意识在英美文学中都有十分明显的体现，它们均是以故事描述、人物描写的形式来展示的，以此体现出女性在男权社会中受到不公平对待后激发出的不屈服、自强自立的女性意识。本节以《简·爱》《傲慢与偏见》和《乱世佳人》为实际案例，详细分析女性意识在英美文学中的体现。

（一）《简·爱》中女性意识的体现

《简·爱》是女性作家夏洛蒂·勃朗特的代表作品，她用丰富的情感、华丽的词句塑造了一个敢于追求平等爱情、不向命运低头的女性。通读全文都可以感受到女主角不屈的个性，尤其是简·爱对自己喜欢的男人罗切斯特先生的表白更是全面地展示了那种不屈、平等的意识。

"你以为我会无足轻重地留在这里吗？你以为我是一架没有感情的机器人吗？你以为我贫穷、低微、不美、渺小，我就没有灵魂，没有心吗？你想错了，我和你有一样多的灵魂，一样充实的心。如果上帝赐予我一点美、许多钱，我就要你难以离开我，就像我现在难以离开你一样。"

这是一段发自肺腑的表白，情感至深，更是一段历史性的独立宣言。

简·爱与罗切斯特有一样的灵魂，即使她是贫穷的，是低微的。她能清楚地认识到自己的处境，以一颗纯净的心来爱罗切斯特，但绝对不会因为爱情或者是金钱而屈服。当知道罗切斯特有妻子的时候，简·爱能够明确地拒绝，哪怕他的妻子是疯子，如不存在一般，也不能将就，毫无停留地决绝离去。她不会因为外界的一切负担而屈服于现状，成为一个有妇之夫的情妇。简·爱的离去并不是不爱，而是争取平等。当庄园被烧毁之后，罗切斯特已经不再富有，而且失明，简·爱反而不顾一切地回到他的身边，与他共同生活。这正是具有独立思想的、追求平权的女性形象。

作为女性，可以没有金钱，可以长得不美丽，也可以没有很好的社会背景，但是一定要有自己的信仰，不随波逐流，能够坚强独立。《简·爱》这部作品的诉求就是如此，它生动形象地塑造出了简·爱这么一个鲜活的女性形象。《简·爱》的出版在当时引起了极大的轰动，唤醒了一大批女性的意识，为女性解放运动打下了坚实的基础。

（二）《傲慢与偏见》中女性意识的体现

《傲慢与偏见》是简·奥斯汀的代表作，故事从一座乡村庄园中父母为五个女儿选择夫婿开始。该作品把五个姐妹不同性格、不同思想的女性形象进行比较，其中的女性分为三派：传统的屈服于男权社会的女性为一派；以伊丽莎白作为典型的现代女性形象为一派；缺乏自我认知的无知女性为一派。故事以自成一派的伊丽莎白与达西的美满结合作为结局。

伊丽莎白与达西的故事发生在资产阶级向工业化转变的时期，具有浓厚的封建思想。伊丽莎白家有丰富的财产却不能继承，只能想尽办法寻求条件好的丈夫，依赖丈夫，在家里相夫教子。正是在这种社会背景下，伊丽莎白向男权社会发起了挑战。用她的智慧和思想俘获了名门之后达西的心，促成了一桩门不当、户不对的婚姻，打破了当时的封建思想。在面对自己的丈夫时，伊丽莎白也不会只是屈服和讨好，而是始终坚持"你不能控制我，你只能爱我"的思想。而且文中达西也为了伊丽莎白放弃了对女性的传统偏见，愿意付出真心获得美人归。这是一个轻松美满的文学作品，但是在轻松之下确实对男权进行了抨击。伊丽莎白的姐姐简与伊丽莎白相比各方面均略胜一筹，既美丽又有才华，既温柔又乖巧，但是却差点成了男权社会的牺牲品。第三个女儿玛丽又是另外的一面镜子，有才华，但是没有自我认知，不能充分认识自己，最终使自己和整个家族都名誉扫地。这是对现实中女性的警醒，在渴望爱情时不可丢了尊严，面对不公时要勇于反抗，时时刻刻保持清晰的独立思想，认清自我。

通过作品可以发现作者奥斯汀自身就是一位具有独立意识的作家，不会过分歌颂女性，但会通过真实的生活现象来展示。她并不会为现代女性划定一个框架，而是抛却背景、家室和性别，从德行、才华和见识等角度评价一个人，这是最基本的人格平等的女性意识。

（三）《乱世佳人》中女性意识的体现

《乱世佳人》是玛格丽特·米切尔的代表作，这部作品随着时代的进步已经将女性意识上升到了更高层次。文中的女主角斯嘉丽在女性意识觉醒上经历了漫长的历程。

斯嘉丽本是生活富足的庄园小姐，在当时的社会背景下已经具有了一定的女性意识，能够不卑不亢地追求爱情。斯嘉丽就是这样一位女性形象，拒绝父亲的婚姻包办，拒绝不喜欢的男人的追求，勇敢地追求自己的爱情。这种思想独立、勇于追求的女性意识展现得十分突出，但是对外界社会的现状斯嘉丽却一无所知。直到斯嘉丽对心爱的男人表白失败，阴差阳错地成为寡妇，经历了压抑痛苦的生活，尝到了社会中贫民的艰辛之后，斯嘉丽的女性意识迈入了更深的层次，从自身的浪漫主义上升到了国家情怀。

在内战混乱时期，斯嘉丽为了维持生计开始走出家门，进入社会，用自己的双手努力奋斗。斯嘉丽迈出的这一步是对社会风俗的反抗，打破了"女子无才便是德"的传统思想。最终斯嘉丽自己经营工厂，与男性公平竞争，完全摆脱了对男性的依赖，完全走出了男权社会，真真正正地获得了女性独立。

这个时期的女性意识觉醒已经跳出了自己的情感世界，与社会、国家结合在了一起，为生活而不屈不挠，不仅仅是在感情上的不屈服，更是生活上的不屈服，是女性意识极大的蜕变与成长。

四、英美文学中女性意识体现的意义

英美文学中体现的女性意识是时代的一块敲门砖，打破了传统的社会风气，加快了社会发展的脚步，对社会的发展、人类文明的进步有着重要的意义。

（一）英美文学中女性意识的体现有助于女性的自我发展

受到英美文学的熏陶，社会中有越来越多的女性意识到女权的重要性，能够有意识地提高自己的独立自主意识，能够勇于迈出抗争的脚步，敢于追求爱情、追求自己想要的东西。

女性意识的提高会使得更多的女性勇敢走出家门，选择自己喜欢的职业，打破包办婚姻，选择自己喜欢的人。如此一来，女性这一词不再只是妻子、母亲，还可以是创业家、科学家或者是文明创造者等，具有多重意义，使更多的女性像男性一样不断通过自己的努力获得自我发展，也成为社会发展中的积极分子。

（二）英美文学中女性意识的体现有助于和谐家庭的建立

在男权社会中，一个家庭只有男性说得算，女性毫无地位可言，只是一味地服从。男性可以三妻四妾，女性却要"三从四德"。自古讲求阴阳调和，这种不平衡的家庭模式是不利于社会发展的，对家庭也是没有益处的。

女性有了自我意识，具有独立的思想，不再依赖于丈夫，与丈夫站在同一位置，无论是在生活上还是在事业上都可以助丈夫一臂之力，帮助丈夫共同建立和谐家庭，这样的平衡关系才能使家庭更加和谐。女性作为繁衍后代的源泉，如果没有地位、没有权利，仅仅是生育工具，又怎能促进社会的进步呢？只有女性不断地自我提升，才能繁衍出更加出色的后代，才能促进社会的发展。

（三）英美文学中女性意识的体现有助于社会的进步

自古以来，在社会建设上都只有男性出力。男性有力量，具有逻辑性，这是男性的优点，但男性也有缺点，如粗心大意、缺乏柔性。这些缺点正需要女性来弥补，女性心细、温柔，可以补充社会中男性的短板。如今更多的女性已经走出家门，为社会的发展奉献了自己的一分力量，并且在很多工作上都展示了自己的长处。例如，女性用自身的温柔、耐心坚守在幼儿教育行业，为社会输送人才。

至今为止，女性意识的发展也进入了成熟阶段，可以与男性共同为社会的进步奉献一分力量。

英美文学中女性意识的体现是随着生产力的发展经历了漫长的历程出现的，过程中女性意识由浅入深，由只关注个人情感到心系国家。这个漫长的发展过程不仅对女性自身的发展有重要的意义，对社会的进步也有积极的作用。但是目前性别不平等的观念仍然在某些国家存在，所以我们必须通过各种方式帮助女性意识发展。

首先，国家要承认女性的权利和地位，并且将其体现在法律上，给女性一个重要的保障。其次，不仅要有国家的保护，还要有社会的保护。要不断向社会宣传女性地位的重要性，让人们建立女性意识，自发地尊重女性。最后，虽然在某些方面女性确实比不上男性，但这并不代表着女性就是弱势群体，女性要学会多角度思考问题，努力在自身擅长的区域做出贡献。相信经过国家、社会和个人的努力之后，女性的自我意识会不断发展，为共同建立和谐有序的社会提供积极助力。

第二节　英美女性文学对当代女性价值观的影响

女性文学可以称为女性解放文学、女性主义文学，从广义上来讲，女性文学一般指具有女性性质或由女性执笔写作的文学。英美女性文学的产生是以 1929 年英国作家维尼吉亚·沃尔夫的《自己的房间》为标志的。从 20 世纪 30 年代以后，随着社会的发展，女性的社会地位发生了变化，她们逐渐拥有了选举权、财产权等以往所没有的权利，并拥有了自由工作的时间，由此，社会上涌现了一大批女性作家，如简·奥斯丁、夏洛蒂·勃朗特、艾米莉·勃朗特，以及著名女诗人艾米莉·狄金森等都生活在这个时期。我们熟知的作品《呼啸山庄》《简·爱》《傲慢与偏见》等也都产自这个时期。这些佳作丝毫不逊色于男性的文学作品，从这些作品中我们可以看到女性人性中特有的闪光点。

一、英美女性文学特有的价值观

（一）勇于追求自由和敢于反对禁锢的人性主义

英美女性文学中很多女主人公由于失去了经济上的自主性，以及其他各种客观原因，处于被动的局面。但是即便在这种被动的局面中，她们依然怀有追求自由、反对压迫的精神，甚至为了自由可以付出自己的生命。以传世佳作《呼啸山庄》为例，小说以呼啸山庄女管家埃伦·迪安的口吻讲述了从小被父母遗弃的吉卜赛人希斯克利夫在被山庄老主人收养后，因自己的出身无法和青梅竹马的凯瑟琳长相厮守，遂离开自己成长的地方外出谋求财富，待其在物质财富方面获得成功后返回他的伤心之地，对娶凯瑟琳为妻的地主林顿及其子女展开报复的故事。在刚刚出版之时，小说曾被人当成作者不切实际的云游故事，但基于英国社会的种种现象和激烈的阶级斗争这一社会大背景，很快这部小说就拥有了众多读者，在当时的文学评论界逐渐获得了高度认可。直到今天，基于这部小说改编而成的影视作品仍在全球各地经久不衰地上映着。《呼啸山庄》以艺术的想象形式再现了人们在十九世纪资本主义社会中所受的精神上的压迫以及理想与现实之间的矛盾冲突。

《呼啸山庄》中的芸芸众生并不全然是大自然的囚徒，在他们生活的这个世界里，人生之旅偶有顺利，但更多的却是痛苦。这部小说一方面通过曲折离奇的故事情节，独具匠心的人物形象塑造，描绘了一幅英国乡村庄园的静谧生活画卷，也反映了当时人们对于爱情和婚姻的信念和观点，也更为深刻地反映了在工业化革命背景下，远离喧嚣都市的庄园生活所受到的异化影响。由于对凯瑟琳炽烈的爱恋无法在现世进行而迸发出的痴狂的报复，小说的最后，希斯克利夫完成了他所谓的复仇使命，但是他一点也不开心，最终他选择自行了断，结束了自己的生命。而在他欣然赴死前，彻底地放弃了在年轻一代身上报复的念头，这阐明了他的本性是善良的，并不邪恶，只是异化的社会摧残了他的天性，所幸他善良的本性并未泯灭。这种人性的复苏闪耀着作者所崇尚的人本主义的理想，深刻地反映了作者追求自由、反对压迫的精神。

（二）不甘屈辱，勇于守卫尊严和表露情感

英美女性文学很多作品都反映女性不甘屈辱、勇于追求尊严和爱情的价值观念。以夏洛蒂·勃朗特的代表作《简·爱》为例，小说讲述的是一位从小变成孤儿的英国女子在各种磨难中不断追求自由与尊严，坚持自我，最终获得幸福的故事。这部小说通过对女主人公多舛人生经历的描绘，成功地塑造了一个不甘于现状、不甘受辱、敢于抗争的现代女性形象，反映了一颗平凡心灵在敞开心扉之后受到的责难以及对爱情和幸福的渴望。主人公简·爱是一个生活在社会底层，历经磨难却心地纯洁善良，并且能够独立思考的女孩子。作者运用深刻细腻的心理描写和浓郁抒情的笔法，展示了男女主人公跌宕起伏的爱情经历，赞扬了不屑于一切旧习俗和偏见，根植于相互尊重、彼此理解基础之上的真挚爱情。

和绝大多数长相平凡的女孩一样，简以其独特的个性和气质打动、吸引别人。她是有魅力的，同时她也能够独立坚强，最重要的是她骨子里的善良。她的成长经历很坎坷，但是她的人格是健全的，是美好、善良的，她被伤害、被欺骗却依然保有良知和自我，她永远只做她自己，不会因外部因素而改变自身最本质的东西，充分地反映了作者对尊严和爱的追求。

二、英美女性文学对当代女性价值观的呼唤

（一）英美女性文学呼唤当代女性独立自主的价值观

在英美女性文学中，女主人公大多有一个共同的特点，那就是独立、质朴，敢于争取自己的权利。在19世纪末的英国和美国，爆发了妇女争取参政运动，她们的首要目标就是取得选举权，继而争取在文化、教育以及工作上等同于男子的权利。女权运动在经历了多年反复和挫折之后，女权主义者也渐渐变得成熟起来，从开始时注重外在条件上的平等需求转向女性自身对家庭角色和社会生活的种种体验，转向灵魂深处的内心需求。

著名作家托妮·莫瑞森的《最蓝的眼睛》就运用了大量的细节体现了一个黑人小女孩皮科拉·布里德洛瓦追求独立的价值观念。小说的发生时间被设定在1940年前后，小说是以第一人称的口吻写成的，文中的克劳蒂亚·麦克蒂尔是皮科拉仅有的朋友，她比皮科拉小两岁。在一个白人占绝对主导地位的社会，作为黑人的皮科拉开始幻想：要是自己有一双莱塞的眼睛，自己的皮肤是白色的，那她的生活就会变得美好起来。她亲眼看见自己

的父亲随着梦想的破灭由一个正常人蜕变成了一个暴徒，深爱着她的母亲波林则由于生计的原因进入了一家普通的白人家庭做女仆。随着故事情节的推移，主人公皮科拉·布里德洛瓦也受到了许多非人的待遇，这一切遭遇使得皮科拉完全丧失了与现实的接触，她发了疯。皮科拉甚至认为，她的确已经拥有了一双迥异于他人的蓝色眼睛，而且还幻想自己拥有一个亲密无间的朋友，这个朋友十分珍视自己，总是不离自己左右。该部小说运用了大量的象征主义描写手法，揭示了当时社会制度下人们扭曲的心灵，也揭示了一个不起眼的平凡女孩追求独立、自由的精神。

（二）英美女性文学呼唤当代女性要拥有先进的思想和丰富的精神

在19世纪的英美国家，自由、平等、博爱的精神其实尚未在女性阶层中得到全面普及，但是纵观这个时期女性文学的主人公，大多都具有追求自由、平等和博爱的精神，英美女性文学作品大多强调女性应该在自己的生活中占据绝对的主导地位。以《乱世佳人》为例，这部小说的背景是美国南北战争爆发前夕，在乔治亚州一个名叫塔拉的庄园中，主人公斯嘉丽爱上了阿希礼，而阿希礼却选择了表妹梅勒妮，斯嘉丽向其表白，但是却惨遭阿希礼·威尔克斯的拒绝。随后，女主人公斯嘉丽辗转进入伤兵营，并遇到了男主人公瑞德，故事就围绕着两人的感情和环境的变化展开。年轻的斯嘉丽任性妄为，在她的三次婚姻经历中，自己的内心世界和精神生活也发生了质的飞跃，到了小说的结尾，她终于明白自己一生追求的是什么。但是斯嘉丽又有着坚韧不屈的品格，无论是面对母亲和父亲的过世、生活的举步维艰，还是女儿的夭折，在和她承受同样的痛苦和艰难的人们当中，她都是最刚强、最坚韧的一个和最先从痛苦和艰难中走出来的一个。当斯嘉丽面对着已是满目疮痍的塔拉庄园时，她的坚韧和刚强令她这个家中的长女担起家长的重担。在小说的最后，主人公微笑着说："明天又是新的一天。"当代女性面临的挑战较多，在应对挑战时，要向英美女性文学的主人公学习，不断丰富自己的内心世界，得到精神层面的升华，做一个有思想、有内涵的现代女性。

（三）英美女性文学呼唤当代女性要珍惜自己，珍爱生命

随着社会竞争的不断加剧，近年来经常可以听到一些年轻女性自杀的消息，她们在最灿烂的年华却用这种方式告别了人世，这不仅是她们的悲哀，更是整个社会的悲哀。在英美女性文学作品中，我们经常可以看到面对困难顽强不屈、积极与命运做斗争的女性形象。有的女性外表并不出众，生活并不如意，但是这种面对困难顽强不息的斗争精神使她们变得极具魅力，在艰难的生活环境下，这些女性都丝毫不曾畏惧，努力地生活，努力为自己和家人的生活奋斗。反观一些现代女性，生活不思进取，面对小小的挫折就自暴自弃，甚至放弃自己的生命，再看英美女性文学中的主人公，她们历经磨难，甚至食不果腹，却能够在不堪的生活中发掘出自己人性的闪光点。因此，现代女性应该树立正确的价

值观，珍惜生命，珍惜家人和身边的朋友，努力提高自己的素质。

英美女性文学塑造了大量的经典角色，她们坚韧、刚强，勇于追求自由和真爱，许多现代女性之所以面对挫折束手无策，究其根本原因，皆是由于她们没有树立好正确的人生观和价值观。英美女性文学对于当代女性价值观的树立有着重要的指引作用，当代女性应该多涉猎相关的作品，不断提高自身的素养，树立健康的价值观。

第三节　跨文化视野下中国女性文学与英美女性文学的比较

关于中国女性文学兴起这一问题的研究，长期以来，学术界并未形成统一认识。在新中国成立之前，中国女性一直处于非正常地位，而作为内核延伸的中国女性文学也没有得到正确发展，尽管中国古代一些女性作家，曾经创造出不少的文学作品，但中国并没有形成系统化、体系化的女性文学。直到近代革命以来，随着西方文明理念的不断深化和渗透，中国女性文学才得到初步发展。大多数文学作家认为，中国女性文学能够兴起的主要原因是轰轰烈烈的妇女解放运动，也就是中国女性获得了与男性同等的政治地位，同时这也是西方女权思想影响的结果。

一、中国女性文学与英美女性文学区别的背景分析

很长时间以来，一些人认为中国女性文学深受英美女权文化理念影响，且中国女性文学并没有形成一定体系，因此，中国女性文学是建立在英美女性文学影响之下的。这种认识理念并不正确，实质上通过认真研究中西方文学，我们可以发现中国女性文学与英美女性文学存在巨大区别，两者都是建立在自身文化基础之上的，因此各具文化特色。

尽管中国传统古典文学中曾经出现过一些女性文学作家，也出现过一些女性文学作品，但始终没有形成系统化认识，不能够从传统封建社会的男权社会色彩中解放出来，整个女性文学作品也大多服从于男权社会的价值观和文学标准。而英美女性文学自资产阶级革命之后就飞速发展，其发展水平和高度都是中国女性文学所无法达到的。随着西方文化理念的不断传入，中西方文化融合速度和程度不断加快、加深，英美女性文学对中国女性文学影响深远。尽管英美女性文学对中国女性文学有着极其深刻的影响，但我们并不能就此否认中国女性文学的独特文化特色和内涵。

文学实质来源于生活，但又高于生活，因此中国女性文学与英美女性文学出现区别和不同的重要原因是生活方式和具体理念的不同。英美国家大多信奉宗教，同时宣传个人主

义，主张自我权利的保护以及自我意识的展现。因此在英美女性文学中，宗教色彩、个人意识等屡见不鲜。而在中国女性文学中，大多宣传集体主义等。正是文学产生的氛围和空间不同，造成了中国女性文学特有的内涵。

二、中国女性文学与英美女性文学的趋同性分析

在封建时代，不同国家和地区也较为松散地出现了一些女性文学作品，但并没有形成系统化、体系化的文学作品。全世界范围出现的女性文学是在工业革命不断发展、资产阶级民主制度不断确立之后形成的。伴随着一系列经济、政治制度的发展，人文思想深入人心。随着英国工业革命的兴起和发展，以及资本主义政治制度的确立，英国女性文学得到迅猛发展，女性文学家和女性文学逐步出现在英国文坛之上。经过一段时间的发展，简·奥斯汀、勃朗特姐妹和乔治·艾略特等出色的女性作家让英国女性文学发展进入了新的历史时刻。

19世纪中叶，美国也迎来了女性文学发展的"春天"。美国女性文学更是成功和突出地塑造了一大批极具平等意识，能够大胆争取自身权利，反对男权社会的女性形象。而著名女性文学作品《飘》的出现，更是将美国女性文学发展推向一个新的高度。另一方面，美国一些男性作家也以男性视角对女性文学进行描述汇总，通过新的视角对女性文学和女权意识进行了新的诠释和理解。因此，无论是文学内容，还是文学视角，英美女性文学都远远超过中国文学。一定范围内的中国女性文学理论也来自西方，也在不断影响中国女性文学发展。传统女性主义、社会身份界定理论等一系列对女性文学写作极具指导意义的理论都从英美国家和社会传出，并对中国女性文学写作产生了深刻影响。

在20世纪80年代之前，我国当代文学创作受政治因素影响极深，长期处于封闭、禁锢状态，文学创作缺乏灵性、缺乏互动沟通和交流。改革开放后，我国开展了一系列政治解放运动，这也极大地推动了思想解放。而随着对外交往不断进行，英美女性文化的先进理论也传入我国，对我国女性文学创作产生了深刻影响。同时，我国女性文学创作界也对英美女性文学创作理论进行了理解、学习、仿写、革新等一系列过程，逐渐产生一部分色彩鲜明的传统女性主义理论和依托英美女性文学写作特点进行仿写等创作特色。随着中国经济政治文化的不断发展，现代女作家在创作时融入更多的中国特色和中国文化元素，实现了中国女性文学创作的创新和发展。

可以说，随着文学创作不断发展，当今中国女性文化与英美女性文化已经逐渐走向融合，二者趋同性特征愈发明显。文化本属同族、同宗，都是人类思想的升华，都是对人类意识的汇总。当今社会，文化融合和交流已经成为大势所趋，在跨文化背景下的交流就应该站在一个新的、更高的视角。融合已是大势所趋，你中有我，我中有你的文化局面不可

避免。只有正确认识这两种文化的相同之处才能够更好地发展文化、利用文化。而合作和利用文化的基础就是两者的共性特点。

三、中国女性文学与英美女性文学的差异性分析

尽管中国女性文学成长和发展受到英美女性文学的影响极大，且中国女性文学与英美女性文学一致的特征内涵也逐渐增多。但文学是一种思想的升华，也是一种对现实生活的写照，因此，各种文学又受到客观环境和具体发展条件的影响。正是这一根本原因决定了无论两种文学形式之间趋同性多么明显，都无法从根本上忽视两者的差异和不同。

（一）文化融合影响创作内容

就中国女性文学创作者的写作风格而言，不论是早期的卢隐、冰心、石评梅，还是现在的铁凝、迟子建、林白和王安忆等，在文学主题选择和创作风格上，最初大多借鉴英美文学的内涵和特色。从这些女作家的文学创作风格和特点上，我们能够很明显地看到英美文学的影响痕迹。之所以产生这一现象主要是中国女性文学早期发展基础较为薄弱，而英美文学更加成熟，因此，当英美文学进入中国时，更容易被中国文学所借鉴和模仿。但整个模仿更倾向于表面形式的模仿，在写作实质上存在极大不同。

（二）创作环境影响创作风格

无论中国文学创作怎样借鉴和模仿英美文学，但从实质上看，二者差异是无法掩饰和替换的。这与文学创作的环境和基础有很大关系。中国与英美国家发展情况存在极大差异，中国女性文学与英美女性文学存在不同表现形式的根本原因在于两者极大的创作环境差异，文化传统的巨大惯性和持续影响力也让中国女性文学创作与英美女性文学创作存在极大差别。创作环境是文学创作的基础，任何文学创作都是建立在一定物质环境基础之上的，尽管文学高于生活，但无法从根本上脱离生活。因此，中国与英美基础环境的不同，也就决定了中国女性文学与英美女性文学创作风格上的差异。

（三）价值观念直接决定创作风格上的不同

女性文学的出现和发展，实质上在背后就是女权主义或者更大多数女性追求自身价值的过程。在传统封建时代，男性与女性之间的地位和权益是不对等的。女权依赖于男权，而女性文学也依附于男性文学。随着民主制度的不断革新和推广，越来越多的女性文学更重视对女性独立权和女性地位的争取和宣扬，在这一过程中就展现了极具女性文化特色的精神文化内涵。但是中西方之间对女性权利和地位的看法依旧有所不同。

英美女性文化在宣传上更倾向于寻求女性的权益保护，同时个人化色彩较为浓厚。比如关于婚姻的文学描述，英美文化更加倾向于女性应该寻找幸福，从个人追求和爱出发，不应该被世俗势力所困扰。在婚姻选择上更重视实际幸福感，而不是选择形式婚姻。而与

此不同的是，中国女性文学是建立在男性文学基础之上的，同时长期以来中国女性文学来自男性文学，整个文学有一定依附度。因此，尽管中国女性文学会宣传和号召女权意识，但中国女性对家庭的概念和意识更浓厚，在文学传播中，更多时候会宣扬女性在家庭关系处理中的作用和地位。中国女性在个人权益和家庭权益选择中会更侧重于家庭，所以在关于爱情和家庭的文学描述中，会侧重对家庭利益的维护。多数中国女性的意识依旧是成就家庭幸福才有自身幸福。价值观念的极大差异也使得两种文学创作风格分歧明显。

（四）宗教信仰进一步加大两者文化差异

宗教信仰是一种无形的影响力和引导力。在某些时期宗教信仰能够对人的思维意识形成终身影响。同时，文学作品想要在社会中发挥影响力和作用，就必须顺应社会需求，符合社会主流意识。英美文学创作要想得到社会认可，想要发挥自身影响力，就需要结合宗教信仰，在文学作品中不能肆意描述宗教场面或者攻击某些具体的宗教理念。基督教是英美国家的主流信仰，因此英美文学中，可以经常发现基督教因素。而基督教所宣传的真善美和轮回理念也使得文学宗教化。而中国文学则很少看到类似描述，大多数中国女性均信奉实用主义，并不一定会忠实于某一种具体宗教。所以，信仰的差别和不同也使得两者文化差距不断扩大。

文化应该是一种流动文学，是经过互动、沟通、共融之后的产物。随着经济、政治、文化、社会交往的不断加深，文学作为文化的精髓和核心，更是成为重要的交往内容。女性文学作为特殊的文学元素，长期以来，受各种因素影响，无论是发展形式，还是发展程度都极其有限。英美女性文化，由于起步快，发展速度快，至今已经发展成熟。认识到英美文化和中国文化的差异与趋同正是跨文化视野下文化交流的正确视角。

第二章

女性主义文学理论
——以弗吉尼亚·伍尔夫为例

第一节 弗吉尼亚·伍尔夫的女性主义文学理论概述

女性主义文学理论是 20 世纪全球范围内兴起的一种文学理论思潮,是 20 世纪文学理论的一个重要的组成部分。它的基本策略和主张是对以男性为中心的文学进行抨击和解构,弘扬和发展女性文本,用女性视角和价值观念重新审视和揭示一切文学现象,从而为文学创作和研究开启一个新的话语空间。女性主义文学理论与女性主义运动的发展紧密相连。一般认为它诞生于 20 世纪 60 年代女性主义运动的第二次高潮中,是女性主义运动深入到文化领域,特别是文学领域的产物。它的出现是以美国女性主义者凯特·米勒特(Kate Millet)的《性的政治》(1960)的出版为标志的。在这本书中,米勒特针对男性文本中的性别歧视进行了彻底的清算,并以女性的视角对文本进行了颠覆性的阅读。

在米勒特之前,虽然没有系统的女性主义文学理论著作出现,但是,早在 1929 年,弗吉尼亚·伍尔夫(Virginia Woolf,1882—1941)在《一间自己的房间》(*A Room of One's Own*)中,即以夸张、反讽的风格提出了许多有关妇女和文学创作的严肃问题。因此《一间自己的房间》是女性主义文学理论的真正源头。

弗吉尼亚·伍尔夫是英国当代著名女作家,也是意识流小说的主要代表作家之一,在西方小说发展史上占有极其重要的地位。她一生中创作了许多的传世佳作,如《远航》

《夜与日》《达罗卫夫人》《海浪》《到灯塔去》《岁月》和《幕间》等。这些作品带有浓郁的个人风格，大部分体现着伍尔夫对传统的探索、创新与超越。除了小说创作，她还致力于小说理论的研究，她是第三代小说美学准则的重要阐述者。例如，她强调小说艺术的独立性，提倡小说家进行各种试验，倡导小说创作的非个人化和主观真实性原则等。近年来，随着女性主义运动的发展，女性主义文学理论的广泛传播，伍尔夫作品中关于妇女与文学问题的思考与探索成为被广泛关注的焦点。伍尔夫的女性主义者，开始得到越来越多人的认可。伍尔夫的传记作家林德尔·戈登（Lyndall Gordon）就曾说道，"伍尔夫作为现代小说的女祭祀的时间是很短暂的，从她的全部作品和手稿来看，她的另一种形象——女性主义者，才更具有部分的真实性。"

伍尔夫被打上了"女性主义者"的标签。在这个标签的指示下，人们开始重新审视她的生活和创作。翻开她的小说和散文，人们不难发现其中的确体现着强烈的女性主义特色。在她的一个个优美的故事和一篇篇睿智的评论中，她的女性主义思想不时地散发着耀眼的光辉。例如，在她的小说处女作《远航》中，她告诉人们，妇女必须努力地去争取她们的权利，开拓视野，提高地位。在《夜与日》中，伍尔夫让女主角公开向父系传统和传统的婚姻关系提出挑战。《雅各之屋》中表现了男女两性之间无法协调的裂痕，强调了两性之间沟通的重要性。特别是在富有幻想色彩的《奥兰多》中，伍尔夫更是描写了奥兰多这样一个引起了无尽争议的双性同体的人物。

伍尔夫把自己的女性主义思想和文学创作结合起来，在许多文章中表达了她的女性主义文学创作的观点和主张，长篇论文《一间自己的房间》便是其中最著名的一篇。在这篇论文和《妇女的职业》《妇女和小说》《男人和女人》等文章中，伍尔夫全面考察了妇女和文学的关系，思考和论证了这样一些问题：文学中有没有明显的女性传统？性别歧视怎样反映在文学活动中？妇女作家在文学创作中遇到了怎样的困境？妇女应该如何树立自我意识和自我价值观念，寻找到自己的创作话语？等等。

在对妇女和文学的关系问题的精辟论述和自身的创作实践中，伍尔夫逐渐建构了自己的完整的女性主义文学理论，使以清算男性文学文本中的性别歧视和研究女性文学传统和创作困境的女性主义文学理论初具规模，为女性主义文学理论的正式诞生起到了重要的奠基作用。弗吉尼亚·伍尔夫作为女性主义文学理论的第一个阐述者，也因此被奉为"女性主义文学理论之母"。

弗吉尼亚·伍尔夫女性主义文学理论内涵丰富而精深，影响和启发了无数后世的女性主义者。女性主义者玛丽·伊格尔顿认为，从很大程度上讲，女性主义文学批评很难超越伍尔夫。她的思想预示着女性主义批评的多元化，无论从马克思主义的角度，从心理分析的角度，还是从后结构主义的角度进行的当代女性主义批评均以她的思想为出发点。

第二节　弗吉尼亚·伍尔夫的女性主义文学理论在作品中的体现

伍尔夫在文学创作上是一个不倦的探索者和革新者，表现了充满活力的文学力量。她大胆地突破传统小说的创作方法，运用意识流来表现人物的思绪、种种联想、人的意识的无序及跳跃。对伍尔夫来说，文学的改革重要，妇女的命运更为重要。伍尔夫的女性主义文学理论是她的女性主义和文学创作结合的产物。她认为，一个作家灵魂的每一个秘密，他生活中的每一种体验，他精神的每一个特质，都赫然大写在他的著作里。伍尔夫一直自觉地为女性写作，尽心尽力地在自己的小说中，试图从形式、内容、语言、结构等各个方面来改写文学中的妇女，努力地为妇女的文学添砖加瓦。

伍尔夫有一句名言："当我写作时，我更是女人"。伍尔夫的文学创作生涯，从某种程度上来说，就是一个为女性代言，大声疾呼和寻找出路的过程。本节选取了伍尔夫的几部具有代表性的著作，来分析其中的女性主义文学特征，以期能勾画出伍尔夫的理论转入到实践的大致形态。

（一）《远航》

《远航》是伍尔夫的第一部小说，从1908年动笔，一直到1915年才出版。在这期间，伍尔夫多次重写这本书，她留下了五种草稿，不包括烧掉的更多的草稿。伍尔夫的内心躁动不安，她想象这部作品应该是一部充满着创新的小说。事实上，在传统与创新之间游离的伍尔夫最终还是稍稍地偏向了传统这一边。书中的主人公雷切尔是一个24岁的姑娘，在大海这个封闭的世界里，雷切尔经历了一个自我发现的心路历程，在船上，这个羞涩的女孩子有了自己的一间房间，这是由自己的姨母海伦·安布罗斯提供的。同时她参照了她的姨母——新女性的代表来衡量和思考自己的人生，慢慢地走上了与传统的规范决裂的道路。在旅途中，雷切尔遇到了一个小说家特伦斯·休伊特，两人坠入了情网。在经历了一次次的海上探险后，成长起来的雷切尔在幸福唾手可及的时候，染上热病死去了。在创作这样一部作品的过程中，伍尔夫本人经历了一次精神上的炼狱，这从她几易其稿就可以看出。为了表现出要与传统决裂的决心和势头，伍尔夫全力地赋予了小说以新的形式和内容。《远航》这一部混杂着两种截然不同的风格的作品有着传统的故事框架，但是情节却不断地被各种感觉和瞬间的印象打乱，它从一问世就贬褒不一。有人认为它属于传统小说，但是明显地技巧拙劣，人物不丰满，属于模仿之作。但是布鲁斯伯里的中坚分子之一利顿·斯特雷奇却独具慧眼地称赞《远航》完全是非维多利亚式的小说。它抛弃了细致描写主人公周围环境的写法，公然让"精神主义"压倒"物质主义"，是与传统小说大胆决裂的标志。

伍尔夫所要表达的女性主义思想也是昭然若揭的。她描绘了茫茫大海上的一条航船，这条船仿佛是一个浓缩了的社会，在它上面汇集着各色人等，产生出各种各样思想和观念的冲撞。风浪滔天的海面孕育着未知的无穷的风险。在这样的背景下，最终的结局是一个懵懂的女孩子在自己的内心的召唤下抛弃了传统的束缚，而义无反顾地选择了自己的生活，追求自己应得的幸福。雷切尔在海上的航行生活暗中契合伍尔夫的精神上的远航。她不是伍尔夫的自我写照，但是伍尔夫在她身上融入了自己的许多经历和感受。她们同样都是从维多利亚时代的童年里成长起来的姑娘，同样地焦虑、天真，拙于社交，没有受过正规教育，害怕男性，并且同样地失去了母亲。雷切尔的死意味深长，但是不管怎样，我们已经看到，伍尔夫所隐喻的新一代的女性已经踏上了征程，并且获得了自我的解放。伍尔夫通过这样一个故事企图唤起广大女性的自我意识，号召她们追随雷切尔的脚步，开始心灵上的远航。雷切尔的最终死亡并不代表这个自我解放的企图的失败，她的死有一种向死而生的力量，会无形中召唤更多的女性去继续雷切尔所向往的新生活，这正是妇女们新生的开始。

从小说开始写作到最终出版的这八年间，伍尔夫本人经历了父母兄姐的死亡，失去了保护人，但从另一方面说，也可以说是失去了限制她的创造力的人，她自己思考人生和命运，坚定地选择了写作事业，并为文学的创新而奋斗。在此期间，她还找到并选择了同自己志同道合的终身伴侣——雷纳德·伍尔夫。所有这些，证明《远航》正是她的人生经历和思考选择的结晶。

（二）《达罗卫夫人》

伍尔夫致力于小说内容和形式上的创新，选择了意识流作为她与传统决裂的主要创作手段。《达罗卫夫人》是标志她写作风格成熟的实验小说作品，始作于1923年，最初定名为《时光》。小说以达罗卫夫人准备家庭晚宴为背景，采用极度压缩的小说模式，来展开人物的意识流程，并将时间严格限定在12小时内。没有动人的故事，几乎没有什么情节，更没有圆满结局和教寓之意。小说的最主要的贡献在于伍尔夫成功地使用内心独白、象征隐喻和时空交错等意识流技巧生动地展示了人物的内心世界及其与外部客观世界的交互。

在《达罗卫夫人》中，女主人公克拉丽莎·达罗卫认同并恪守传统女性的价值标准。她纯洁无瑕，气质高雅，善于操持盛大而复杂的宴会。她有自己的见解和愿望，但却乐于听从别人的观点。她比平庸的丈夫才智高，但是却隐藏起来以讨丈夫的欢心。她为了过上安逸的上流社会的生活，嫁给了自己不爱的人。她内心经历着分裂的痛苦和恐惧的折磨，并时常思考死亡以得到解脱，可是表面上却故作坚强并以虚假的幸福聊以自慰。书中的另一个女性萨利·塞顿是新女性的代表，她大胆、叛逆、聪慧，在卧室里抽雪茄，光着身子跑过走廊，在吸烟室里公然挑战男性。她始终用自己的眼光观察问题，用自己的头脑判断问题，对自己的好友克拉丽莎失去自我而备感惋惜。伍尔夫借助这两个女性人物的对比表达了自己对新女性的赏识和对旧女性的同情。

但是伍尔夫给塞顿安排的结局却富有讽刺意味，当塞顿嫁给了富有的曼彻斯特的工厂主，成为了五个孩子的母亲时，她变得温柔贤惠，满足于眼前的生活，全部投入到对丈夫的事业的支持和维护自己的婚姻上去了。塞顿的转变令人遗憾。伍尔夫对塞顿结局的安排反映了她对女性的新生前景预见性的不足。在《远航》中，她让雷切尔死去，给我们留下了设想新女性未来生活的空间。在《达罗卫夫人》中，伍尔夫没有敢于让人物有所突破，也许是在《达罗卫夫人》中太多的、太大的写作方式和技巧上的革新使伍尔夫暂时搁置了为新女性安排更好的结局的想法，这也从某种程度上证明了伍尔夫自身对于女性到底会有什么前途的认识不那么清晰。

（三）《到灯塔去》

相对于《达罗卫夫人》，弗吉尼亚·伍尔夫的另一部小说《到灯塔去》（1927）可以说是一部彻底的女性主义文学作品。小说不仅揭示了父权制社会男女性别角色二元对立的现状，提出了颠覆二元对立模式的设想，并在小说的语言、创作技巧上向传统的小说模式进行了更大的挑战。

伍尔夫在《到灯塔去》中，着力刻画了代表女性原则的拉姆齐夫人和代表男性原则的拉姆齐先生，以及双性同体的艺术家莉丽·布雷斯克这三位主要人物。

作为男性原则的典型代表，拉姆齐先生是一个哲学家，他试图凭借理性和逻辑来解释和处理世间的一切。他性格孤僻，处事刻板，待人严肃。他只看重事实，过于强调理性和逻辑，显得固执、冷漠和不近人情，甚至对自己幼小的儿子詹姆斯也是如此。拉姆齐夫人则就如女神一般，美丽、善良，并且具有敏锐的直觉和智慧。她是艺术和科学的保护神。对艺术家莉丽，她给予的是深深的感召和启迪；对哲学家的丈夫，她给予了无限的爱、同情、安慰和支持；对内心极为自卑的大学毕业生塔斯莱，她倾注了自己的关怀和爱护；对植物学家班克斯，她也予以关切。

借助拉姆齐夫妇，伍尔夫深刻地揭露了男女二元等级对立的种种情形。例如，拉姆齐夫妇的社会地位呈现男女二元对立的状况。拉姆齐先生是大学教授，学识渊博，十分受人尊敬。拉姆齐夫人则是一位家庭妇女，终日操劳，照顾丈夫和孩子。拉姆齐夫妇两人的思维呈现出逻辑与直觉的男女二元对立。拉姆齐先生终日思考"主体、客体和现实的本质"等宏观而又抽象的事物；拉姆齐夫人思考的常常只是具体的生活琐事。拉姆齐夫妇对待事物的态度呈现男女的二元对立。拉姆齐先生讲求实际，常为一些达不到的成就感到苦恼；拉姆齐夫人则喜欢幻想，对一切都充满了热爱。小说的开始，夫人对儿子说："要是明天天气好，就去灯塔"，丈夫立即反驳说天是不会晴的。夫人安慰孩子："也许明天一觉醒来，你就会发现阳光灿烂，小鸟在唱歌。"

书中的"灯塔"的灯光是拉姆齐夫人的象征。伍尔夫描写道："她（拉姆齐夫人）凝视着灯塔，依稀感到自己与海上这个物体间存在着某种神秘的联系……她时常坐着观望，手中拿着针线，直到她变成了她所观望的东西——比如说那灯光。望着，望着，萦绕在她心中的一些细小的想法也时常会随着那灯光而升华。"灯塔放射的光芒平静、安详和永恒，那正是拉姆齐夫人孜孜不倦地追求和向往的，也是周围的人从她身上所感受到的。拉姆齐先生从某种程度上说，是由灯塔的塔身所代表的，他的固执、呆板、以自我为中心和过于理性，精神贫瘠正如同冷冰冰、尖利利、光秃秃的塔身。"灯塔"在伍尔夫看来，代表了男女两性的融合，书中的人物挥之不去地想要到灯塔去的渴望，暗示了男女两性可以由对立走向调和。

莉丽·布鲁斯克是拉姆齐夫妇邀请来做客的朋友之一。她四十来岁了，仍孤单一人，从事绘画创作。作为艺术家，莉丽的身上有着女性的敏锐、直觉、矜持，同时又有着男性的突兀的气质。她正是伍尔夫设想中的双性同体的人物的代表。但是，最初莉丽并不能协调自己身上的这两种特质，她对拉姆齐夫妇分别的矛盾的心理证明了她对自身性质的不确定性。莉丽的转变深刻地揭示了个体身上的女性原则和男性原则从失衡到协调直至融合的过程。这种调和的结果是人的创造性得到了充分的发挥。最初，莉丽一直不能完成绘画，在学习绘画的整个过程，她逐渐看破了男权社会的真正面目，了解了真正的拉姆齐夫妇，认识到他们各自的优秀性格，她的性格也逐渐地走向了成熟、走向了完整，也就是吸取了男女两性的优点，形成了双性同体的性格。最后，她成功地完成了画作。

从《到灯塔去》中，我们可以看到伍尔夫避开了对女性的现实结局的安排，而是从思想上找到了解决男女二元对立的办法。伍尔夫表达了对两性调和的愿望和信心，她期望两性调和最终能够创造出一个和谐而有序的世界。不难发现，伍尔夫在书中明显地过多地强调了女性气质的作用和影响力。这与她的女性主义文学理论主张是暗合的，即相对于男性来说，女性更敏锐，更细致，更具有包容力，因此更容易走向双性同体。

（四）《海浪》

《海浪》（1931）在伍尔夫的创作中属于比较奇特和深奥的一部。作品从大自然到人类、从瞬间到永恒、从个人到人际之间、从混乱到和谐、从时间到空间等，诉说着心智对宇宙人生意义的追寻。这部作品既不注重传统的情节、人物，也不是像《到灯塔去》和《达罗卫夫人》那样的意识和潜意识流动，而是通篇由6个人物的独白构成，分成9个场景，涵盖了6个人物从童年到老年的生命与精神历程。每个场景由一段抒情引子作为开头，主要描写大海的浪涛和一座花园的变化。整个作品诗意盎然。

在《海浪》中，三个女性人物的内心独白又一次地反映了伍尔夫对传统的女性身份的质疑和对新女性的身份的探索。在这部作品中，苏珊是一个典型的贤妻良母，她厌弃都市生活的喧闹与浮华，向往自然的生活，生活在偏远的乡下，平静而平庸地过着"房中的天使"的生活。苏珊的一生朴实、平淡，她选择的是自然的、与世无争的生活之路，并以其特有的积极乐观的态度走完了一生。另一个女子罗达则怯懦、善于逃避，她生命中唯一的色彩就是白色，甚至在盛夏的田野，她看到的也只是白色的花朵。她拒绝新生活，拒绝改变，最终不能适应这个社会，被生活所抛弃。唯有早熟、性感的珍尼特算得上是个新女性，她是一个美丽、热情的交际花，过着独立自由的生活。她自信而且受人欢迎。但是伍尔夫明显地又一次对新女性的未来表现出了信心的不足：她让珍尼特在逐渐苍老的时候，没有固定的职业和收入，过着难以为继的生活。这三个女性人物从各个不同的侧面反映了当时的女性的思想和生活，同海浪的拍岸声一起组成了一幅永恒的画面。

总之，作为一个女性作家，伍尔夫执着于女性的前途和命运，在自己的作品中对女性形象、女性自我意识、双性同体等进行了大量的探讨。她能够从多方面分析女性的传统形象，揭示其感情、命运和困惑。她创造了许多生动各异的新女性的个体，对她们的思想和行动予以褒奖。但是伍尔夫的女性主义文学理论终究强调的是思想的变革，在表达女性意识和价值观念方面，伍尔夫思想成熟而有力道。但是到了赋予女性进一步的新的生活方面，她没有给她们描绘出一个美好的未来。这不能不说是伍尔夫令人扼腕的地方。这跟伍尔夫当时所处的时代有关系。在伍尔夫的时代，妇女们刚刚经过了艰苦的斗争，获得了与男性同等的一些基本权利，旧的思想的遗迹还没有完全地消除，即便是伍尔夫也无法预见到妇女将会拥有怎样的生活。不过伍尔夫在作品中对男女二元对立的剖析，提出的双性同体的构想却是深刻而富有创意的。

第三节　英美学派对弗吉尼亚·伍尔夫女性主义文学理论的继承与发展

英美学派从人道主义和经验主义的立场出发，注重文本分析的方法，主要继承了伍尔夫的关于妇女形象的研究和对女性文学传统的寻找的工作。

按照伊莱恩·肖瓦尔特在《走向女性主义诗学》中的分类原则，上述这部分的研究应属于"女权批评"的范畴。女权主义批评是女性主义文学理论最初所采用的方法。它涉及文学中的妇女形象，对妇女形象的歪曲和忽视，以及男性所建构的文学史有意或无意的疏漏等。从"女权"开始进行批评与英美学派的政治性强的特点是分不开的。英美学派的理论直接地受到女性主义运动的影响，在对文化领域的批判方面，她们自然而然地采取了社会历史分析方法，来思考和探索女性的传统和现实的政治、经济和文化地位。

英美学派对妇女形象的批评始于20世纪60年代末凯特·米勒特的《性的政治》。在该书中，米勒特首次引入了一种女性阅读的视角，即"我们第一次被要求作为女主人去阅读文学作品，而从前，我们，男人们，女人们和博士们，都总是作为男性去阅读文学作品的"。她以男性的文学文本为依据，重点揭露在两性关系中，男性拼命维护父权制，控制和支配女性的政治策略和行为，主要集中剖析在 D. H. 劳伦斯、亨利·米勒、诺曼·梅勒、让·热内四位作家作品中表现出来的性别权力关系，即大男子主义的性暴力和女性的受压迫、遭损害，并对四位男性作家的"阳物崇拜"态度给予了严厉的批评。米勒特因此赋予了自身和广大女性读者一种颠覆性阅读的方法，清算了父权制的性政治策略，解构了男性作品中"虚辉"的女性形象。

吉尔伯特与苏珊·格巴于1979年推出的女性主义名著《阁楼上的疯女人——女作家与19世纪的文学想象》，进一步深入地研究了西方19世纪以前的男性文学中两种不真实的女性形象——所谓的天使和妖妇，揭露了这些形象背后隐藏着的男性父权制社会对女性的歪曲和压抑。在她们看来，历来男性作家笔下的女性形象，无论是天使还是恶魔，实际上都是以不同的方式对女性的歪曲和压抑。二人还以一种新的女权视角重新阅读和阐释了19世纪一些著名女性作家的作品，指出了其中的妇女形象的优点和不足。以上这两部著作，从各自不同的方面非常深刻地揭露和批判了男性作品对女性形象的歪曲，在女性主义文学批评领域中均产生了广泛的影响。

英美学派学者尤其致力于对女性文学传统的寻找。针对伍尔夫的女性文学传统是间歇性的存在的观点，爱伦·莫尔斯在《文学妇女》（1976）中将女性文学传统看成是一股与男性的主要文学传统并肩前进的或在这个传统底下的强大的暗流。而伊莱恩·肖瓦尔特则不同意这种把女性文学看作一股强大暗流的观点，她在《她们自己的文学——从勃朗特到莱辛的英国女性小说家》中认为：女性一直有着自己的文学传统，女性文学传统的连续性是被长期以来的以男性为中心的男性菲勒斯文化人为地斩断和埋没了；女性文学传统的研究，就是要对这一本已存在却遭破坏的传统进行发掘和修补，恢复其本来的连续性。

在女性文学传统上观点更加标新立异的是桑德拉·吉尔伯特和苏珊·格巴。她们在二人合著的《阁楼上的疯女人——女作家与十九世纪的文学想象》中以现代批评理论和方法来阐释女作家的作品背后的东西，运用精神分析理论，将女作家定义为被菲勒斯批评排斥和拒绝的群体：女艺术家感到了孤寂，因此在女性作家作品中出现了许多像夏洛蒂·勃朗特的《简·爱》中的疯女人贝尔塔·梅森这样的疯狂的形象。两位作者认为，疯女人就是被压抑的女性创造力的象征，是解答有关妇女创造力问题的一个答案。疯女人就是叛逆的作家本身。她们假设了一位隐藏在父权制文本表象背后的真女人，并且认为女性批评的任务就在于发现这个真女人。

除了以上的理论解释之外，女性主义者们还注意通过女性文学文本本身来试图发掘女性文学传统。安妮·普拉特在《妇女小说中的原型模式》（1981年）中研究了三百多本妇女写的小说，试图"确定这些著作是否组成了一个具有自身本质的领域"。她在研究中沿用了荣格和弗莱原型批评的许多观念，比如她沿用了"成长小说""婚姻小说""社会抗议""爱与友谊""单身与孤独"和"再生与转换"等"探索"观念。普拉特的这本书致力于用妇女小说探索妇女身份问题，并力图发现妇女经验的共同性。她的研究没有局限于中产阶级的大作家，不但讨论了工人阶级妇女的作品，而且也将黑人妇女作家作为自己的研究对象，把妇女同性恋经验也放在了对妇女身份、价值、性和政治观念的确立中考察，因此对女性文学传统的发掘具有很重要的参考意义。

综上所述，英美学派主要继承了伍尔夫的关于妇女形象和妇女文学传统方面的理论观点，除了理论的继承之外，她们能以一种开阔和豁达的态度对伍尔夫进行批判，破除了伍尔夫在这方面所暗藏的谨慎和闪躲以及不彻底性。并且在吸收和兼容并蓄其他学科理论的基础上，把研究不断向前推进，为妇女文学开拓了一个前所未有的崭新的天地。

第三章

英美小知女性形象文学研究

小知女性是小知识分子女性的简称，笔者把小知识分子女性这个短语的重点放在了"小"上面是为了强调这一知识中的少数女性们的阶级属性、价值观和对婚姻理想的关注和追求。"小"一词在这里具有双重涵义，它不仅开门见山地指出了具备小知女性特征的女性是女性知识分子中的数量小的少数派，也同时指出了在学识上她们并不是博学多知、理想信念宏大的大知识分子，她们只是一群觉醒的、有要求的、有幻想的、受过一些教育的女性知识分子中的少数派。小知女性是指接受过良好的知识教育、自由的人格塑造，有高尚的道德修养，具有独立的批判性和反叛精神的知识女性。她们具备了一般知识分子的本质特征，但因其女性的独特身份的觉醒而产生了特殊女性知识分子的主体意识。这种觉醒了的女性主体意识是指女性作为行为主体，具有主观上不依赖于男权社会，要求自由地支配自身一切活动的主观意识，这也是小知女性追求女性权益和人格独立的一种内在动力及价值观念。小知识女性的主体意识表现为自觉地要求具有独立自主的精神和强烈的批判意识。在西方，十八九世纪以后的小知识分子女性演变为今天的中产阶级知识女性，她们不从事体力劳动，受过高等教育的熏陶，具有在欧美女性群体中广泛的代表性和倾向性，笔者正是通过研究她们的文本形象找到了描绘整个英联邦文化传承的知识女性的整体形象蓝图的画笔。

第一节 小知女性的基本形象特征

通过简·奥斯汀的经典文本来揭示小知女性的基本形象特征。选择简·奥斯汀的作品来归纳和总结小知女性的基本特征的首要因素就是奥斯汀本人就是一位小知女性的代表，她也是在西方文学中首位将小知女性形象定义并形象地描画出来的作家。奥斯汀创造性地发掘出了在女性知识分子群体内产生出的这一群体，她们具有对自身清醒的认知和对待客观世界的独立的批判意识，是奥斯汀将她们的阶级属性、生活状态、教育背景和婚姻理想一一呈现给了世人，并将小知女性这一群体定义并确立下来。简·奥斯汀作品中女性之所以成为不灭之永恒经典也就在于她们区别于其他知识女性的自由之思想和独立之精神。因此，笔者选择以小知女性文学形象的创造者和奠基人简·奥斯汀的作品为例来探析和揭示小知女性的基本形象特征是具有相当的说服力的。

一、小知女性的特征之一

小知女性的特征之一是她们都具有中层以上的社会地位，相当的经济条件，不以从事体力劳动为主要生活依靠。小知女性最基本的特征是她们良好的社会地位。她们一般都出身良好，不从事体力劳动，她们跟受过教育的劳动妇女在性格特征和价值观属性上是具有鲜明的差别的。以小知女性的诞生地英国为例，她们一般出身于乡下的乡绅家庭、城市中产阶级或是上流社会。她们的社会特征是具有一定的社会地位、一定的经济条件，不需要体力劳动或出去工作，衣食无忧，有时出身相对较低的小知女性会用自己的刺绣、画作或是作品换取一些零用钱，但她们不会为了生计去进行这些活动，这些艺术作品只是打发她们平日里过多的闲暇的无心之举罢了。她们在自己的一方小天地里面生活得很惬意。然而，在小知女性群体内部，她们的出身决定了她们的社会地位和价值观的差异。

首先，从家庭出身来比较，资产阶级和乡绅家庭的小知女性一般都出身良好，有体面的身份，有一定的社会地位、一定的经济条件。例如，《理智与情感》中的开篇就指出了达什伍德家三个姑娘的社会地位和小知女性的身份：

达什伍德这族人家是苏塞克斯郡的老住户。他们家产大，府邸在诺兰庄园，四周都是自家产业。

这段话非常鲜明地突显出了达什伍德这一家人的社会地位，他们一家世代是乡绅之家，也就是英国农村的中产阶级，有相当可观的财产和收入，但一般观念保守，严格遵守绅士和淑女礼节，过着惬意舒适的田园生活，家中的女性成员虽然没有财产继承权利，但是一般都会有其他的家族男性继承者侍奉或供养。本文中提到的英国乡绅阶级一般是指产生于 17 世纪晚期，在 19 世纪迅速崛起的，包含了骑士和普通乡绅的农村中产阶级，他们是英国封建制度过渡到资本主义制度时期的大量英国乡村土地的所有者。17 世纪开始，随着英国农村商品经济的发展，乡绅的数量不断增加，开始在英国社会扮演重要的角色。达什伍德家作为英国乡绅家庭的代表，其家庭中的小知女性们通过自己的婚姻或者从继兄那里得到贴补，从而获得了一定的经济收入，确保她们衣食无缺，基本上没有太大的生活负担，家中的家务活也有仆人代劳，可以说达什伍德家三个姑娘就是英国最早形成的小知女性群体的代表。

其次，英国有一部分小知女性是具有相当高的社会地位的，她们或是出身于上流社会贵族家庭或是出身于大地主、大资产阶级家庭，她们的共同点是一般都被赠予数目相当可观的嫁妆，因此她们在文本中表现为更加成熟和自信。在小说《爱玛》中，奥斯汀这样描写女主人公的社会地位和经济条件：

"爱玛·伍德豪斯小姐端庄儒雅、才思敏捷、生性欢乐、家境宽裕，仿佛上苍将最美好的恩赐集中施与她一身了。……老庄主死了，他的遗嘱宣读了：几乎像一切遗嘱一样，他的遗嘱引起的失望也跟欢乐一样多。……不过老人家倒并非忘恩负义，他留给三位姑娘每人一千镑，以表示他对她们的慈爱。"

这段文字以出身较高的小知女性可得到嫁妆这个英国社会的传统习俗来揭示她们的社会地位和经济条件。这一类的小知女性出身相对较高，一般是世家或是有爵位的贵族家庭，她们都具有稳定的经济收入来源和被赠予的嫁妆，生活比较奢华精致，有分工明确的仆人照顾，出门有自己的马车，有些小知女性婚后还有自己丈夫赠予的房产和首饰。她们的财产大多是父母赠予的或是远方无子女的亲戚赠予的，基本上没有靠工作获得的。实际上，只有出身于下层阶级的小知女性才需要通过工作来得到经济保障，而这些女性可得到的工作机会并不多，一般来说就是家庭教师、作家或者是艺术家，但基本可以保障自己体面的生活，这些出身较低的小知女性在文本中往往表现出对权贵的蔑视和对金钱的矛盾心理。

再次，出身中等家庭的小知女性有着向上流社会看齐的生活方式和价值观，她们极力地表现出和她们出身相等的家庭的不同，她们向往上流社会的生活，认同上流社会的主流文化和价值观，但同时又对出身高贵的绅士和小姐表现出一丝敌意，这恰恰表现出这一类小知女性的既生于此又高于此的形象特征，例如《理智与情感》中对主人公一家房子的描写：

那是一处喜人的富饶地方，树木丰茂，到处都是牧场。她们在谷中绕行一英里多才到达自己的宅子。屋前的场地只是一小块绿色草坪，她们从一扇整洁的腰门进入宅内。巴登别墅作住宅用,虽然嫌小,却舒适紧凑:但作为别墅是有缺点的,因为房屋式样平板,瓦盖屋顶,百叶窗没有漆上绿色,墙上也没有冬青藤覆盖。一条狭窄过道穿过宅子直通后园。门厅两边各有一间起居室,大约十六英尺见方;再进去是下房和楼梯;此外还有四间卧室和两间阁楼。

这段文字描绘出,新生的资产阶级乡绅急于区别于下层人民的地位和身份,塑造自己的社会形象。因此,他们置买地产,建造豪宅。最后,无论出身哪个阶级的小知女性都可以被赠予或是继承家庭除了土地、祖宅和现金以外的其他一切家庭财产,这些家庭财产一般包括瓷器、银器、家具、首饰、纺织品、马车或是仆人。关于小知女性可以获得家庭财产的情况,《理智与情感》中这样叙述道:

……达什伍德太太答道,"可是,有一桩事必得考虑。你父母搬到诺兰庄园来时,虽然在斯坦希尔的老家的家具都卖掉了,可是全部瓷器、餐具、床单桌布等都留下了,现在这些东西都在你母亲手里。所以,她一搬了家,她的房子几乎马上就能陈设好的。……你父亲只为她们着想。而且我还得说,你并不特别欠他什么恩情,也不必顾及他什么愿望,因为,非常清楚,如果办得到,他大概会把世上一切东西都传给她们的。

这段话虽然是描写达什伍德太太的尖酸刻薄和自私自利,但却也从侧面勾勒出了小知女性可以获得的财产情况和家庭生活水平。虽然她们没有家庭财产的全部继承权或者除了嫁妆的其他收入,但她们家庭所拥有的器物,如瓷器、银餐具、家具、首饰、书籍等的物品是可以赠予她们的,这些器物也可以保障她们以后的生活无忧。另外,她们出嫁后也可以将这些家庭财产带走,依靠它们同样可以很体面地生活,不必参加家务劳动,有仆人帮忙料理家事,她们只需要生儿育女,照顾丈夫,管理整个家庭的正常运行。19世纪以来的英国小知女性已经有了一定的社会地位,起码在经济条件上已经得到了英国社会的认可,但同时也将她们如物品般被摆在谈判桌上,她们在社会生活中也成为了被相互攀比和讨价还价的器物。几乎在奥斯汀所有的作品中都提到了金钱和地位。收入多寡、遗产丰贫、嫁妆多少,金钱数字几乎代替了小知女性们的其他一切品格。奥斯汀认为,经济条件对恋爱婚姻不仅仅有影响,在女性尚未获得经济上的独立权时,经济所起的往往是决定性的作用,因此很多奥斯汀同时代的女性作家都把能够经济独立看作是女性独立自主的一个先决条件。如乔治·艾略特(George Eliot)也就是玛丽·安·伊万斯(Mary Ann Evans),她从未受过系统的文学教育,她只能在照料自己老父时奋发刻苦地进行大量的文学和语言的学习,并在父亲去世后靠翻译工作供养自己并进入文学领域。艾略特对小知女性的经济独立的重要性有令人信服的发言权,如果没有经济收入的保证,她与刘易斯(George Henry Lewes)的婚外恋情不仅不可能保持下去,她也会因为无收入、地位低下而受到英国法律的惩罚。在艾略特的作品《米德尔与马契》中,她借助女主人公的口指出,男性的知识领域对于女性来讲就像是个不可高攀的领地,但是一旦女性进入并征服了这块领地,世间的一切真理就可以辩驳得清晰了。

二、小知女性特征之二

小知女性特征之二是她们都受过良好的家庭教育，有一定的知识，情趣高雅。阅读过大量的书籍，接受过艺术的陶冶和传承，她们待人接物有自己的一套准则，也喜欢对时事发表自己的看法，不愿与别人附和。但是，早期的小知女性群体都没有接受过系统的和先进的学校教育，她们只能眼睁睁地看着自己的兄弟去读符合身份的学校，羡慕地看着他们去读大学、去游历，即使是上流社会的贵族女子，也只是为了更好地扮演家庭主妇的角色而学习了一些生活技能和社交技能，或为了彰显教养而接受了一些艺术和骑射的教育，如《理智与情感》中对乡绅家庭的聚会描写中对小知女性才艺表演的记述：

到了晚上，他们发现玛丽安喜欢音乐，就请她表演。钢琴打开了，人人都准备陶醉一番：玛丽安很会唱歌，大家一请她唱，她就把米德尔顿夫人结婚时带回家的歌谱中的主要歌曲都唱了一遍，这些歌谱从那时起大概就一直放在琴上没有挪过位置，因为为了庆祝那桩喜事，爵士夫人放弃了音乐，虽然据她母亲说，她弹唱极佳，她自己也说很喜欢音乐。玛丽安的表演大受赞美。

上述文字描写了中产阶级乡绅家庭中出身的玛丽安表现出的情趣和爱好，以及她们所能接受的艺术教育。她们真正需要掌握的是家政方面的知识，如女红、检查家庭收支、支配佣人等。在她那个时代，女性是不允许到学校里同男人一样接受公共教育的，而女校是面向贵族阶级和上层社会家庭的富家小姐们的，其他层次的中产阶级小知女性只能接受家庭形式的教育。而正是因为当时的英国社会剥夺了小知女性接受学校教育的权利，她们被认为是愚笨的、不理智的、需要保护的，因此她们也没有选举权和继承权。这种教育方式压制了小知女性的个性，并且使得她们除了嫁个好丈夫，没有其他更好可供选择的生存方式。

18世纪以后，对女孩子的教育则是围绕婚姻而设置的。

当时社会中，在相当长的一段时期内，英国的女性作家作品中充满了对男性在教育问题上对女性的歧视的嫉妒和批判，如乔治·艾略特的《弗洛斯河上的磨坊》（*The Mill on the Floss*，1860）和萨拉·格兰德的《贝丝书》（*The Beth Book*，1897），书中充满了对男性可以自由地接受系统的古典艺术教育的嫉妒和批判。理查德·奥尔迪克（Richard Altick）在《作者社会学》一书中统计和研究过1800年至1935年间英国女性受教育情况和女作家的人数比例，他发现在这135年间，女性作家的人数比例平稳地占男性作家人数的百分之二十左右，即使是维多利亚时代女性文学空前繁荣的时期，女性作家也永远都是少数派。他认为造成这样结果的原因主要是女性受教育的机会不足，以及男性对女性作家的讽刺和歧视。奥尔迪克指出，女性在受教育方面的资料流传极少，基本上没有什么文本资料流传，可见当时英国社会女性在教育方面的受歧视地位。在他研究过的女性作家中，在18世纪，只有百分之二十的女性受到过正规的教育，这些还包括在家里接受的正规教育，其他的女性作家完全依靠自学或阅读大量书籍来充实自己并走上文学的道路。18世纪后期开始，有极少数的女性作家进修过某种类型或形式的高等教育，但并不包括大学教育。直到19世纪开始到19世纪中期，因为英国社会的变革才使得数量可观的女性接受了大学教育，从而进入了文学创作领域。但这些接受过大学教育的女性作家只占整个女性作家群体的百分之三十八。相比较而言，雷蒙德·威廉斯指出，男性作家有百分之五十以上都上过大学或是受到过中等以上的学校教育，在18世纪下半叶至19世纪中期，男性作家受过中等以上教育的人数比例上升到百分之七十二，这其中不乏占男性受教育作家比例的百分之五十的人群是读过牛津大学或是剑桥大学这样英国的最高级学府的。

三、小知女性特征之三

小知女性特征之三是她们具有独立的女性人格、自由的反叛精神和女性主观批判意识。独立的女性人格和自由的反叛精神是小知女性价值的核心所在，是使小知女性脱颖而出、更加个性鲜明的重要基础，也是小知女性价值观的一个重要组成部分。总而言之，小知女性的自由、独立和批判来自其对自身女性身份的深刻认知和对周围事物始终保持的批判意识。

在《理智与情感》中，玛丽安外表美丽可爱，聪慧迷人，出身于中等乡绅家庭，自小就接受了良好的家庭教育和艺术熏染，但是在她身上却体现出了一种独特的始终不息的反抗精神：玛丽安对待任何事物都有自己的一套准则，有时这种准则对其家庭成员也不会妥协，她对婚姻有着自己的一套想法，她认为自己主动去追求的婚姻才是幸福的。玛丽安是一个敏感而又直爽的小知女性，她不愿隐藏和压抑自己对他人的真实情感，甚至可以说有些任性和天真。玛丽安在面对反感的事物时有极强的反叛精神，是反抗英国传统势力的小知女性的经典代表。在爱情、友谊和亲情中，她敢于抗争，她的胆识和才智来自她的性格中的独立自由的反叛精神，作者通过这个人物形象表达了独立人格对小知女性的重要性。《理智与情感中》的玛丽安是一个直来直去的姑娘，就像她对爱情的态度一样，她不愿隐藏和压抑自己的真实情感，想哭就哭，想笑就笑，想怒就怒，甚至可以说有些任性：

"我就喜欢那样，年轻人就该那样。爱干什么就得干个痛快，不知疲劳"。

她对于家中的长辈可以毫不留情面地回击，因为她认为自己是个有独立思想的人，她有思维能力、有判断力和行为能力，她不需要一个生活指导来摆布她该如何生活。独立的人格和反叛精神是玛丽安精神价值的核心所在，是使得她形象丰满、光彩照人、独立自主的重要体现,也是玛丽安女性价值的一个直观反映。在另一个场景,费勒斯太太贬低玛丽安的姐姐埃莉诺,埃莉诺虽然心里难受,却忍气吞声。玛丽安却不能忍受这样的侮辱,她进行了彻底的反抗:

玛丽安这可受不住了。她早就对费勒斯太太非常不满:这样不合时宜地夸奖别人,贬低埃莉诺,尽管她一点也不明白她们真正的意图何在,却惹得她怒气冲冲,马上激动地说"这种夸奖真新鲜!莫顿小姐关我们什么事,谁认识她,谁管她画得好坏,我们考虑的和说的,是埃莉诺。"

她的大胆反抗在当时的社会看来是惊世骇俗的行为,因为没有一个淑女会当众反驳一个有体面贵妇的言行,因为当众表达自己的情感形式在当时看来是十分失礼的行为,淑女们受到讥讽或是批评时要面带微笑地虚心接受,即使有些话语是非常侮辱和歧视的。维多利亚时代的女性都应该是那种温文尔雅的、端庄守礼的,但玛丽安却敢于当场表达愤怒和不满,当面反抗比她地位高的贵妇的无理言语,这是玛丽安小知女性形象最光辉闪耀的时刻。

埃莉诺想见到费勒斯太太的这种好奇满足了。她看出来,有了这个人,两家人的关系要进一步来往是不可能的了。她已经领教了她的傲慢、刻薄和对自己死抱成见,她明白,即使爱德华其他方面不受约束,他们之间的关系也是困难重重的,订婚必然会受到刁难,结婚必然会拖延下去;她看得很清楚,幸亏一个更大的障碍使她不致忍受费勒斯太太的无事生非,不致一切仰承她的鼻息,不必处处讨她的好,她简直要为自己庆幸了。

奥斯汀的婚姻观与当时一味压抑女性的传统观念也是不一致的。与同时代的女性相比,尤其是与班奈特家庭中众多的女性相比,伊丽莎白最显著的品质是独立的反抗意识。不论在家庭里还是社会上,她都不会去依靠任何人,在咖苔琳夫人为反对伊丽莎白和达西自由恋爱而当面责骂她时,伊丽莎白特立独行、敢于反抗,同这位夫人展开了唇枪舌剑的斗争。

伊丽莎白说:"目前这件事情谈不到什么天良、廉耻、恩义。我跟达西先生结婚,并不触犯这些原则。要是他跟我结了婚,他家里人就厌恶他,那我毫不在乎;至于说天下人都会生他的气,我认为世界上多的是知义明理的人,不见得个个都会耻笑他。"

从上面的文字可以看出,伊丽莎白是一个具有强烈的自我意识的小知女性。她对维多利亚时代女性悲惨生活窘境的洞察反映了她强烈的自我意识。伊丽莎白对爱情和婚姻也有着自己的独特见解。她开始的时候说自己不结婚,这是一种拒绝男女不平等的抗议方式之一,伊丽莎白意识到没有经济条件的女性是没有任何社会地位的,她们只能靠运气找到合适的婚姻才能过上幸福生活。同时,伊丽莎白也是一个非常有理想和自信的小知女性,她坚持自己对婚姻的自主选择权,同情那些不能对自己的婚姻做主的同时代的男性和女性。

四、小知女性特征之四

小知女性特征之四是她们的生活过于理想化,沉浸于幻想,过于追求理想婚姻。事实上,形成于维多利亚时代的小知女性是缺乏婚姻自主权利的。无论当时的小知女性是否同意这段婚姻。而这段姻缘能不能结成,主要是看求婚者的财产和地位是否能满足女方父母的要求,双方会对嫁妆和聘礼讨价还价,有时这位绅士和她的父母还会因为价钱的多寡争执不休,撕破脸皮,最终需要律师出面商讨价钱并签署文件,双方的感情基础并不是最重要的因素,而是放在谈判桌上被争论不休的筹码。如在小说《曼斯菲尔德庄园》中对两位沃德小姐婚姻对象的评论:

可是弗朗丝小姐的婚事,用句俗话来说,却没让家里人称心,她居然看上一个一没文化,二没家产,三没门第的海军陆战队中尉,真让家里人寒心透顶。她随便嫁个什么人,都比嫁给这个人强。

在当时的英国社会,父母对小知女性们的婚姻的摆布使得很多小知女性的婚姻生活缺少幸福和欢乐,甚至令她们感到莫大的痛苦和压抑,因为她们就是一群等待估价的表面光鲜的货品。造成这一社会习俗的原因有两个:一方面,一些小知女性的父母在给女儿找不到所谓的门当户对,实际上就是出得起价钱的配偶时,宁可让自己的女儿永远不结婚,也不愿意屈尊低就,如奥斯汀就是其中的一位。另一方面,受重商主义的影响,贵族或是中产阶级男性在选择新娘时,把财产、嫁妆放在了极其重要的位置,因为婚后的家庭生活花费是一个现实的问题。而一些濒临破产的贵族或是出身较低的中产阶级男性为了家族生存或社会地位,他们更多的是希望通过婚姻得到更多的财产和更大的机遇,因此他们普遍都比较关心新娘的遗产和嫁妆。

但即使在这样一个重商主义盛行的年代,还是有一批对婚姻和爱情有着自己追求的小知女性存在着,如《理智与情感》中的玛丽安就是小知女性婚姻、情感理想化的代表。玛丽安性格活泼、开朗、爱幻想、蔑视权贵并主动追求真爱。在对爱情的态度上,她可以说是个完美主义者,她有自己的追求,有过幻想甚至有些苛求。正如书中她自己说的话:

玛丽安停了一会儿说:"二十七岁的女人是再也没有希望会爱上什么人的,或是希望有人爱上她;如果她住在家里不舒适,或者财产少,我倒想她可以屈就,当当保姆,好做些准备,稳稳当当嫁个人当主妇。"

玛丽安对爱情有憧憬,也有担忧。她期待着纯粹的爱情,但又怕自己的要求过分苛刻而一辈子都嫁不出去,这致使刚刚十七岁的她却担心自己一辈子也不会遇到自己的真爱或是一个理想的婚姻。玛丽安在面对爱情时又是冲动的、幻想的、理想化的,这也是小知女性的一个普遍的婚姻乌托邦化的问题。小说中,她第一次和威洛比见面后,就觉得爱上他了,他的一切都那么满足自己的理想。是她的爱幻想的性格和对爱情的理想化信念冲昏了她的头脑,蒙蔽了她的双眼,使她丧失了判断力,让她没有看清威洛比的真面目,最终理想幻灭受到了严重的伤害。而在理性与感性之间,玛丽安经受住了初恋受挫的打击,在不断的自我完善中变得更加成熟沉稳,她的小知女性特征在作品中也更加得到了体现,即主动追求心目中的理想爱情,失败了也不后悔,在失败中汲取教训,永远都在期待着下一段理想的爱情,但绝对不会对压力和现状妥协。尽管柯林斯先生屈尊俯就地提醒伊丽莎白:因为她的财产很少,所以,不会有另外一个人再来向你求婚了。他在小说中强调:

　　"我得提请你考虑一下,尽管你有许多吸引人的地方,不幸你的财产太少,这就把你的可爱、把你许多优美的条件都抵消了,不会有另外一个人再向你求婚了,因此我就不得不认为你这一次并不是一本正经地拒绝我,而是仿效一般高贵的女性的通例,欲擒故纵,想要更加博得我的喜爱。"

　　伊丽莎白依然断然拒绝了为了找个永固的饭碗而结婚的请求,她认为这种婚姻就是把自己像个商品一样推销出去,简直是侮辱自己的人格。但她的女友夏绿蒂却利用了这个机会达到了把自己嫁出去的目的。简·奥斯汀笔下的主人公形象摆脱了传统英式淑女的束缚,不再是无论外貌还是品格都是无与伦比的优秀的中产阶级淑女,她的笔下描绘出了一个个性格独立和理性坚强的小知女性的新形象。综上所述,通过对以上几个文本的分析,笔者得出这样的结论:小知女性的基本特征是,她们普遍都出身良好,具有中层以上的社会地位,具有相当的经济条件而不从事体力劳动;她们都受过良好的家庭教育,有一定的情趣,爱好雅致;她们都具有独立的女性人格、自由的反叛精神和女性主观批判意识;然而她们的生活太过于理想化,她们往往沉寂于幻想中,过分地追求理想婚姻。随着资本主义经济和社会文化的发展,小知女性的地位开始得到缓慢但稳健的提升,与此同时,女性主体本身也开始关注自身的权益。在这种状况下,越来越多的女作家开始注意到女性的性格特点、行为方式和心理特征。

第二节 小知女性的源头

一、中世纪以后小知女性受教育机会的增多

随着欧洲社会经济的发展、新兴中产阶级的需要以及上层社会对贵族女性的教育的风潮，为小知女性接受教育提供了一定的社会基础和经济条件。

小知女性群体萌芽于14至17世纪的文艺复兴时期。众所周知，14至17世纪，整个欧洲处于变革与矛盾的转型期，手工业和商业贸易的蓬勃发展，新兴资产阶级的出现和快速发展，民族与国家的初步形成，天文与地理上的重大发现，现代化综合教育（大学）的诞生，宗教改革初现端倪，文艺复兴运动兴起等一系列重大而又深远的社会变革的兴起。文艺复兴的实际上就是一场大规模的思想文化解放运动，既是社会经济政治现代化的要求，同时更是"人的理性意识觉醒的温床"。这一时期，在文学上的主要表现就是对落后的、封建的宗教制度和宗教势力的攻击。女性在这一时期有机会进入男人们的工作和社交领域，并发挥了积极的作用。《西方女性史》中曾指出，因为手工业和商品贸易的蓬勃发展，女性有机会进入小商品的买卖和交易领域和餐饮服务业，宗教改革的不断推进也让一部分女性有了受教育的机会。城市和农村的一些地区的学校开始接受女性学生，也有一些地方开办了女校，而贵族和大资产阶级家庭则普遍聘用家庭教师来对家族的女性成员进行教育。这些贵族女性不仅学到了一些自然科学、文学和才艺方面的教育，同时也不同程度地受到人文主义思潮的影响，开始关注人的生存问题和女性自我意识。文艺复兴时期，在英国出现了一批从女性视角进行创作的女作家，如伊丽莎白·卡丽（Elizabeth Cary）、艾米利亚·兰叶（Aemilia Lanyer）和伊莎贝拉·惠特尼（Isabella Whitney），这些女性作家第一次以女性的心态创作了属于她们自己的作品，第一次关注了女性在男权社会的受压迫和在婚姻生活中的不幸。在她们的身上，欧洲的小知女性显示了极少数女性知识分子自我意识的萌芽。这些先行者的作品体现出了小知女性文学作品的萌芽。

二、革命性的社会环境与女性地位的提升

小知女性群体大量涌现、蓬勃发展的时期是在18世纪中后期。这是因为，18世纪60年代开始，第一次工业革命在英国爆发。工业革命使得一部分家境富裕的女性从烦琐的家务劳动和手工劳作中解放出来，减少了她们的体力劳动时间，她们可以雇佣女仆，也有了

时间阅读和写作。到 18 世纪末，英国的中产阶级家庭已经占了全英家庭总数的三分之一，他们有一定的收入、一定的社会地位，生活比较惬意，家务劳动由仆人完成，女性成员不需要工作和从事家务劳动。她们主要的经济来源是家里的男性成员如父亲、丈夫等，这就造成了男性在那个时代的家庭地位激增，使得女性成为他们的所有物、私有财产。正是这种笼中雀、观赏物一般的地位，使得 18 世纪的小知女性们首先感到了社会和家庭对女性的歧视和不公正待遇，她们首先指出来了男权社会对女性的压迫，发出了试图改变这一不公待遇的先声。英国 18 世纪的著名女性学者玛丽·沃尔斯通克拉夫特（Mary Wollstonecraft）就在其代表作《为女权辩护》发出了女性应该享有和男性一样的社会地位和教育公平的呼声。

三、现代主义思潮和女性解放运动的影响

贯穿整个 19 世纪的是具有自由思想和民主意识的女性小说家凭借独具特色的艺术作品纷纷登上文坛，形成了女性作家迅速成长、壮大的欣欣向荣景象。19 世纪上半叶，小知女性作家从英国开始终于从沉睡中醒来，她们鲜明地开始挑战其文化附庸地位和家庭社会中的附属地位。许多具有自由民主思想的女性作家凭借其独特的艺术价值而纷纷登上文坛并取得了举世瞩目的成就，出现了被马克思称为"才华横溢的一代小说家"。维多利亚时代，女性的社会地位和家庭环境已经发生了深刻变化，越来越多的中产阶级女性接受了一定的启蒙教育和文学熏陶，并在法律上得到了一些对女性地位的改善。她们中的一些先锋女性们最终拿起了手中的笔，来描绘她们自己的文学和历史。但是，"维多利亚时期的女性小说家发现自己处于双重困境。她们因男性批评家的俯就恩赐而感到屈辱，强烈地表达了不想受特殊对待，而要做到真正优秀的愿望，然而她们又深感焦虑，怕这样一来自己就不会像女人了。"总之，19 世纪英美的小知女性作家们，在世界文坛上具有承前启后、继往开来的重要地位。她们处在女性主义文学由封闭走向成熟和女权主义由萌芽期开始迅速发展的重要时期。不仅继承了很多 19 世纪以前的女性主义作家的写作思想的精华，而且为后世女性作家提供了良好的创作基础。

第三节 英国小知女性的文学表现

一、英国小知女性形象特征之一：受到地域和思想的束缚

（一）文本的话语分析

英国的小知女性作家主张用女性的特殊的话语写女性的生活经验和生命价值，创造女性的特殊话语和关注女性的成长是英国女性作家的写作主题。她们虽然是欧洲女权运动的发起者和先锋力量，但是英国人骨子里的妥协性的中间派性格影响并注定了英国小知女性反抗的不彻底性和得过且过的现实心态。英国女性文学先驱们提出的女性话语特征是指女性作家在日常及写作中对话语权利的主体地位和行为方式的确立，用文本中的带有女性话语特色的言语来书写女性的自我意识，记述女性对男人和男权社会的感受，抒发对这个世俗世界的生命体验，以及论述女性的受压迫历史和对女性觉醒的思考。女性作家为了在"菲勒斯中心主义"的父制社会保持自己的独立自由思想，几个世纪以来都试图寻找着属于自己的独特话语方式和话语内涵。弗吉尼亚·伍尔夫（Virginia Woolf, 1882—1941）是探寻和试图确立女性特殊话语形式的开山鼻祖。伍尔夫在《三枚金币》中指出，女性的话语天生就具有和平、抚慰的特质，女性对社会政治活动的参与会使人类避免自我毁灭的命运。在与男性世界的比较中，女性有其独特的心理结构和文化内涵，女性的独特心理体验需要有自己的话语来表现。

研究指出，女性作家在作品中首先是通过情态动词的选择来表现女性特有的话语特征。在英语表达中，情态动词通常用来减弱语气强硬程度，表示礼貌、委婉或虚拟、对未来的期许、对过去的惋惜。文本中的情态成分能够充分帮助读者和学者们理解作者的言语意图，映射出作家们的心理暗示。这种做法减少了主语行为的主观带入性，使语句的客观性更强，这样的手法使读者在阅读过程中很自然地参与了进去，不知不觉中使自己成为了句子主语的判断者，文本中的语句就像是读者自己的想法和主张，因而很容易与文本产生共鸣，达到作者表达的目的。

通过对英国女性作家的代表人物伍尔夫小说情态系统的研究，笔者发现，英国的小知女性作家倾向于选择大量的温和的情态动词（如should, can, may, have to, will），这表现了英国女性作家在进行判断时的不确定和矛盾的心理状态。此外，不同性质的词汇的选择也表现出女性作家对人和事物的看法和判断：褒义、正面的词语代表了支持、赞同；相

反、贬义、负面词汇表示反对和批评。这些研究表明，英国的小知女性受到地域和思想的束缚影响颇深，她们从伍尔夫所处的维多利亚时代以来所受到的压迫和束缚使得她们形成了一种逆来顺受的习惯，她们习惯于压制、隐藏甚至是躲避自身的夙愿，她们有一套约定俗成的法则来适应男性社会对自己的束缚和压迫，她们学会了审视自己的情感，因为她们认为比起推翻父权统治和实现女性的彻底解放这个遥不可及的远大目标，应该更现实一些地解决女性该如何提高自己在家中的地位和生活得更像个人。因此，英国女性作家们在文本中的情态系统的选择就显得更温和、更妥协。

（二）文本的人物形象分析

如果说在英国小知女性文学发展的萌芽阶段中出现的女性作家，主要是为了争取女性作为"人"的权利，那么小知女性文学的发展阶段要解决的问题就是怎样活得"像个人"。英国小知女性对独立自主的追求可以用一句话来概括，就是能像个人一样活着就行了。在19世纪以后女性作家的小说中，女主人公大都想走出家门去参加工作，不愿意被束缚在家中，有很强的社会责任感，虽然她们必然会遇到挫折、遭到冷遇，但英国的小知女性已经下定决心。小知女性作家认为女性的社交生活并不因为结婚就结束了，在夫妻关系、子女关系中女性应该相对保持独立自主。她们认为女性小说的内容应该被拓宽到包括女性生活的基本经验。从奥斯汀到伍尔夫，英国的女性作家一直都在以女性自身经验为基础对抗、批判以男性为中心的英国社会。

事实上，弗吉尼亚·伍尔夫毕生的文学创作就是在探索这样一种方式，在看似温和、软弱的女主人公的自说自话和矛盾言行中，试图在不引起男性社会反感的前提下，能够最准确地表现她所追求的那种生活，她的理想婚姻与情感，她所向往的两性关系。从文本的创作手法来说，就是伍尔夫在文本的写作实践中尽力打破传统小说所提倡的丰富外部环境、细致的人物刻画、深刻的人物冲突和首尾呼应的明确的事件发展。伍尔夫通过对人物出现的时间和空间的处理，通过对同一事件做不同视角的叙述等手段来刻画出女主人公矛盾变化的内心情感。在《达洛维夫人》(*Mrs. Dalloway*)一文中，伍尔夫用第一人称的矛盾化的语言来描绘达洛维夫人脆弱而又纠结的心理变化：

She would not say of any one in the world now that they were this or were that. She felt very young; at the same time unspeakably aged. She sliced like a knife through everything; at the same time was outside, looking on. She had a perpetual sense, as she watched the taxi cobs, of being out, out, far	她现在不愿对世界上任何人说长道短，说他们这样或那样。她感到自己非常年轻，同时又说不出的苍老。她像把刀子穿透一切事物，同时又是个局外的旁观者。在她看着出租车的时候，总有一种自己是远远地、远远地独自在海上的感觉，她始终感到活在世上，即使是一天，也充满了许多危险。倒并

out to sea and alone; she always had the feeling that it was very, very dangerous to live even one day. Not that she thought herself clever, or much out of the ordinary.

不是她觉得自己有多么聪明，或者有多么不一般。

笔者译

伍尔夫在《达洛维夫人》中经常性地使用第三人称"她"作为话语主体，但这个"她"并非只是主人公达洛维夫人的代称，而是英国社会不同阶级、不同信仰的女性的代称，"她"代表了英国千千万万个小知女性，代表着与作者伍尔夫有相同思想情感的女性的心声。在英国父权文化的统治下，他们为女性量身定制了一系列的行为准则，女性长期在父权文化的压迫下，已经将这种不平等的观念内化成自身应遵守的社会道德规范，她们以往只有用静默来表达反抗，而伍尔夫在《达洛维夫人》里大量使用第三人称"她"，具有鲜明的女性占主体地位的文学色彩，它体现了女性强烈的诉求欲望，表现了女性希望讲述自己的生活经验，传达女性渴望独立自主的决心。伍尔夫从小说的一开始就使用鲜明的性别代词"她"来树立女性在文本中的地位，试图打破女性长期以来在文本中的尴尬的陪衬地位。然而，长期以来英国父权社会为她们定义的位置，替她们规定的话语使她们很难有抒发自己观点的舞台和自信，更不用说作为话语的主体存在，坚持女性自我意识了。因此，在文本中达洛维夫人不停地重复和反驳自己的观点，看似矛盾的背后隐藏着英国小知女性长期存在着的在自由理想与现实束缚的两难处境中的真实写照。在《雅克布的房间》中，伍尔夫用意识流的笔墨描画了女主人公的内心世界：

Why, from the very windows, even in the dusk, you see a swelling run through the street, an aspiration, as with arms outstretched, eyes desiring, mouths agape. And the we peaceably subside. For if the exaltation lasted we should be blown like foam into the air. The stars would shine through us. We should go down the gale in salt drops – as sometimes happens. For the impetuous spirits will have none of this crading. Never any swaying or aimlessly lolling for them. Never any making believe, or lying cosily, or genially supposing

为什么，就从这些窗子里，即使在昏暗之中，你也可以看见一个膨胀起来的东西在街上跑过，一种渴望，好像直伸着两只胳膊，眼中充满了希冀，嘴大张着。然后我们平和地安静下来。因为如果这种兴奋状态持续，我们就会像泡沫一样被吹到空中。星光将穿过我们照耀大地。我们就会成为滴滴盐水被狂风卷去，像有的时候发生的那样。因为冲动的精灵不会接受任何这一类的安抚。它们远不要任何的摇摆或无目的地闲荡。永远不要任何假装、或惬意地躺着、或亲切地认为人和人差不多，火很暖和，葡萄酒令人

that one is much like another, fire warm, wine pleasant, extravagance a sin.

愉快，奢侈是种罪孽。

笔者译

从上述文本可以看出，敏锐的伍尔夫发现既然女性和男性在生活中彼此需要，总要以某种方式走到一起去，女性不可能将男性只当作假想的敌人予以排斥和对抗，因为在伍尔夫生活的时代，女性始终无法摆脱男权社会的道德观念。伍尔夫小说中的女主人公们不仅要操持家务、抚养孩子，更要担起养家糊口的重任。反观她们的丈夫，虽然处于一种失语地位，但是却无时无刻不在压迫着妻子的精神，禁锢着妻子的行动，男人和女人虽然没有在文本中直接交锋，但他们的激烈矛盾已经彰显无疑。在那个时代，小知女性群体已经建立，但是却无法正当地表达自己内心的想法和获得男性的尊重。在那个两性的矛盾长期存在的时代，女性必须靠自身的感觉、情感和直觉在男权社会中摸索着寻找生存和妥协之路。伍尔夫创作的小说中的女主人公大都是积极主动地去迎接新生活的，她认为女性不应拘泥于传统的家庭生活和社区交际，应当去做自己认为有意义的事情，她们可以出去工作、进行文学创作、创作绘画、做慈善工作，总之女性应该有属于自己的自由时光。但是，另一方面她的主人公却没有明确的奋斗目标，她们最现实的渴望就是能够拥有一间自己的房子，不被外界所打扰。英国女性在争得做人的各种权利后，必然要表现自己作为女性的性格特征，实现"像个人一样生活"的愿望，但英国小知女性的性格决定了她们的反抗是矛盾的和妥协的。

二、英国小知女性形象特征之二：妥协性的情感和爱情选择

（一）文本的话语分析

1. 英国女性文本的词汇选择分析

根据福柯的话语理论，说话者有意识地在词汇和语法两方面进行选择，这些选择有意或无意地受一些原则支配，并具有系统性。女性作家已经被证实习惯地在写作中使用一些带夸张意味的形容词或是副词。女性一方面喜欢用带夸张意味的形容词来渲染环境气氛，同样也比男性更多地使用一些程度副词来加强语气表达。笔者发现女性作家比男性更多地使用 so 或者 oh 来加强语气，英国的女性作家还更多地使用客套的标记词（如 please, thank, may）和委婉语（euphemism）。女性喜欢用带夸张（hyperbole）意味的形容词，如伍尔夫使用的 unworthy, venturesome, unsuccessful, superfluous, proved insignificant, distracted impressed, supported, distributing 等，同样也比男性更多地使用一些程度副词来加强语

气，如伍尔夫选择使用的 passionately, simultaneously, scrupulously, momentarily, vacantly, superciliously, temperamentally, transparently, practically, incredibly, imaginatively, naturally, momentarily, consciously 等。英国的女性作家更注意语言的文雅和含蓄，这也表现在惊叹语和诅咒语的使用上。女性一般本能地避免使用粗俗的语言（如 Shit, dame, hell），而用 Oh dear, My Godness, My God, Oh my gosh, Jesus Christ 等来表示惊叹。

2. 英国女性文本的及物性分析

韩礼德认为，及物系统是再现语言的根本，它的作用是把人们在现实世界包括内心世界的各种经验和经历表达成若干种过程，并指出各个过程的参与者和环境成分。而伍尔夫在女性的对话与交谈中的话语运用，一方面体现了女性彼此之间的差异和对话关系，避免了女性主义在进入理论话语时沾染上父权话语的独白方式，另一方面也表达了女性亲密联合的美好愿望。

（二）文本的人物形象分析

同样是追求独立自主的婚姻情感，英国小知女性从诞生之日起，追求的更多的是嫁个好丈夫、教养儿女、婚姻幸福，而最重要的情感需求是平等的夫妻关系。比如玛格丽特·德拉布尔的创作主题，她的文学作品从选材上讲很明显是 19 世纪和 20 世纪的时间节点，可是她的女主人公所面临的危机和冲突却都是德拉布尔之前的女性作家们所不能理解的，她精心描绘出的是当代英国女性的画像。她曾经一针见血地指出在男权社会中女性所处的尴尬地位，指出不幸的婚姻使英国的小知女性们迷惘于以牺牲幸福为代价换来的自我意识的觉醒中。她对爱情婚姻满怀疑虑，心中全无美好的憧憬，在小说《磨砺》中，德拉布尔生动地刻画出了一个彷徨的现代英国小知女性罗莎蒙德：

我四处徘徊，内心里萦绕着《红字》那部电影。但是字母 A 代表着禁欲，而不是通奸。我因犯罪而感到内疚，好吧，但它是一个全新的罪行，一个二十世纪的罪行，不是那种纵欲和贪婪的不好的旧的传统之一。我的罪行是我的怀疑、我的恐惧，我对性生活的这个想法的恐惧烦忧。

笔者译

上文这段话真实地刻画出了现代英国女性对敏感话题的矛盾和纠结的内心活动。在发生性关系直到发现怀孕到决定生育孩子这段时间，罗莎蒙德经历了生理上与精神上的双重考验，她虽然也曾彷徨、犹豫、恐惧和担忧，但是，作为一个婚姻的审视者，罗莎蒙德对自己提出的问题，即是对、是反抗，还是妥协的疑问，对英国新成长起来的一代女性来说，是她们的前辈面临过的问题延续。选择的可能性无非就是两个：合作，即回归婚姻家庭，做个贤妻良母，放弃反抗；对立，即与现实社会剥离，不踏入婚姻的坟墓。罗莎蒙德面临的问题具有深远的普遍意义，反映了英国接受了女权主义思想启蒙的小知女性们变得更加成熟而坚定的形象特征。因而,这部小说在英国女性读者中引起了强烈的共鸣。在小说中当罗莎蒙德得知自己已经怀孕的消息后表现出了极强的母爱:

> 我边走边在考虑生孩子的问题,然而在那个已经完全陶醉在其中的状态下,对我来说没有什么是不切实际和不可能的事。可能这真的不是什么坏事,姐姐有个宝宝,漂亮的婴儿,而且看起来被他们所热爱着。我的朋友们也有宝宝。因此说没有理由我就不应该也有一个,它对我来说应该很合适。
>
> 笔者译

罗莎蒙德在审视自己的生活时说她之所以会有这个孩子,就是因为有这么一套房子。女博士罗莎蒙德应该说是一位特立独行的全新女性。这个时代的英国正值西方社会变革大潮,本土的传统价值分崩离析,个人的价值因社会价值取向的转变显得难以确定。罗莎蒙德这样的年轻知识女性从无传统负荷,却不可避免地陷入无所适从的迷茫之中。因此,在小说中德拉布尔借助主人公之口一针见血地指出了英国女性两难的选择:

> 你可以对拥有一个孩子的问题完全不懂,没有责任感和对财务紧张的忧虑,和对不能够再随心所欲地出去玩儿或者是做没有计划的事情。相信我,我知道的。我只是看不出你自己适应了你自己产生出来的需求。你一直都是这样表现你的独立性,并且总是按照你自己的方式表达。
>
> 笔者译

罗莎蒙德清楚地认识到了要成为一名单身母亲需要付出的代价,她不再有自己的享乐时间,她必须要负起作为母亲的责任,她这种清醒的自我意识的觉醒实际上是对男权社会的一种抗争。从文本中可以看出,在一个男权社会里,英国的知识女性还是受着传统和道德的约束,始终不能挣脱束缚,只能在婚姻和家庭的泥沼中继续挣扎。但是罗莎蒙德选择做一名单身母亲,这样既可满足社会对女性要求的必须承担的生育义务,又可以满足女性不愿为家庭所累的独立自由观念。可见,德拉布尔对女性解放问题并不是乐观地展望,而更多的是严肃地思考和忧虑。

> 奥克塔维亚是一个格外漂亮的孩子,每个人都这么说,在商店里或巴士上以及在公园中,无论我们走到哪里情况都如此。我不断地被自己的行为吃惊,因为我可以几个小时什么都不做,只是盯着她手上的极细微的活动,或者是她的脸上的转瞬即逝的细微表情。
>
> 笔者译

德拉布尔作为一位小知女性群体的作家代表,真实而又深刻地剖析出了英国现代女性面临的现实问题,即婚姻和生育。现代的女性虽然已经将这两个权利牢牢地紧握在了自己的手里,但是现实中常常遇到的却是情感和婚姻并不顺畅的问题。罗莎蒙德想要当个母亲,却又不走进婚姻殿堂的做法是用自欺欺人的妥协化的心态处理这些问题的真实写照。这与现代女性渴望独立自主、不受婚姻家庭束缚的观念又有着巨大的落差。因此,罗莎蒙德选择了一种妥协的、双赢的解决方法,在这种无奈的中庸、灰色的地带,英国的小知女性们找到了一片暂时的栖息之地,可以暂且忘却现实与理想的冲突,可以既选择顺应女性的生育本能,又不必被家庭和丈夫所累,可以有自己的一部分相对自由的时间。德拉布尔的小说创作既以反抗传统的女性角色为出发点,但又无法解决现实中英国女性的两难困境,因而只能是对社会上普遍存在小知女性的单身母亲的选择表示理解。

标题《磨砺》是具有双重含义的,在某种意义上来讲,它就是文中那个婴儿的本体,因为它是痛苦的来源,是它的母亲所付出的代价和在社会上的耻辱象征,但是在另一个方面,它更加重大的意义是在圣经上的记载,耶稣说过,"那些伤害小孩子的人应该在其脖子上绑上磨盘,并将其沉在海底"。

笔者译

在英国的文化保守主义传统影响下,德拉布尔对女性自主选择的生活道路采取了一种相对温和的态度,她既不愿走传统的贤妻良母之路走进婚姻的殿堂,又不想行极端的女权主义之道去堕胎,因为这是极度违背基督精神的行为,是严重的犯罪,因此她在中间地带进行选择,这是德拉布尔创作思想中既定的基本策略,也正是英国小知女性形象呈现出妥协和矛盾的一个基本特征,这种选择也真实地反映了英国小知女性群体的内心。

我现在发现的事实是同我那对令人钦佩的父母一直坚定地呈现给我们小时候幼稚的眼中的完全一样的事实:人类很多时候的不平等性、极限性、隔阂性、不可能性、令人悲痛的人类的苦难。我一直在理论上怜悯、同情别人在命运和环境下遭受着的不幸,但现在,我不再是自由的了,我自己正遭受着痛苦,我可以说我在我自己的心中感觉到了这种痛苦。

笔者译

可以说德拉布尔的小说是现代英国知识女性婚姻情感选择的一个最真实反映,对身陷其中的女性们,作者也是充满同情和关心的。但作家并未在文中指出这些女性应该怎样去抗争,却只是如实地反映了她们的现状。德拉布尔作为英国战后最具独创精神的女作家,她以深刻的笔触来描述现代知识女性的命运,她并没有固执己见地给这些知识女性指明方向,而是把女性的自由选择都一一地呈现出来,她自己并没有对这些选择发表极端的意见。因为,在德拉布尔看来,英国女性面临的这两难的选择是由来已久的,而且在风气相对保守的英国,女性选择避开锋芒、达到双赢才是最终的目的,对于怎样达到这个双赢目的,那就是女性们自己的实践了。

三、英国小知女性形象特征之三:矛盾性的婚姻追求和情感归宿

德拉布尔对现代女性合乎理想的生活道路的苦苦寻觅,最基本的出发点,就是对男性

中心社会中女性角色定位的愤怒和反叛。事实上，英国的小知女性从未由于心灵的解放而脱离现实生活从而获得真正的自由。在现代英国社会，小知女性在新的困境中对自我追求的执着和对生命的细腻体验也成为现代作家创作的主题。

（一）文本的话语分析

西苏曾指出，女性作家的话语不能步男性话语的后尘，女性应努力以不同的方式讲话，以不同的方式写作，创造出属于女性的文学理论和体裁。西苏呼吁女性拿起笔来创作自己的文学，她这样深情地写下：

"写吧，写作属于你，你自己也是你的，你的躯体是你的，写吧，让任何人无法阻止你，……不要让男人拖垮你，不要让蠢笨的资本主义机器拖垮你，也不要让自己摧垮你！"

显然这是一种女性的声音被压抑了几十个世纪的宣泄，一种要以建立女性文学话语规范作为反抗男权社会的文学主张。这种文学主张是要把女性的完全解放建立在女性写作活动的基础上，在实践中建立起属于女性自己的文学理论和写作理论，这种文学主张提出应建立适合女性特征的、能代表女性文学风格的女性自己的文学。这其中，文本中的修辞格的使用被广泛地提及并被女性作家大量地实践。这是因为在西方文学中，修辞的使用和作者社会的权力分配有着极其密切的关系。一个作家如果缺乏修辞知识或没有进行修辞实践的能力，这说明这个人在社会上不具有通向权力的途径，换句话说，这个人是没有受过专业的、系统的、高等的文学和文化教育的。

（二）文本的人物形象分析

德拉布尔在小说中，用其敏锐准确的洞察力解析其作品中的女性的困境和觉醒，对现实社会中英国的知识女性矛盾的心理和压抑的精神都给以很细致的观察。《瀑布》是德拉布尔早期的一部女性倾向的小说，在西方社会广受争议，流传甚广，但在我国却并不为广大读者所认知。实际上它是德拉布尔创作的一部极具女性特色的小说，是她的女性意识和时代特征结合所凝结成的果实。在小说《瀑布》中简这样描述自己跟丈夫的情感联系：

爱，也许吧。我没有觉得我有爱过他，但我不认为爱情可能会死；我宁愿不相信我结婚是因为爱。我感觉到来自他的保护，因为我在从聚会上把他从孤独中拯救出来的那个伊始就已经对他没兴趣了。我觉得我只是在某种程度上习惯了他的陪伴，把那种孤独感带走，我自己亏欠了他。他是带着希望的，但我现在承认我是在尽力否定着什么。

笔者译

德拉布尔将女性视角和时代背景巧妙结合，随着简的叙述，读者进入到了女主人公的内心世界，发现传统道德被颠覆了。简的自我意识苏醒后，英国社会备受推崇的忠贞的爱情和婚姻被颠覆了，取而代之的是婚外恋给人带来的美好和愉悦。简本来的婚姻变成了她难以忍受的枷锁，只有在婚外恋中才能找到本应属于夫妻间的情感慰藉和情欲满足。女性走出家门，找到工作自食其力的梦想在20世纪40至50年代得到了普遍实现，这使得女性在经济上有了独立的能力，但当她们一旦走出去后又回来结婚生子，在家庭的责任和自我的自由间如何选择和平衡？她们还有可能保留或者保障作为女性的独立人格吗？如果在婚姻中无法得到情感的慰藉和丈夫的关心怎么办？女性可以大胆地走出婚姻去寻找真正的爱情吗？这些问题正是德拉布尔在《瀑布》中所思考和探讨的。

我在晚上可以连续坐几个小时盯着墙不说话，晚上在床上，我会躺在那里像一根木头疙瘩。我认为，我期望我全部沉寂，冷漠和痛苦最终会把马尔科姆推开，使我自己自由，把我从他身边摆脱开。

笔者译

文本的女主人公简是受过良好教育的小知女性，她受到过高等教育的熏陶，原本是习惯性地服从于父权制社会的话语权利之中的，习惯了以男权社会对女性的要求来遵守、检视自己的思想和行为。但是，她骨子里的小知女性意识在她不断地对比与詹姆斯的交往细节和与丈夫相处的情形中觉醒了，然而她始终无法抑制住想摆脱母亲、妻子身份的想法，重新塑造自我的想法也始终存在着，无法掩饰住想要拥有真正爱情的渴望，虽然她感到詹姆斯在法律上不属于自己，但她并不感到遗憾或是失望，她认为自己可以寻回曾经独立自主的自己，重新成为精神自由、思想独立、掌控自己生活的简。

他想要她，他也为了这个解脱而付出了艰辛的努力，他认为这值得他冒险，为她，为他自己，他已经做到了。不易察觉的需求。她用陌生的声音发出了重获新生的湿透了的啜泣。一个女人交付了她自己。她是他的祭品，随着他，他躺在她的两腿之间。

笔者译

上文虽然是对简和詹姆斯偷情的一段描写，但是这段描写并不显色情和淫乱，而是以女性视角，用女性做主体地位的言语抒发了简终于获得新生的感叹。对当了多年家庭主妇，无时无刻不被妻子、母亲、女主人等家庭角色压得喘不过气来的简来说，只有在和詹姆斯的偷情中，她才是自由的。她不再是拥有适合各种场合服装的高贵的女主人，她当了太太后随之而来的所有角色、责任，试着感受不受羁绊的自我。从女性主义视角来看，这并非纵欲的表现，而是简在去除压力的无意识状态时使用了女性唯一可以控制的行为，因为"她是被需要的"，"她自己的声音"被喊了出来。

然后他们睡着了，在那潮湿的、浸泡在彼此情感互泄的床单上。有一件事一直是她在恋爱中最担心的。这件事总是令她惊惶和担忧，她被包裹在自己的毛巾和纸巾中，干涸，恐惧，像个孩子被困在僵冷狭窄的床上一样，像中邪了一样害怕，就像一个孩子，温暖离身体远去，现在她就躺在那里，淹没在了意识的海中。

笔者译

文本中简通过内心的独白，反映出了与詹姆斯的偷情是那么的美好，"他拯救了她"，"他改变了她"，简重新燃起了对生活的信心，有了对未来的渴盼。在现实社会生活中，简被要求做到无私奉献、恪守妇道，直到找到了詹姆斯，她才找到了她灵魂的栖息地、情感的归宿。可以说在文本中，偷情、婚外恋早已超越了其事件的本质，成为主人公找回自我、灵魂觉醒的象征。正因为它的私密和背德的特征，使得这种行为给婚外恋的双方提供了一种不真实的允诺，让它显得更珍贵、更刺激和更具有挑战性。德拉布尔的文学创作，就是企图发现和解决上述矛盾，她的每一部小说都是现代英国小知女性对情感选择上的一种新的可能性的尝试，这种尝试是小知女性从男权中心文化中一次又一次的精神突围的不懈努力和不断妥协的轮回过程。

第四节　美国小知女性的文学表现

一、美国小知女性形象特征之一：宗教的束缚与现实的反抗

（一）文本的话语分析

清教的思想是美国小知女性性格的形成和发展的来源和支柱。清教思想在美国社会中占据着主导地位。探讨清教对美国小知女性的影响对于了解美国的社会文化传统、价值观念以及正确理解女性文学作品都有着不可忽视的意义。

美国的小知女性文学作品的话语特征深刻地受到了基督教、清教思想影响。以《小妇人》这部小说为例，它作为受美国清教影响的传统美国家庭的道德典范，其文本的语言特色具有圣经语言的标志性特征。首先，《小妇人》作为一本通俗小说，作者使用的是简单的美国式英语词语和语法，从而达到广为流传、深入人心的写作目的。这与《圣经》英文版中极少使用表示抽象意义的词语或长音节的单词有异曲同工之处。《圣经》中基本不用抽象和晦涩的词汇，也很少使用修饰语。这种朴素而直观的用词使《圣经》的语言简洁有力、优美朴实，读起来如行云流水，它所描绘的画面直观地展现在读者面前。以《圣经》的开篇《创世记》（*Genesis*）为例：

In the beginning God created the heaven and the earth.　　起初神创造天地。

And the earth was without form, and　　地是空虚混沌，渊面黑暗。

　　　　　　　　　　　　　　　　　　　神的灵运行在水面上。

void; and darkness was upon the face of the deep, and the Spirit of God moved upon the face of waters

 And God said, Let there be light: and there was light.

 And God saw the light, that it was good: and God divided the light from the darkness.

神说，要有光，就有了光。

神看光是好的，就把光暗分开了。

  从这段文字看，《圣经》英文版的选词是相当简朴且益于理解的。它所使用的很多词语所表述的都是具体的事物和行动。它的语言特点是没有抽象的修饰词，没有夸张比喻，完全是平铺直叙，实写实述。如以句号为准，最长的句子不过20个词，句式短小精悍。没有复杂的从句，结构简单。同时，90%以上的词都是英语本民族的单音节词，纯正优美，简单明了，而且节奏鲜明，有力度，读来清脆悦耳，十分朗朗上口。《小妇人》中作者路易莎·梅·奥尔科特为了最广泛地宣扬清教的强调个人尊严与自立自律的观念，她在小说中所选择的词汇和语法结构也是非常朴素和直观的，这一笔法与《圣经》语言如出一辙。她在文本中经常使用单音节的英语词汇和具有词源意义的单词：

 Everyone thought soberly for a minute, then Meg announced, as if the idea was suggested by the sight of her own pretty hands, "I shall give her a nice pair of gloves." "Army shoes, best to be had," cried Jo. "Some handkerchiefs, all hemmed," said Beth, "I'll get a little bottle of cologne. She likes it, and it won't cost much, so I'll have some left to buy my pencils," added Amy.

 "How will we give the things?" asked Meg.

 "Put them on the table, and bring her in and see her open the bundles. Don't you remember how we used to do on our birthdays?" answered Jo.

大家都认真想了一会，梅格似乎从自己漂毛的双手得到启发，宣布道："我要给妈妈送一双精致的手套。""最好送双军鞋，"乔高声说道。"我要送些镶边小手帕，"贝思说。"我会送一小瓶古龙香水。因为妈妈喜欢，而且不用太花钱，我还可以省点钱给自己买铅笔，"艾米接着说。"我们怎么个送法呢？"梅格问。"把礼物放在桌上，把妈妈带进来，记得我们是怎样过生日的吗？"乔回答。

从这段文字中的词语分析，《小妇人》英文版中所选用的动词和形容词都是相当简朴而便于读者理解的。作者所使用的动词大都是表达最直观的行动，并且她所选用的都是这些直观动作中最基础的词汇，如"do""give"等都是美国人在孩提时代就能拼写的词汇。此外，作者在形容词方面的选择也是非常直观的，没选用一些中性的、暧昧的词汇，而是直接用"nice""best"这样直白的词语，体现了《圣经》语言的特色，将《圣经》语言的纯正优美、简单明了，且节奏鲜明、有力度的优点体现得淋漓尽致。虽然《小妇人》使用的是美国19世纪的语言，但从全书来看，由于作者对各类情节和人物的描述使用的是相当大众化的语言，是普通的美国民众在日常交谈中经常使用的词汇，因而历代的读者都可以很清晰地理解作者的意图和书中所宣扬的清教思想。

其次，《圣经》语言的另一大特色就是句子结构的简单明了。《圣经》中的常态化使用的基本句型是 God-does-something，也就是英语中最简单的"主语+谓语+宾语"这种主动语态句型。这种句式鲜明地暗示出上帝作为动作的执行者可以有效地控制自己的行动，并能够使之产生预期的结果。通过 he-does-something 这种简单的句式及短小的使役动词向读者传达了上帝以其无可匹敌的物质和精神力量主宰着自己的行动。同时，这种句式在记述一段历史或描述一个事物时也不会产生任何矛盾和歧义，如《创世纪》第十章中这样记述道：

Now these are the generations of the sons of Noah, Shem, Ham, and Japheth; and unto them were sons born after the flood.	挪亚的儿子闪，含，雅弗的后代，记在下面。洪水以后，他们都生了儿子。
The sons of Japheth: Gomer and Magog and Madai and Javan and Tubal and Meshech, and Tiras.	雅弗的儿子是歌篾、玛各、玛代、雅完、土巴、米设、提拉。
And the sons of Goiner: Ashkenaz and Riphath and Togarmah.	歌篾的儿子是亚实、基拿、利法、陀迦玛。
And the sons of Javan: Elishah and Tarshish, Kittin and Dodanim.	雅完的儿子是以利沙、他施、基提、多单。
By these were the isles of the Gentiles divided in their lands; every one after his tongue, after their families, in their nations.	这些人的后裔，将在各国的土地、海岛，分开居住，各随各的方言、宗族立国。

这段文字记述了大洪水过后人类如何繁衍生息、重建家园。尽管都是简单的陈述句，描述的动作也很简单，但是千百年来《圣经》的读者从这段文字中所读到的人类先祖们的人伦关系是都不会产生任何歧义的，因为这种一对一主语对应宾语的句式将人类先祖们的

血缘关系确定下来。这种简单句式使用的单词和语法是非常准确和精炼的,是经过反复推敲、千锤百炼而后定的,它的最大的优点在于不论经过多少代历史的传承都不会对《圣经》的基本思想或是基本秩序造成任何的误解和歧义。《小妇人》中作者奥尔科特同样也倾向于使用简单的句式来表达众多的情节场景或是人物性格,小说故事情节简单真实,却感人至深,其成功的秘诀之一就是用简朴、真挚的语句来劝导人们向善、律己并热爱生活。

"Well, I was wild to do something for Father," replied Jo, as they gathered about the table, for healthy young people can eat even in the midst of trouble. "I hate to borrow as much as Mother does, and I knew Aunt March would croak, she always does, if you ask for a ninepence. Meg gave all her quarterly salary toward the rent, and I only got some clothes with mine, so I felt wicked, and was bound to have some money, if I sold the nose off my face to get it."

"You needn't feel wicked, my child! You had no winter things and got the simplest with your own hard earnings," said Mrs. March with a look that warmed Jo's heart.

"嗯,我十分渴望能为爸爸做点事,"乔回答。这时大家已经围在桌边,年轻人身体健康,即便遇上烦恼也能照样吃饭。"我像妈妈一样憎恨向人借钱,我知道马奇婶婶又要呱呱乱叫,她向来就是这样,只要你向她借上一分钱。梅格把她这季度的薪水全交了房租,我却采买了衣服,我觉得自己很坏。无论如何要筹点钱,哪怕是卖掉自己脸上的鼻子。""你不必为这事而觉得自己很坏,我的孩子。你没有冬衣,用自己辛苦赚来的钱买几件最朴素不过的衣服,这并没有错,"马奇太太说着慈爱地看了乔一眼。

从上文中的句子中可以看出,奥尔科特在描写主人公乔为了替爸爸筹钱卖掉了自己的一头长发,这在当时的美国社会是一个惊人之举。然而,在叙述这一感人的情节时作者没有用大量排比、比喻或是象征等修辞手法来渲染马奇一家的真挚感人的亲情,而选择了用简短的人物对话,以最简单的陈述句式,即"我(主语)+(想要)动作+宾语"这个最简单的句型,最直接地表达出了乔的直白意图,她就是为了帮助爸爸,她就是看不惯妈妈为了筹钱而受到亲戚的白眼。读者不必花费心思去揣测乔的内心世界,因为她已经直接而又感性地表达了出来。从她对花钱买新衣服的懊悔情绪,到为了爸爸剪掉引以为豪的长发,她率真而又体贴的性格跃然纸上,吸引着一代又一代的读者为其感动。

最后,《圣经》语言中包含了大量生动而又形象的修辞手法。如它在描绘牧羊女的形象时使用了大量的比喻修辞,如她们皓齿如绵羊,樱唇如红带,圆颈如白塔,酥胸如鹿。

这些比喻句把美丽的牧羊女的形象描写得鲜明活脱,因而也激发了人们对这些美好生活的向往,激发了读者丰富的想象力,具有热情浪漫的情趣。此外,《圣经》也经常会使用一些排比句来描绘生动的情节,或是阐述其深刻的宗教思想。这种也被称作"排比式"诗歌体语言,是《圣经》言语的另一突出特征,如《旧约》中的《诗篇》第19篇第1节,"诸天述说神的荣耀":

> 耶和华的法度确定,能使愚人有智慧。
> 耶和华的训词正直,能快活人的心。
> 耶和华的命令清洁,能明亮人的眼目。
> 耶和华的道理洁净,存到永远。
> 耶和华的典章真实,全然公义。

《诗篇》

排比句的使用,显得文章结构紧凑,语气坚定有力。排比是表现力较强的修辞方法,这是因为排比结构能清晰地表达思想,加强语势,酣畅淋漓地抒发感情,阐明观点,所以读来印象至深。排比是富有表现力的修辞方式。排比最主要的修辞功能是表达强烈的感情,突出所强调的内容,增强语言的气势。实际上,《圣经》是在强调一件事,即上帝是万能的,世界万物都彰显神的荣耀、神的伟大。这样的排比结构在《圣经》中多次出现,用来强调它所要表达的内容,用排比的修辞技巧来表达相同及相关的意念无形中增加了话语的严肃性和权威性,号召人们要听从上帝的教化。

(二) 文本的人物形象分析

"清教(Puritanism)"一词是由"清教徒(Puritan)"衍生来的,是人们对清教徒思想和行为的概括。清教对美国小妇女性追求个性解放、独立自主的性格特征有着积极的作用和深刻的影响。《小妇人》就是19世纪70年代一部由女性作家创作的以小妇女性为主人公的小说,小说中有一段关于美国清教思想的记述:

Mrs. March broke the silence that followed Jo's words, by saying in her cheery voice, "Do you remember how you used to play *Pilgrims Progress* when you were little things?" "We never are too old for this, my dear, because it is a play we are playing all the time in one way or another. Out burdens are here, our road is before us, and the longing for goodness and happiness is the guide that leads us	马奇太太用她愉悦的声音打破了乔说话之后的一阵沉默,"你们还记得演《天路历程》的情形吗?" "演这出戏永远没有年龄之分,亲爱的,事实上我们一直都在扮演,只是方式不同而已。我们重担在肩,道路就在眼前,追求善美、追求幸福的愿望引导我们跨越无数艰难险阻,最后踏入圣宁之地——真正的'天国'。"

through many troubles and mistakes to the peace which is a true Celestial City."

笔者译

19世纪美国小知女性追求的幸福模式是做一个自由女性，向往独立自主，渴望像男人一样工作和生活，这正是清教所倡导的自由精神和个人主义。小说描写马奇四姐妹像圣徒一样克服自己的性格缺点，不断地自我完善正是清教思想的直接体现。马奇全家克己的生活、秩序分明的作息时间和条理分明的日程安排体现了清教思想所提倡的节俭、反对奢侈浪费、重视工作、讲求秩序、强调实用和反对纵情玩乐的教义。关于清教思想和文化对美国普通家庭的影响，玛格丽特·米切尔在小说《乱世佳人》（Gone with the Wind）中这样细致地描述道：

Ellen arranged her skirts and sank to the floor on her knees, laying the open prayer book on the table before her and clasping her hands upon it. Gerald knelt beside her, and Scarlett and Sullen took their accustomed places on the opposite side of the table, folding their voluminous petticoats in pads under their knees, so they would ache less from contact with the hard floor. Carreen, who was small for her age, could not kneel comfortably at the table and so knelt facing a chair, her elbows on the seat.

爱伦散开她的裙摆，在地板上屈膝跪下来，然后把打开的《祈祷书》放在她面前的桌子上，然后合着双手搁在上面。杰拉尔德跪在她旁边，斯嘉丽和苏伦也在桌子对面各就各位地跪着，把宽大的衬裙折起来盘在膝头下面，免得与地板硬碰硬时更难受。卡琳年纪更小，跪在桌旁边很不方便，因此就面对一把椅子跪下了，两只臂肘搁在椅子上面。

笔者译

上文事无巨细地描写了清教徒家庭成员祈祷的姿势，看起来有些可笑，但却真实地反映了清教思想在美国普通家庭的影响程度。艾伦本人恪守"对家庭极其负责"的清教徒的行为准则，是个典型的贤妻良母。清教主义对美国小知女性的影响还体现在作家所表达出的人生观、世界观和写作态度方面。米切尔的作品中渗透了加尔文教的"原罪""恶""内在堕落"等清教主义的观念。美国人更多地继承了清教先驱们的乐观精神。表现在文学上则是对"美国信念"的歌颂。清教徒的这种乐观精神在许多美国作家的作品中得到了充分的体现。文本中热情奔放地歌颂了美洲大陆上这个新生国家，对美国的未来充满了信心与希望。而这与清教主义先驱们的乐观态度是分不开的。此外，加尔文主义的神学思想，特别是人类堕落，唯有信赖上帝才可获救的信条，对美国的清教信徒产生了深刻的影响，虔诚的清教徒必须每天在家中祈祷来赎自己的罪过：

Like the rushing of a soft wind, the responses from black throats and white throats rolled back: "Holy Mary, Mother of God, pray for us sinners, now, and at the hour of our death." Despite her heart ache and the pain of unshed tears, a deep sense of quiet and peace fell upon Scarlett as it always did at this hour. Some of the disappointment of the day and the dread of the morrow departed from her, leaving a feeling of hope.

她祈祷的声音就像是一阵清风那样祥和宁静,所有黑人和白人的喉咙里都唱出了附和的圣洁歌曲"圣母马利亚,上帝的母亲,为我们所有的罪人祈祷吧,为现在,也为我们死后的祥和。"尽管这个时候斯嘉丽正在因为伤心而眼含着热泪,但她还是深深感受到了以往这个时刻无数次的这种安详和和谐的气氛。她白天经历的那些失望和对明天的恐惧立刻消失了,留下来的是一种对期望的强烈感觉。

笔者译

"原罪学说"也是美国小知女性作品中的一个常见话题,其核心思想就是确立上帝的绝对权威以及人类本身无法自行解救。文本中提到的"玫瑰经文",它的正式名称为《圣母圣咏》,于15世纪由圣座正式颁布,是天主教徒用于敬礼圣母玛利亚的祷文。"玫瑰经"一词来源于拉丁语"rosarium",意为"玫瑰花冠"或"一束玫瑰"。"rosa"即玫瑰之意,此名是比喻连串的祷文如玫瑰馨香,敬献于天主与圣母身前。玫瑰经是天主教敬礼圣母的一种方式,涵盖了耶稣的救恩史。米切尔的作品在某种程度上说,已成为美国人们生活、行为规范的准则,直至今天仍有传统美好道德的教育意义,米切尔文学作品除主题思想、创作目的上体现清教思想的影响外,在文体风格上也有所呈现,比如她的作品的结构严谨,文字洗练,都无疑地使她被列为美国清教主义作家之列。清教信仰在美国人的现实生活中起着非常重要的作用,也自然影响着文学创作的目的、描写的对象、创作的主题及写作方法等。从早期的美国文学到近现代的美国文学都明显地体现了清教思想的影响。然而,清教思想也是一把双刃剑,它既让美国的小知女性有了独立自主、追求个性解放的原动力和终极目标,同时它的一些禁欲、克己的思想也让许多美国的女性不敢满足自身的欲望,不敢追求真正的幸福。

二、美国小知女性形象特征之二:强烈的自由精神和独立精神

(一) 文本的话语分析

女性的话语天生就具有和平、抚慰的特质,女性有其独特的心理结构和文化内涵,女性的独特心理体验需要有自己的话语来表现。而女性作家们在作品中主要是通过选择情态

动词来表现女性特有的话语特征。通过对美国女性作家的文本研究，笔者发现，美国的小知女性作家的倾向选择比较具有矛盾性，因为通过统计得出，美国的女性作家既会选择温和的情态动词，如 could, may, have to, will 等，也会选用强烈的情态动词，如 must, should 等。这表现了美国女性作家在进行判断时的不确定和矛盾的心理状态。文本中的情态成分能够充分帮助读者和学者们理解作者的言语意图，映射出作家们的心理暗示。奥尔科特在文中对小知女性的将来给予了厚望，因此她不会去使用模棱两可的不确定的情态动词。

（二）文本的人物形象分析

美国人追求自由之精神是与他们独特的历史社会发展分不开的。他们都是移民的后代，是拓荒者、冒险者。北美的殖民者主要是英国人和流放犯，他们大多是清教徒。他们到达北美的一个重要目的就是要冲破封建压迫，追求自由和民主，教化当地人民。美国是女性自由主义的发源地，因此我们在其文学作品中的女性形象上看到了富有独立自由精神、坚韧、的时代女性形象。《小妇人》中对美国人所崇尚的自由主义也进行了描写：

"I had a capital time. Did you?" asked Jo, rumpling up her hair, and making herself comfortable. "Yes, till I hurt myself. Sallie's friend, Annie Moffat, took a fancy to me, and asked me to come and spend a week with her when Sallie does." ...

"I don't believe fine young ladies enjoy themselves a bit more than we do, in spite of our burned hair, old gowns, one glove apiece and tight slippers that sprain our ankles when we are silly enough to wear them," And I think Jo was quite right .

"我玩得开心极了。你呢？"乔问，把头发弄乱，使自己舒服一些"开心，直到把脚扭伤。莎莉的朋友安妮莫法特喜欢上我了，请我随莎莉到她家住一个星期。"……

"虽然我们的头发被烧掉了，衣裳又破又旧，手套也不成双，紧鞋子又扭伤了脚踝，但我相信我们比上流社会的年轻女士玩得开心多了，"并且我认为乔说得完全正确。

笔者译

马奇家四姐妹的世界观、价值观除了受到清教克己思想的影响之外，也深深烙下了自由精神的烙印。她们天真单纯、乐观开朗、自由自在，给读者们留下了深刻印象。四姐妹有着强烈的女性自主意识，她们蔑视传统的礼教，敢于违背社会对传统女性的种种要求和限制，她们靠着自己的勤劳智慧勇敢独立起来，做自己的主人，她们洒脱、活泼的个性使她们有别于温柔娴静的19世纪传统淑女，执着追求独立自由、蔑视社会偏见习俗的精神

第三章　英美小知女性形象文学研究

更使她们充满了清新淳朴的气质。乔作为美国小知女性的代表人物，按照自己的意愿自主地选择生活方式，经济上做到了相对独立，通过自强不息成为作家，也体现了她不屈服于世俗眼光，执着地追求个人精神独立的自尊。她不但不允许外人干涉她的自由，同时也要求脱离父母独立自主。她身上的这种自由精神反映了美国独特的社会历史进程中小知女性的成长历程。

艾琳娜·彭迪列是另一个具有典型意义的美国小知女性的代表。她是作为一个在男权社会里被压迫煎熬的小知女性形象而深入人心的。她出生在美国的上流社会，受到了良好的文学艺术教育和自由思想的熏染，她的身上充满了自由和叛逆的气息，她在觉醒的过程中逐渐认识到了自己与周边的人与物都背道而驰的现实，她的清醒认识也让她一度感到痛苦和找不到归宿。但是艾琳娜最终决定宁可放弃以前的富贵舒适的生活也要认真清醒地为自己选择一次。她的丈夫是典型的美国19世纪上流社会的男主人：工作繁忙，对家庭和妻子漠不关心，经常用吼叫的方式让妻子服从，这让艾琳娜十分反感，并最终产生了反抗的念头并付诸行动：

With a writhing motion she settled herself more securely in the hammock. She perceived that her will had blazed up, stubborn and resistant. She could not at that moment have done other than denied and resisted. She wondered if her husband had ever spoken to her like that before, and if she had submitted to his command. Of course she had; she remembered that she had. But she could not realize why or how she should have yielded, feeling as she then did.	彭迪列太太翻了个身，在吊床里躺得更加安稳了。她觉得内心燥热，性情在突变，倔强里充满着反抗。此时，她只能对丈夫报以不满的轻视和反抗。她奇怪，丈夫以前是否也是这样和她说话的，她是否服从过丈夫的命令。当然，她确定服从过，她记得她服从过。她不明白为什么要服从，只是记得她确实那样服从过。 笔者译

当艾琳娜开始对她的丈夫表现出反抗和不合作，并质疑为什么自己一直对丈夫言听计从，毫无一丝反思的时候，她其实已经开始觉醒了。但这种觉醒使她领悟到作为一名女性，她在这个世界的权利和地位。这种领悟昭示了她女性独立意识的觉醒。但是她对这种觉醒懵懵懂懂，有时甚至觉得自己在无理取闹，只是在享受着对丈夫的反抗过程。然而，随着时间的推移，当艾琳娜越来越从这反抗和不妥协中享受到作为一个人的权利得到满足时，她开始反省自己的家庭和生活，开始意识到自己身为一个女人的身份和自由。离婚后她只能靠母亲的遗产和自己的画作为生。而美国女作家玛格丽特·米切尔的观点则是美国的小知女性们应该有意识地去追求与男人平等的政治和经济权利，认为男人不比女人优

越，女人的理性不比男人差。传统的美国女性是《飘》的主人公斯嘉丽的母亲艾伦夫人，她是美国女性心目中的理想女性，她虔诚地信奉天主教，是位贤妻良母，认为忘却自我是女人神圣的殊荣。虽然传统道德观念占统治地位，但她是一个胜利者，因为赢得了丈夫和子女的尊重和爱戴，受到仆人们的拥护和敬畏，了解了女人的处境，并争取到了一定程度上的女性独立自主和精神独立。

三、美国小知女性形象特征之三：地位因素的影响巨大

（一）文本的话语分析

前文提到过，及物性是以交代各种过程及其有关的参与者和环境成分来反映语言的概念功能，其中包括六大过程：物质过程、心理过程、关系过程、言语过程、存在过程和行为过程。通常思想意识的支配，作者可以用及物系统中的不同类型的过程来叙述一个场景，其做出的选择透露出重要的文化、价值观或意识形态意义。

女性作家对作品中尤其是小说中词汇的选择不是任意的，而是带着一定的态度和立场去选择特定的表达方式。所以，从很大程度上来说，小说文本的构建过程也是意识形态的建构过程。不同角色语言的分类主要是根据作家对人物或情节的描绘和叙述，这主要是通过词汇的选择实现的。在对小说文本中词汇的分类进行分析时，尤其要注意形容词、副词和名词的使用。形容词带有非常强烈鲜明的感情色彩，而名词则具有概括性和抽象性的特点，有一定的意识形态倾向。英语中有很多表示职业身份的名词都是在男性的名词后加上阴性词缀构成，然而一旦加上后缀就通常表明较低下的职业，使同一名词的意义贬值几分。

鉴于小说的特点，很多叙述性的文字讲述了故事的发展过程，正在进行中的情节是什么，它反映事物的动态过程，这正是物质过程所能表达的。通过物质过程的使用，可以增加小说的真实性、客观性，更能达到生动的表达效果，使读者有参与其中、身临其境的感觉。不同的过程具有不同的语篇意义，在组织一个语篇时，如何选择过程，如何提及参与者，如何描述角色关系，形成一种无形的力量，直接影响着读者对于文章的理解和看法。

（二）文本的人物形象分析

小知女性文学关注婚姻和爱情的话题，这是因为在《小妇人》和《觉醒》中所呈现的那个时代，小知女性没有继承权，没有财产权，找不到工作，她们唯一可以反抗和争取的唯有婚姻和爱情的权利。美国小知女性的婚姻爱情理想是有差异性的。这来源于美国小知女性的出身和阶级的差异。总的来说，出身上流社会或中产阶级上层阶层的小知女性更注重婚姻情感的实践过程。

第三章 英美小知女性形象文学研究

1. 地位因素对小知女性关注点的影响

《小妇人》中的乔出身低微，父亲是一般的城市中产阶级，家里没什么经济来源，所受的教育也是以家庭教育和自学为主，平时母亲和四姐妹需要出去工作用来贴补家用，小说的第一章就描写了乔的出身和社会地位：

"I don't think it's fair for some girls to have plenty of pretty things, and other girls nothing at all," added little Amy, with an injured sniff.	"有些女孩子拥有荣华富贵，有些却一无所有，我认为这不公平。"艾美鼻子轻轻一哼，三分出于轻蔑，七分出于嫉妒。 笔者译

相对而言，乔的形象更具批判精神，因为她的出身和社会地位较低，她无法在社会上的其他方面凸显自身的独特性，只能在精神上更加激进、更具反抗性和更具批判性。乔有着当时与众不同的创造力和独立精神，她能够靠写作挣钱，补贴家庭开销；她不愿意违背自己的生活准则去迎合所谓的淑女形象，穿戴像个男孩，说话率直，不愿意抑制自己的爱好去迎合社会规范。而《觉醒》中的主人公艾琳娜的社会地位相对更高些，她嫁给了出身于新奥尔良贵族世家的富商莱昂斯·蓬特利尔先生，她有一个富裕的家庭、一个奢华气派的大房子，每年都可以去海边度假，可以支配可观的金钱，有一个爱她的丈夫、一双可爱的儿女，她的婚姻对旁人来说是美满和羡慕的。小说中用繁复的笔墨描写了她家的房子：

The house was painted a dazzling white; the outside shutters, or jalousies, were green. In that yard, which was kept scrupulously nest, were flowres and plants of every description which flourishes in South Louisiana. Within doors the appointments were perfect after the coventional type.	在房子的表面刷着耀眼的白漆。面子外层的百叶窗，或叫作遮蔽窗，是绿色的。庭院非常洁净，栽满了路易斯安娜那南部盛放的各种花草。室内挂着高贵精致的家具，古香古色。 笔者译

艾琳娜出身上流社会，爱好文学艺术，有绘画的天分和音乐的鉴赏力，而她丈夫关心的只有事业和金钱。作为女人，她似乎只是丈夫的财产和玩物。然而作为一个小知女性，艾琳娜热爱自然，富有激情，内心情感丰富，爱幻想，具有批判精神，因此，富裕安逸的家庭生活不仅没有让她生活幸福，反而让她时常精神压抑，抑郁失落。她最终从家庭出走，独自住进她租的简陋小屋，以画画为生，与他人偷情，追求幸福和真爱。艾琳娜因为社会地位较高，不为金钱和生活所困扰，因此她追求的就不是精神上的满足，而是对实践的渴望。因为她有金钱，有社会地位，缺少的是人与人的沟通和情感的慰藉，她的顾虑比出身相比她较低的小知女性们要少许多，因此，艾琳娜敢于走出家庭，主动寻求真爱。

2. 地位因素对小知女性价值观的影响

比较而言，乔的价值观体现了超越时代的新小知女性的独立自主的特性，更具有时代感。乔的成长过程始终伴随着不停的工作：她从事写作，外出担任家庭教师，直至结婚后和丈夫一起开办学校。

Though very happy in the social atmosphere about her, and very busy with the daily work that earned her bread and made it sweeter for the effort, Jo still found time for literary labors. The purpose which now took possession of her was a natural one to a poor and ambitious girl, but the means she took to gain her end were not the best. She saw that money conferred power, therefore, she resolved to have, not to be used for herself alone, but for those whom she loved more than herself.	乔的社交圈令她十分快乐，每日忙于工作为她挣得了面包，使她的努力成果更显甜美。虽然如此，她还是找时间从事文学创作。对一个有抱负的穷姑娘来说，现在支配她写作的目的是自然的，可是她实现目的的方法不是最好的。她明白金钱能带来权力，因此，她决心拥有金钱和权力这两种东西。不只是用于她自己，而且是用于她爱的人们，她爱他们胜于爱自己。 笔者译

在19世纪的美国社会，可供女性选择的工作不多，乔对经济上独立自主的要求是强烈的，也是贯穿始终的。她热爱写作，并肯为之付出一切，最终成为作家，主动地承担家庭责任，拒绝劳里的求婚。作为一名出身低微的小知女性，她的成长具有里程碑式的深远意义。与之不同的是艾琳娜的价值观的形成过程。她一开始是没有经济独立的欲望的，艾琳娜不愿意像赖斯小姐那样为了艺术而放弃感情，去过一种清教徒式的生活，她不能接受那种将艺术看作是毕生事业的价值观。艾琳娜是通过单纯地画画这个举动逐渐觉醒，形成了小知女性独立、自主的价值观。在小说中艾琳娜最后租到了一间很小的房子，独自搬过去居住，并进行绘画创作，她终于感知到了自己真正需要的是什么：

"Where are you going? to New York? to Iberville? to your father in Mississippi? where?" "Just two steps away," laughed Edna, "in a little four-room house around the corner. It looks so cozy, so inviting and restful, whenever I pass by; and it's for rent. I'm tired looking after that big house. It never seemed like	"你搬去哪，去纽约，去伊伯维尔，还是到密西西比你父亲那儿，去哪儿呢？" "就在隔壁，"艾琳娜大笑着说，"就在埃斯布兰街的拐角，那儿有幢四间屋的房子。我每天路过那。那房子看上去非常精巧，我很喜欢，非常宁静。那套房子出租。管理我家那套大房子，我已经厌倦了。它从来不像是我自己的，不像个家的样子。"

mine, anyway – like home."   　　　笔者译

  艾琳娜的觉醒是单纯的、客观的和理性的,她既想成为一个成功的艺术家,又不愿孤立于社会之外,她想保持独立自主的思想和独立的批判性,因此她搬出了丈夫豪华奢侈的家,去了附近的一间小屋单独居住,并且她想办法使自己在经济上独立。新生活的活力给了艾琳娜的绘画作品以象征和内涵,她租的小屋虽然简单狭小,没有任何奢华装饰,可在艾琳娜眼中,这是象征她经济独立和精神解放的神圣之所,是她心中实现理想的安全屋。这间狭小的屋子使她觉得虽然在社会上地位下降了,但在精神上上升了,这就是艾琳娜的价值观:为了追求独立自主,可以放弃以前的社会地位和安逸的生活,只为了能在精神上得到升华。

  3. 地位因素对小知女性婚姻选择的影响

  作为出身较低的乔来说,她对婚姻情感的选择更为清高一些,或者说更追求柏拉图式的精神婚姻。乔坚信人人平等,而且还具有超前的小知女性意识:她认为男女应该也是平等的,特别是在婚姻情感方面,女性也应该是有选择权的,金钱和地位不是乔选择婚姻的第一要素,她也不愿意嫁给地位比自己高的男人:

  I shouldn't. I'm homely and awkward and old, and you'd be ashamed of me, and we should quarrel – we can't help it even now, you see – and I shouldn't like elegant society and you would, and you'd hate my scribbling, and I couldn't get on without it, and we should be unhappy, and wish we hadn't done it, and everything would be horrid!"

  "Nothing more, except that I don't believe I shall ever marry. I'm happy as I am, and love my liberty too well to be in a hurry to give it up for any mortal man."

  "可我不会,我不漂亮,笨手笨脚,又古怪又老,你会为我感到难为情。我们还会吵架,你看,甚至现在我们都忍不住要吵,我不喜欢优雅的社会而你喜欢,你会讨厌我乱写乱画,而我没这些不能过。我们会感到不幸福,会希望我们没这样做。一切都会令人不敢想象!"

  "没了,还有就是,我想我以后不会结婚的。我这样很幸福,我太爱自由了,不会匆忙地为任何一个凡人放弃它。"

　　　笔者译

  在19世纪的美国社会,女性地位很低,可是乔却从不妥协,她认为女性对婚姻应该有决定权。乔认为金钱、权势不是婚姻情感中最重要的,因此她选择嫁给了贫穷落魄的巴尔先生以显示自己的自尊和精神追求,其实也是一种自卑和不自信的表现。乔拒绝嫁给地

位比她高的劳里不全是对金钱和权势的蔑视,还有在高阶层社会中找不到自己的价值,无法在上流社会中获得任何尊重,而只能通过拒绝和劳里的婚姻从而在精神上取得最终的胜利。她的身上充分地体现了下层社会小知女性的性格特征。必须强调的是,下层小知女性的这种选择意识并非一种刻意为之的意识,而是在自尊自立的前提下,通过自身特有的方式去选择自己婚姻情感的意识体现,是一种下意识的主观选择。凯特·肖邦不仅在作品中以坚决肯定的态度来描写女主人公对不幸的婚姻的反抗,打破了那种高尚、专一的爱情神话,更是在故事接近尾声时借女主人公之口,向所有的女性呼吁要敢于追求爱情,即使结局并不完美:

"Yes," she said, "the years that are gone seem like dreams if one might go on sleeping and dreaming but to wake up and find—oh! well! perhaps it is better to wake up after all, even to suffer, rather than to remain a dupe to illusions all one's life."

"是的,"艾琳娜说,"已逝的青春像一些梦,如果一个人真能够连续睡觉,不停地做梦,可是他一旦醒来就会发现,哦,最好还是醒来,即使是遭受痛苦,也别再充当终生沉湎于幻想的傻瓜了。"

笔者译

在艾琳娜生活的那个年代,美国上流社会的女性只能是男人的附属品,她们没有独立的思想、独立的地位去干她们想干的事。在经济、法律和家庭方面,社会也无法给女性平等的机会和地位。艾琳娜的死,是不愿与现实妥协的必然选择,是完全地融入女性自我意识的世界,因为只有死亡对她那个时代的女性来说才是真正彻底的解脱。地位较高的小知女性在婚姻观上采取的是一种审视自己,感觉内心,主动追求的方式。这就是艾琳娜追求真爱的方式,认定了就主动地去追求,失败了也绝不后悔,感受这中间的实践过程才是最主要的,这也就是美国上层社会小知女性的婚姻情感归宿。肖邦夫人在细致描述人物道德冲突时的内心独白,展示社会习俗对人们精神生活的影响,塑造了栩栩如生的人物形象。

综上所述,美国小知女性的性格特征和婚姻理想追求主要是受到了三方面因素的影响。首先,是清教因素对小知女性特点形成的作用。其次,是社会历史因素对美国小知女性婚姻情感形成的作用。美国没有经历以专制统治为特点的封建社会,因而美国没有受到封建专制思想的束缚和影响,这对美国小知女性开放、自由的性格特点有很深刻的影响。最后,是地位因素对小知女性婚姻选择的影响。总的来说,出身上流社会的小知女性更注重婚姻情感的实践过程,而出身低微的小知女性更注重精神的独立。换句话说,即使是在偷情的过程中,上层社会的小知女性往往追求的不是肉体的欲望而是情感的和谐。她们因为各种原因在自己的丈夫那里寻求不到情感沟通和贴心关怀,而这种情感的和谐对这类小知女性来说是第一要害。相较而言,出身较低的小知女性追求的更多是精神独立。纵览小知女性文学形象中出身较低的人物,无论是简·爱、伊丽莎白、爱玛还是乔,对她们都没有欲望或者性的描写，因为对于这些小知女性来说最重要的是精神上的契合，她们更注重的是精神而不是实践。

第五节 英美小知女性形象异化的原因

一、英美小知女性实践差异性之地缘因素

（一）英国小知女性的地缘因素影响

地缘因素对英国小知女性妥协性的性格形成所起的作用是最重要的，而且这一因素也是极为独特的。世界上所有国家的国民性格不同程度地受到地缘因素的影响，但是英国的地理环境尤为独特：它作为一个近海岛国，与欧洲其他国家在国界上完全脱离，四周只有无尽的海水，但同时也曾经统治着世界上最庞大的帝国，拥有着最广阔的海岸线。英国的独特地理环境对英国小知女性妥协性的性格形成有着极其重要的影响。英国小知女性形象的独特性的根源就是其地理环境的独特性，独特的地理环境刺激下的政治、宗教、意识的独立在其民族国家的形成过程中起到了不可忽视的作用。

1. 四面环水的岛国造就英国人孤立而又自傲的性格

英国位于欧洲西部大西洋中不列颠诸岛上，与其他任何大陆都不相连。这种独特的地理环境形成的海洋文化的独立精神、探险精神、合作意识等都有利于其民族意识形成，直至民族国家成立。岛国观念在英国人的想象中占有重要的地位。这使英国历史的发展具有鲜明的个性，在英国独特的地理环境影响下，英国人性格中孤立而又自傲的特征也就此形成。伟大的莎士比亚在其作品中也经常流露出英国人的孤立自傲的性格特点，如《查理二世》中冈特的老约翰说过的：

这大自然为自己营造防止疾病传染和战争蹂躏的堡垒，这英雄豪杰的诞生之地，这小小的天地，这镶嵌在银色大海里的宝石，那大海就像一堵围墙，或是一道沿屋的壕沟。

莎士比亚在自豪的抒情间流露出对自己的祖国处于大海之中的优越感和自豪感，独特的地理环境让英国人富于想象并善于开拓，由于四周都是大海，安全有了保障，英国人很早就获得一种自信或者称之为自傲的情绪。这种孤芳自赏的心态深深地印在了英国人的头脑里，让英国人为自己生活在这样一个岛国无限骄傲，从而对外界表现出排斥与蔑视的民族性格。换句话说，英国人在内心深处实际上是瞧不起外国人和外国文化的，这也是英国人一种自傲心理的缩影。在地理环境的独特性刺激下，长时间独立于大陆、宗教的独立性

以及民族意识的早熟使得英国较早地成为民族国家。在英国民族国家形成的过程中，地理环境因素起了很大作用，因此，他们逐渐形成了统一的思想，并提出"上帝是英吉利人"这一经典语句。

古希腊哲学巨人亚里士多德（Aristotle）在地理学方面就曾提出气候决定论，指出："居住在寒冷地带和欧洲的民族虽然具有大无畏的精神，但是缺乏智慧和技术，因此他们虽然保持着相对的独立，但没有政治组织能力，不能统治其他民族。亚洲民族虽然十分聪明，但缺乏勇敢的精神，因此他们永远处于从属的被奴役的地位。但是居住在他们之间的希腊民族，性格具有两者的共同优点，具有勇敢的精神，也有智慧。至今它是独立的，并且最能够统治其他民族。如果它能够形成一个国家，就能够统治世界。"

狭窄的英吉利海峡把英伦三岛与欧洲大陆隔开，保有自己的独特性，自成一体的便利条件，也为英国人孤立、保守的性格特征起到了推波助澜的作用。因为地理环境的独特性使得英国大不列颠岛这个地方受罗马的控制比较少，它的自由度就比较大，英国就因此成为一个较早独立的民族国家，建立起来自己的主权。英国人与欧洲地理上的距离感和血缘上的联系使他们感到他们既是欧洲的主要民族，同时又不属于欧洲。因此，在孤立性格支配下的英国人在欧洲大陆发生战争或纠纷时，总是隔岸观火，采取置身事外的态度。

2. 多变的天气造就英国人悲喜不定的性格

世界上各个民族性格的独特性，都与其国家地理环境与个人成长环境有着密不可分的联系。英国的地理环境的特殊性，造就了大不列颠民族性格的特殊性。英国人的性格，既不同于西方民族，也不同于东方民族，既是最富有孤立、傲慢本性的民族，也是具有民族向心性的民族；既是傲慢、自大的民族，也是最有礼节性、规范性的民族。这种民族性格上的独特性，除了地缘因素的诸种原因外，天气因素也对其形成产生了不小的影响。英国处于欧洲西部，大西洋东岸，为典型的温带海洋性气候。英国位于北纬50度至60度之间，比我国的黑龙江省还要偏北，但气候却温和得多，可以说是冬无严寒，夏无酷暑。大西洋暖流为英国带来了温和湿润的海洋性气候。以伦敦为例，冬天河湖极少结冰，一月份的平均气温在4摄氏度以上；而夏天又相当凉爽，七月份的平温气温只有17摄氏度。虽然英国的气候温和，但天气复杂多变，一天之中可以感受到四季的天气变化。英国人常说："国外有气候，在英国只有天气"，以此来表明这里天气的变化莫测。为什么英国人如此关心天气？这实际上是英国人自身悲喜不定的性格决定的。外国人谈论英国的时候，最突出的一点话题就是英国有着独特多变的天气。孟德斯鸠在他的《论法的精神》中的第14章提出关于气候对人类影响的学说时指出："气候的影响是一切影响中最强有力的影响"。

孟德斯鸠在《论法的精神》中解释寒冷的气候和英国民主政体之间的关系，这种解释可以作为发达国家地理线的一种依据。大西洋的气候给英国带来了丰富的雨水和阴冷严寒，这种气候影响英国人的心理，致使他们对一切事物都抱着忽冷忽热的态度。因此，英国人从不定的气候那里获得了一种悲喜不定的脾气：一方面每一个人都把自己看作是一个君主；另一方面，这样的独特天气变化使得英国人的性格也随着季节变化而随之改变。英国冬季日短夜长，下午未到3点，天色已灰暗一片；夏季则正好相反，日长夜短，晚上10点多才开始入黑。英国人会在夏天显得比较积极和热情，喜欢跟朋友出去聚会，和家人到海边晒太阳，对事情的看法和与人交往时都会变得不那么高高在上、自负骄傲；而到了冬天，因为时区的原因，太阳早早地息工，使得英国的天气潮湿阴冷，不到傍晚，天色就变得昏沉阴暗，英国人独特的悲喜不定的性格就突显出来了。英国人在冬天的时候是非常不友善的，他们冷漠阴暗、抑郁自恋，对待事物的看法和与人交往都会变得比较悲观，宁愿躲在家里孤单寂寞，也不会主动地出去交际。英国人的这种矛盾对立、表里不一，并且随着天气变化而差异颇大的性格特征是导致英国小知女性形象异化的重要的外在因素。

（二）美国小知女性的地缘因素影响

美国人的性格在一定程度上说也是美国特殊地理环境的产物，与它的复杂地形、气候以及民族构成有着密切的联系。美国位于北美洲南部，东临大西洋，西濒太平洋，北接加拿大，南靠墨西哥及墨西哥湾。全境由东向西可分为5个地理区，东南部沿岸平原分为大西洋沿岸平原和墨西哥沿岸平原两部分。这一地带海拔在200米以下，多数由河川冲积而成，特别是密西西比河三角洲，是世界上最大的三角洲，土质黝黑，土壤肥沃。河口附近有一些沼泽地。位于这一地理区的佛罗里达半岛是美国最大的半岛。全国50个州，一个特区，海外领地包括关岛、太平洋托管岛屿、波多黎各、美属维尔京群岛等。孟德斯鸠在《论法的精神》一书中写道：

在寒冷的国家，人们对快乐的感觉性是很低的；在温暖的国家人们对快乐的感觉性就好一些；在炎热的国家人们对快乐的感觉性极为敏感。"热带的人室外活动多，因而性格暴躁；寒冷地区的人室内活动多，性格坚强，忍耐性好，并有开拓精神。

美国人是具有极强的适应性的民族，当欧洲移民者在美国开始定居之后，便开始努力适应并改变这种自然环境和天气条件，在这个过程中不同地域的人就形成了自己独特的社会生产方式和性格特点。居住在海岸线的美国人受蓝色海洋文明影响，因而性格开放自由，例如，加利福尼亚人和佛罗里达人。美国有近2.3万千米的海岸线，这使得美国人的性格具有开放自由而又富有进取精神的特征。居住在草原的美国人逐水草而居，他们的性格豪放自由、不受拘束，例如，得克萨斯人和路易斯安那人。美国西部人心胸宽广、积极进取、极富冒险精神，他们的冒险精神和拓荒精神、追求自由平等的形象在美国西部传统文学中经常得到体现。总之，不同的地理环境和气候条件对美国人性格特征的形成有一定的影响，造成了其性格的普遍性和差异性共存的现象。

二、英美小知女性实践差异性之宗教因素

(一) 英国小知女性的宗教因素影响

在英国,每个人都享有宗教自由,因此,在英国各中心地区也形成了多种不同的宗教信仰蓬勃发展的局面。英国有两个"官方的"教堂,即英格兰教堂(英国圣公教会)和苏格兰教堂(长老教派),大多数的英国人都信奉基督教,如果英国官方要求在调查表上填写自己的宗教信仰,那么大部分的英国家庭会选择英国国教。基督教约在公元6世纪末传入英国,当时的不列颠岛正遭受盎格鲁-撒克逊人的入侵,人民饱受战争蹂躏,生活在水深火热之中。人们终于找到了一条精神上的出路,而统治阶级也想利用宗教的精神鸦片麻醉人民,巩固自己的统治,盎格鲁-撒克逊诸王国很快就决定成为基督教国家,并承认罗马教廷的统治地位。

虽然亨利宗教改革的结果使得英国四分五裂。伊丽莎白一世面对当时英国社会复杂的宗教矛盾,用建立一个新的代表全英国利益的教派——圣公会来调节,从而解决了这个在当时分裂英国社会,阻碍资本主义发展的棘手问题。在当代英国,当问到时当个国教徒需要具有什么信念时,国教的牧师们大多数都会这样解释国教的内涵:

"嗯,这要看情况了。要看你去哪个教派。福音派会说,你得真诚地改信我们的教义。传统的英国国教高教会会让你接受一种实际上跟罗马天主教教义毫无区别的正统的基督教教义。英国国教认为不需要规定许多信条,它宁可给人们留出空间和自由,积极参加并领受圣餐已经够了,表明了你的信念"。

然而,英国国教几乎毫无规范可言,在教义方面更是宽松自由,但值得肯定的是,它实际上适应了潮流,代表了英国民族的真正精神。这是因为,在宗教立场方面,英国国教不愿意采取极端立场,它的忠实信徒们觉得这真是一种最好不过的公平精神,中庸之道是英国国教的精神。艾略特指出,伊丽莎白时代的英格兰教会坚持寻找教皇统治制度和教务评议会之间的折中办法,它代表了当时英格兰最美好的精神。实际上,英国的小知女性正是从英国国教那里学来那种妥协、矛盾的处世之道的。英国国教会或安立甘教在宗教问题上始终采取一种折中的态度,它并没有什么非常鲜明的思想特色,一切宗教观点的取舍均以对英格兰国家的发展有利为唯一的准则。

综上所述,在树立一种民族特性的意识的过程中,英国国教的成就与其说在于它的宣言,不如说在于它的实践。英国人喜欢自己的教会,朴实而又比较可靠,且随时可以使用。建立国教,将教会纳入国家体制,这是英国人的妥协性和变通习惯,为的是缓和英格兰人心里的反教权主义。国教之所以存在,是因为它理智、圆通,能给那些逍遥自在的人

一种安慰。根据英国国教那独一无二的特权地位——它享有官方地位，主教在贵族院拥有席位，首相有权任命高级神职人员，如此等等——我们只能得出这样的结论：它满足了政府和教会双方的需要；它并不代表宗教的某种深邃的精神，它更是英国民族性格形成的源泉和保障。

（二）美国小知女性的宗教因素影响

没有哪个国家的总统在就职典礼上手扶《圣经》宣誓，只有美国；没有哪个国家法庭证人手扶《圣经》宣誓，只有美国。美国小知女性性格的形成、发展和繁荣都受到来自清教思想的绝对影响。美国人的性格从其萌芽状态起就受到清教思想的强烈影响，清教思想在美国社会中起着极为重要的作用。它对美国的影响是极为深刻和广泛的。清教思想影响着美国社会的核心价值、社会生产的目的及人的情感婚姻的追求等各个方面。探讨清教思想与美国的关系对于了解美国的社会文化传统、价值观念以及正确理解文学作品都有着不可忽视的意义。"清教徒"一词源于拉丁语"purus"，意为"清洁""纯净"。清教徒是最为虔敬、生活最为圣洁的新教徒，他们到北美的目的不是积聚财富。可以说清教思想对美国人的性格特征的形成起到了决定性的作用。

首先，清教思想奠定了美国人崇尚自由、追求平等的性格特征。崇尚自由、追求平等是清教主义的内在要求。其次，清教思想强调了美国人的个人主义性格特征。个人主义是美国政治文化的一个主旨和特色。个人主义构成了美国文化模式的基本特征和主要内容。清教传统中蕴含着个人主义、契约精神、对自由与平等的天然爱好。第三，清教思想代表了美国人绝对的民主共和思想。综上所述，美国人性格中的使命意识源于清教徒的宿命论，是加尔文教育定论在美国文化中的反映。勤俭致富的价值观极大地影响了美国人的生活态度，它从各方面深刻影响着美国的思想和文化，奠定了美国社会和美国精神的基调，塑造着美国人的性格。美国社会的主流价值观念，即尊崇个人主义、机会均等、民主自由、乐观进取、讲求实际、强调成功、美国至上等都来源于清教思想。

三、英美小知女性实践差异性之社会文化因素

（一）英国小知女性的社会文化因素影响

英国人矛盾与妥协性格的形成有着深刻的社会历史根源。

首先，英国人性格的矛盾性与妥协性是民族融合的产物。英国的社会历史进程是存在着妥协性和矛盾性的。从不彻底的资产阶级革命到英国教会的改革，再到政党的更迭和王位的继承，英国社会历史偶然和必然因素的交错、碰撞，相互作用影响着英国社会，并使其富有妥协性和矛盾性，这一民族性格的妥协性和矛盾性也必然要影响到英国的女性知识分子。英国历史上曾先后有几个民族征服了不列颠群岛并到该岛上定居（见表3-1）。

表 3-1　不列颠群岛民族征服历史事件

民族	时间	语言	重要事件
凯尔特族	大约公元前 500 年	盖尔语	第一批为盖尔人,是苏格兰和爱尔兰人的祖先 第二批为属凯尔特人的不列颠人,是威尔士人
罗马人	公元前一世纪来岛	拉丁语	公元 43 年,罗马皇帝克劳狄征服不列颠,由此开始了长达 400 年的罗马统治。
日尔曼人	公元 5 世纪中叶	盎格鲁-撒克逊	日尔曼系的盎格鲁-撒克逊人等入侵英伦。其中盎格鲁人较为强大
丹麦人	公元 9 世纪	古丹麦语	来自斯堪的纳维亚地区。1016 年丹麦人克努特征服英格兰。

从严格的种族意义上说,英格兰人是个血统混杂的民族。这些小王国中出现了力量较强称霸全国的王国,先是在北方,然后在中部,最后在南方。英国人的性格是既有狂妄自大、目中无人,又有孤独自卑、闭关保守的典型岛国民族性格,这与英国的形成历史有着密不可分的关系。英国是个血统复杂的民族,从公元前一直到公元 1066 年法国的诺曼人征服英格兰,岛国观念在英国人的思想中占有重要的地位。岛国情结让英国人富于想象并善于开拓,对英国文学产生了深远的影响。岛国情结深深地存在于英国人的心中,让英国人为自己生活在这样一个岛国无限骄傲,从而对外界表现出排斥与蔑视的民族性格。

其次,英国人性格的矛盾性与妥协性受资产阶级革命不彻底的影响。英国资产阶级革命是不彻底的、保守的,英国 1688 年政变后确立的君主立宪制,比起旧专制制度来无疑是个进步。但无论从君主立宪制的确立,还是从君主立宪政体本身来看,其妥协性和保守性也是显而易见的。英国的君主立宪制是资产阶级同封建势力妥协的产物。

第三,英国人性格的矛盾性与妥协性受到英国君主立宪制度的影响。英国实行的君主立宪政体,从其政权构成形式来看,其妥协性与保守性是很浓厚的。英国保留了王权,1832 年改革虽然在一定程度上打击了封建残余势力,但大地主贵族仍在议会中占有优势。封建的等级和特权、旧制度的残余势力在英国资产阶级革命后英国政体的各机构中仍把持着阵地,充分反映英国资产阶级革命的妥协性和保守性。

(二) 美国小知女性的社会文化因素影响

美国人乐观自由的性格的形成有着深刻的社会历史根源。

首先，以印第安文化为代表的美国原始文化决定了美国人热爱自由的性格特征。美国没有经历封建社会。美国在殖民者入侵之前，是印第安人占主体的原始社会，没有经历以专制统治为特点的封建社会。因而美国没有受到封建专制思想的束缚和影响，美国人的性格具有开放性、自由性的特点。

其次，社会文化中的人口、民族的因素也是影响美国人性格形成的一个重要原因。美国是一个移民国家，因此，世界各地区的移民将各自的历史、文化、生活方式以及宗教、价值观念带到了这里，形成了一个多元化的美国。而多元化文化的相互碰撞、交流的过程正是言论自由、张扬个性的过程。因而北美人民对个体生命、自由及自身利益有着较为全面、深刻的理解。

第三，政教分离的美国民主立国原则奠定了美国人的民主自由思想。社会文化因素奠定了美国人的自由主义和民主思想。在美国社会，拥护自由即拥护多元；多元的价值观只有在自由的社会中才能繁荣，个人的自由也只有在多元的社会中才能昌盛。

综上所述，社会文化因素奠定了美国人的自由主义和民主思想。个人主义是美国价值观的核心，它根植于美国最早的意识形态——清教思想中。经历了各个时代的历史变革后，个人主义的价值观念已经渗透到美国生活的各个方面。自力更生，做事喜欢抓住主动权，勇于表达不同观点和尊重他人隐私等都是个人主义的表现。早期基督教具有反特权的思想，信奉人不论世俗地位高低，在上帝面前都是平等的罪人，他们寻求着同样的灵魂得救，期待着同样的最后审判。基督教中这种人人平等的思想可以说是包括美国在内的西方平等民主意识的源头之一，是导致个人主义产生的重要基础之一。宗教改革打击了制度化的基督教，进一步解放了个人。清教作为宗教改革的直接产物，从新教运动中继承了反权威的传统和强烈的自我意识。

第四章

英美黑人女性主义文学研究

第一节 黑人女性主义思想的历史文化背景

一、非洲文化渊源与反非洲中心主义

美国黑人文化是在非洲传统文化与美国文化两种传统的共同影响之下产生的。非洲文化是美国黑人的文化之根,美国文化则是它的现实语境。黑人女性主义思想的产生离不开这两种文化传统,贝尔·胡克斯的黑人女性主义思想也基于对非洲文化传统的继承与对美国文化的现实回应之上。而对非洲文化传统的极大重视,导致胡克斯的女性主义思想有别于主流女性主义,呈现出独特的品质与面貌。

黑人女性既是黑人又是女性的身份,使得她们在一个由白人主宰的世界中面临着多重压迫。胡克斯认为"黑人女性的多重边缘身份使得她们在日常生活中,常常跨越种族、性别、阶级等多重界限,从而在一个可以越界的位置上说话,形成了她们特有的声音:一种越界的批评模式——对话体批评。"胡克斯采用对话体批评,即一种游走于主流话语与非主流话语、标准英语与黑人口语、学术话语与大众话语之间的边缘性话语策略,以抵抗并颠覆主流话语单一、独白性的言说模式。胡克斯对话体诗学的建立离不开她穿梭于学术界

多个边界的个人身份特征，离不开她对黑人女性作家"口语性文本"形式表达的理论总结，而其深层原因则是胡克斯对非洲文化渊源的明确继承。

非洲裔美国语言学家史吉内瓦·史密瑟曼认为，在黑人文化中，精神与物质两方面从根本上是统一的，其中精神领域占优势。整个宇宙本质上是有等级的，虽然这样，但各种方式的存在对于维持它的平衡和节奏是必不可少的。因此，人类有"对立双方"相作用的范式，即对立双方形成相互依存的、相互作用的力量，这种力量是产生一种既定的现实所必需的。非洲传统哲学中的对立统一思想塑造了非洲人"既/又"看待宇宙万物的方式，它与西方传统二元论"要么/要么"二者取一的意义生产模式不同。西方传统二元论旨在通过抬高一方、贬低另一方来实现权利的操作，而非洲传统哲学则是以寻求和谐，即整个世界的和谐共存为旨归。因此胡克斯继承了非洲传统哲学观，认识到多种方言与标准英语之间的张力。大学时期她坚持使用非主流的南方口音，从教后又努力尝试方言教学，其目的正在于"倾听不同的口音、倾听不同的演讲，挑战必须同化——即用一种单一相似的话语——的观念。"打破学术话语与大众话语之间的藩篱，摒弃只能在知识分子或学者之间对话的习惯做法，以一种能被理解的语言创造对话的机会，胡克斯实现了与大众读者的分享与沟通。

口述传统是非洲文化的特色，其内涵在于注重说者与听者间的回应关系，说者和听者间的"应—答"要求所有参与者的积极、平等参与。黑人女性作家继承了这种黑人话语模式，采用口语性文本形式来完成文学表述，即"仿效真实口语的语音、语法和词语模式，从而产生出口头叙述的幻觉……通过这样一种写作方式，黑人妇女就成为了一个说话的主体。"佐拉·尼尔·赫斯顿的《她们的目光注视着上帝》，将故事的讲述者放置在事件中心，女主人公珍妮在与菲比的交流中认识到自身的存在，通过交流的方式她们也互相提示着彼此的存在。艾丽斯·沃克则在《紫色》中讲述了叙述者西丽亚超越半文盲和方言土语的限制，将自己受压迫的经历以书信体形式记录下来的故事。胡克斯承继了她们的文学创作传统，认为对话意识非常重要，"对话意味着两个主体的谈话，而不是主体和客体的谈话，它是为了抵制压迫的人性化的谈话。对黑人妇女而言，新知识的产生决不能脱离其他个体，通常是在和社区内其他成员的对话中产生的"。胡克斯对话意识的产生一方面来源于奴隶时期识字的黑人本来不多，妇女更难有受教育的机会，黑人妇女分享思想感情、增加智慧和经验的主要方式是倾听和交谈，倾听和交谈黑人妇女文学传统形成的客观条件；另一方面则是胡克斯本人自觉地对非洲口述文化传统的追寻、继承和转用。

虽然胡克斯明确地表现出对非洲文化渊源的极大重视与继承，但胡克斯也强烈反对非洲中心主义和民族本质主义思想。非洲中心主义者和民族本质主义者强调"世界在文化视角上要形成多极化，每一个民族或种族都应该有同样的权利，都能根据自己的文化经历去表达自己的文化真理，即建立把自己文化价值置于研究中心的中心主义"。对非洲中心主义的极力宣扬，一方面反衬出美国主流意识形态对黑人文化的忽视与歧视现象的深重程度，以及对黑色种族的极端压迫现象，因此对黑人文化的重视与强调是一种激进的政治行为，也是一种勇敢的批评举动；另一方面，如果仅仅只是用种族经验与文化作为单一标准去构建美国黑人文化，则正如胡克斯所说的，"既有陷入本质主义的嫌疑，也会陷入孤立从而失去发展的动力"。本质主义话语无疑会维系和加强白人至上的文化霸权，使包括黑人文学在内的黑人文化与主流文化、文学保持隔离分裂状态，从而成为少数族裔的专有领地。

二、西方传统女性主义的思想影响

胡克斯倡导有远见的女权主义，认为具有远见的女权主义的"根"就要回归到20世纪60年代初期，但随着妇女解放运动的发展，激进革命的女权主义远见常常被改革派的女权主义的绝对方式遮盖。胡克斯因此对改革派的女权主义的诸多方面提出了批评，有时甚至进行了尖锐且无情的批判，但她的目的在于壮大女权主义运动，并保持其激进的革命心跳。

胡克斯对以贝蒂·弗里丹为代表的自由主义女性主义者进行了批判，认为她们思想中内在的阶级等级制度以及白人至上论阻碍了广大女性超越民族、种族界限从而形成广泛政治联合的可能性。贝蒂·弗里丹在其《女性的奥秘》中着重关注"无名问题"的存在，即除了丈夫、孩子和家庭之外，女性还要有所企求的问题，她注意到这些受过大学教育的中上阶层已婚白人妇女虽然身体健康，有可爱的孩子和舒适的新家，钱也足够用，但是会感到非常不满足的现实状况。胡克斯则认为，弗里丹对于有钱有闲的白人妇女由家庭妇女的角色身份感到空虚绝望的事实固然值得探讨，但是"这些不是有关广大妇女的迫切的政治问题"。弗里丹把她和与她相似的白人妇女的状况以及所有美国妇女的处境等同起来，忽略了那些没有男人、孩子、房子的妇女的需要，以及非白人妇女、贫穷的白人妇女的需要。弗里丹和作为其前辈的自由主义女性主义者，将性别歧视作为妇女所受的共同压迫，认为妇女运动唯一重要的目标是性别平等，或者说性别公正，因此她们强烈要求社会改革，以实现女性在公共领域拥有与男性同等权利的愿望。胡克斯则注意到，她们改变性别基础上的经济歧视的目的，在于达到与特权阶级男性平起平坐的地位以促进其阶级利益，而当她们"一旦在现存社会秩序中，获得了阶级权力或者更大的社会向上晋升的能力，很少有女性对继续解除这个体系再有兴趣。"她们因此沦为了白人至上资本主义父权制的帮凶，继续维持对其他边缘群体妇女的系统化、制度化压迫。因此胡克斯主张，女权运动需要从要求同等权利的目标中挪出去，坚持阶级斗争和结束种族主义的种族解放的斗争，以改变所有女性地位的创造性策略来重新规划未来女权主义的前景和发展方向。

与借助改革以铲除女性在教育、法律和经济政策上的社会性别歧视为女性争得与男性同等权利的自由主义女性主义者相反,激进女性主义者对改良性问题没有兴趣,她们力图通过革命来挑战并颠覆维持妇女所受压迫的根本原因——"性与社会性别制度"。妇女受压迫最深,这一压迫是最难于铲除的压迫形式,诸如废除阶级社会其他方面的社会变革,并不能根除压迫妇女的形式。因此激进女性主义者十分关注女性受压迫的根本原因,她们深入剖析了父权制社会制度对男性、女性所进行的性别规范及二者权力关系模式的设定,认为性与社会性别制度是一套安排,社会通过这套安排把生物学意义上的性转变为人类活动的产物,以此建构出一套男性气质与女性气质的身份与行为模式,并赋予男性在公共和私人领域内控制和压迫女性的权力。根据凯特·米利特在《性政治》中的分析,父权制的意识形态夸大了男女之间生物学上的差异,它明确规定了男人统治的、男性气质的角色,女人从属的、女性气质的角色。她认为,女权主义是一场结束性别主义压迫的斗争,性别主义是女性受压迫的问题的核心。这个定义指出,"所有的性别主义思想和行为都有问题,不管维护这些思想行为的人是男是女,是老是幼。这个定义也广泛得足够包括一种对系统性的、体制性的性别主义的理解。"因此她对以自由主义原则为基础的改革派女性主义进行了无情的批判,认为她们虽然打破了工作领域内的男性统治,在现存的体制中最大限度地扩大了自己的自由,得到了阶级晋升的可能性,但是她们无意动摇整个压迫体系,也没有从根本上变革社会制度,没有改变父权制和性别主义,她们甚至与父权制意识形态合谋继续维持对其他妇女群体的剥削压迫。

胡克斯倡导有远见的女权主义。有远见的女权主义是激进的、革命的,它旨在结束性别主义的压迫,而性别主义斗争与阶级斗争、种族主义斗争又是不可分割的。所以她认为,只有将女权主义运动从狭窄的白人至上的中产阶级妇女群体中拓展出来,才能形成女权主义运动的广泛基础,才能吸引包括黑人妇女在内的其他边缘女性群体加入女权主义运动中来。

三、黑人女性主义批评成果的影响

胡克斯的黑人女性主义思想不仅继承了美国早期激进白人女性主义的理论成果,而且也吸收了黑人女性作家、批评家的思想精髓,从而发展出自己的黑人女性主义思想主张。

在女性主义理论家们开始就种族、性别和阶级展开思考之时,黑人女性作家早已从这些角度进行创作了。她们的小说中,已经描述了作为支配性连锁体系的性、种族与阶级的运作方式,哈丽雅特·菲各布斯、佐拉·尼尔·赫斯顿和内勒·拉森就位于这些具有特殊远见的作家之列。她们提供了理解黑人女性经验的方式,而这些在其他印刷品中无法找到。

因此对于黑人女性作家而言，寻找黑人女性的创作传统就显得至关重要。艾丽斯·沃克在《寻找我们母亲的田园》里，发掘了多数已经绝版、被遗弃、受怀疑、遭诽谤、基本失传的黑人女性著作。她追索、连缀女性文学的母亲系谱，挖掘出了黑人女性作家佐拉·尼尔·赫斯顿，将赫斯顿与其他早期黑人女作家视为她文学的"母亲"。沃克在早期黑人女作家创作的作品中，"搜集祖先们生活的历史和精神线索，在创作过程中感到一种快乐和力量，体味到自己的延续"。沃克认为，每一位美国黑人女性艺术家都应该寻找、承接黑人女性先辈们的创造力、创造精神和激情，寻找和承接她们的创作主题与口语性文本形式。奴隶制时期，黑人妇女的阅读和写作要受到惩罚，她们只能在日常生活中宣泄自己难以抑制的丰富创造力。沃克进一步拓展了女性艺术家的内涵，将她们使用的非洲色彩、节奏和模式当作表现她们自己创造力的方式，将文学传统的疆界拓宽至园艺、缝纫、歌唱、养育孩子、讲故事等日常生活中，认为她们用这些方式确证了自身作为主体的存在。胡克斯在沃克寻找女性传统的基础上，从黑人女性写作历史与文化传统形式方面，进一步勾勒出美国黑人女性传统。胡克斯将自传作为黑人女性写作的最重要的传统形式。在胡克斯看来，自传是黑人女性群体自我形塑、介入话语权的宝贵利器。作为一种被主流文化所贬抑的写作形式，自传不仅仅将自己的声音放置到写作中，表达自己的愤怒与伤痛，更将黑人女性遭受种族、性别压迫的集体经验通过这种"压抑的知识"形式再现出来。自传叙事由此作为主体建构形式，"从疗治的意义上讲，它可以恢复丢失的自我意识，或者可以释放过去。"除了写作，胡克斯还将黑人女性天生卷曲的头发、爵士乐甚至美国南方黑人建造的小屋也纳入传统之中，由此在沃克的研究基础上进一步扩充了黑人女性的传统形式。胡克斯还十分关注文化领域尤其是影视媒介对黑人女性形象的表述与再现问题。

芭芭拉·史密斯在《黑人女性主义评论的萌芽》中，指出了黑人女性被主流话语、白人女性话语和黑人男性话语排斥在外的现实处境及黑人女性的巨大沉寂问题。她认为女性文学提供了对女性本身经历最根本的内在认识，而对黑人女性作家作品的评论，或者是在黑人文学范畴里进行从而忽视了性别维度，或者是白人评论家持种族主义态度极尽歪曲误解之能事。史密斯因此认为一种黑人女性主义的文学评论是完全必要的，因为它能搞清楚黑人女作家作品中所表现出的性政治和种族及阶级政治。此外，史密斯还提出了黑人女性主义评论的几项原则：重视探究黑人女性生活中的性政治、种族政治与黑人女性作家创作的关联问题，认识到黑人女作家形成了独特的文学传统以及体现在主题、文体风格、美学和概念上的共同的文学创作方法，评论家应从黑人女性本身的经历出发而非白人男作家的文学思想和方法分析作品。在《黑人女权主义批评的新天地》中，德博拉·迈克多尔在坚持对黑人女性文学的关联域进行分析的必要性，即注意到社会压力与艺术完整之间的紧张关系的同时，认为黑人女性主义批评不能仅仅考虑写作的政治含义，而应该兼顾其美学意义，尤其应该通过严谨的分析从大量文本中发现主题、意象的共同特征及其反复出现的一致性。她还质疑了黑人女性独特的语言问题，主张调查"女性"的语言，关注文本中语言层面的问题。在批评的方法论问题上，她认为基于黑人历史和文化的立足点是文学研究的基础，主张"打捞"一切对黑人女性评论有用的方法，并逐渐创造新的分析方法。可以说，迈克多尔的这些主张，进一步明确了黑人女性主义批评的目标、途径与方法论，成为黑人女性主义批评史上另一个重要的里程碑。

胡克斯继承了史密斯种族、性别、阶级"连锁压迫"的重要概念，并在共时性维度上对文学、文化文本中黑人女性遭受压迫的问题展开了具体分析，进一步认识到连锁性压迫机制与美国社会结构是相关的，是系统化、制度化的，是主流意识形态对黑人女性实施压迫的重要手段，只有转变社会制度才能解除对黑人女性的压迫。虽然胡克斯重视文本写作中的政治策略问题，提倡"个人的即政治的"，认为黑人女性主义批评作为一种政治批评应该有政治投入和意识形态的渗透，但她仍然重视文本的写作技巧，认为技巧本身就是提升写作层次性和增加写作厚度的策略，她提出要创作出既严肃又优美的艺术。在批评理论建构上，胡克斯一方面主张以美国黑人的历史文化传统为基石，重视黑人妇女的特殊复杂经历，要求在理论建构中援引经验，强调黑人女性主义批评理论和实践联系的重要性；另一方面，她又汲取了欧美女性主义、马克思主义、后现代主义等理论资源，并与这些理论对话，实现理论的转译，从而创造出适合黑人女性的批评理论。此外，艾丽斯·沃克提出了妇女主义理论以代替黑人女性主义，其妇女主义的基本内涵与胡克斯的思想主张基本一致；奥德丽·罗德较早强调差异的重要性，这对胡克斯进一步探讨黑人女性内部差异的问题提供了思想背景。她们的思想主张对胡克斯的黑人女性主义思想具有不可忽视的影响。

四、马克思主义及后现代主义理论范式的影响

马克思主义的阶级概念，为胡克斯提供了理解黑人女性所受压迫的必要工具。胡克斯回顾过去时曾说过："我的抵抗思想觉知于我成长在一个传统的、底层的南方黑人家庭……而我对阶级的了解，则是去斯坦福念书之后。"在这个白人占主导的常春藤学校里，胡克斯一边读书一边在电话局里工作以赚取必要的生活费用。与斯坦福绝大多数学生的优越家境相比，胡克斯的物质生活明显是贫乏的。胡克斯指出，在斯坦福大学里"没有人愿意面对或谈论阶级的差异，淡化这种不同很容易，只要装作我们都是来自优越背景就可以，在一起工作，在同一间宿舍内生活，被这所学院录取就意味着我们这些来自贫困家庭的人已做好了向优越阶级过渡的准备。"斯坦福大学的求学经历，培养了胡克斯对阶级概念的敏感性以及阶级与种族联合起来共同作用的压迫事实，她通过阅读和学习马克思、葛兰西、梅密等人的作品培养了自己对阶级的批判意识。马克思的压迫概念具有两种不同的形式：阶级压迫，以及或许可以称之为特殊压迫的部分阶级的特殊压迫。阶级压迫却又可以包括那些非直接性的被

剥削，如失业。当被压迫阶级之中可能形成反对霸权集团的统一体时，特殊的压迫尤其必要。处于社会经济底层的黑人女性遭受着阶级压迫，没有资产，没有良好的受教育、就业机会。她们必须工作以维持自身及家庭生计，因此她们在白人中产阶级妇女要求工作以解放自身之前就已经奔波于劳动力市场之中了。但她们的工作无非就是擦地板、洗厕所、做女佣等一系列服务性行业，不仅收入低廉，而且没有尊严，工作之于黑人女性更多的不是自身的解放，而是剥削与非人化的压迫。大量受过良好教育的白人妇女进入劳动力市场时，由于种族主义这种特殊压迫，黑人妇女将面对较之过去更少的工作机会，因为白人至上的种族主义政治不仅影响到劳动力市场的分化，更会给她们带来低工资甚至失业。胡克斯因此指出，美国社会的阶级结构是由白人至上的种族政治构成的；只有通过分析种族主义及其在资本主义社会中所起的作用才能对阶级关系有彻底的了解。结束种族主义与进行阶级斗争是不可分割的，因为种族与阶级一起构成了社会结构性的不平等及其持续力量和趋势。

  胡克斯的黑人女性主义思想也得益于对后现代主义理论话语的批判性反思与吸收。后学理论从哲学本体论、认识论和方法论上质疑启蒙主义的宏大叙述的普遍性和一统性，冲击了以现代主义为基础的西方各种主要的政治理论和社会理论，包括第二浪潮西方女权主义，因此西方女性主义面临的后学的挑战，也就必然包括了后现代主义对于女性主义认识论中所表现的启蒙主义知识与真理的质疑与反思。二元对立作为启蒙主义理论的一个重要基石，自然难以幸免。传统女性主义关注男性如何对待女性，将性别作为决定女性命运的基本要素。胡克斯则在两性关系的处理中拆解了传统女性主义的性别观念，放弃了以性别二元对立为基础的对性别问题的僵化、固定的理解。在她看来，男性、女性不应是敌对的两个概念，性别主义对男女两性都造成了伤害，因此他们都可以从对性别主义的批判中获益。但胡克斯也认识到，在现实中女性仍然因为性别属性而遭受歧视，尤其是对黑人女性而言，身为女性只是其所受压迫的因素之一，种族、阶级与性别的连锁本质压迫才是黑人女性沉默的根源所在。因此她也一再强调当今女权运动的主要目标还是扩大女性的权利，争取实现与男性的社会平等；她也一再在理论和实践上要求积极建构黑人女性的主体地位，使黑人女性获得主体应有的权利。胡克斯对建构黑人女性主体的强调似乎与后现代哲学立场的解构主体、解构性别的观念相违背，甚至有将黑人女性本质化的嫌疑，但这种逻辑上的悖论恰恰说明胡克斯所定义的女权主义运动不是从理论到理论的"话语喧闹"，而是一场真正激进的文化革命。

  后现代政治不仅是认同的政治，更是差异的政治。后现代关注被现代政治所忽略的一些范畴，诸如种族、性别、性偏好等问题，以此来建立新的政治团体，寻求差异基础上的认同，或对于差异的认同。正是由于认识到处于边缘的异质性，以及主流的女权主义不能切中其他女性的真正关切，胡克斯才从性别、种族和阶级的连锁本质着手进行分析，从而扩大了女性主义运动的理论和实践基础，从根本上改变了女性主义思想运动的走向和目标,其革命性的洞见使女性的意指由单数变为了复数,使姐妹情谊由乌托邦变为了可能。贝尔·胡克斯不仅不遗余力地与白人至上的中产阶级女性主义思想"顶嘴",而且也十分犀利地毫不回避地批判了黑人群体内部的阶级偏见和种族意识。虽然后现代主义对他者和差异的关注,与被边缘化的黑人群体发声的要求不谋而合,但胡克斯也审慎地指出了后现代主义的问题所在。

首先,胡克斯认为:

他者和差异作为一种分析方法或观点似乎没有多少实际的影响以可能改变后现代理论的性质与方向。因为这些理论很多被建构出来用以回应和反对高度的现代主义而少有提及黑人经验或在这个领域中的黑人写作,尤其是参与后现代话语创建的黑人妇女。因此当代有关异质、去中心、主体对他者的认可等话语,仍然是针对一群使用根植于宏大叙述的语言而又试图质疑之的特殊观众。

她主张后现代主义者应该关注和研究有色艺术家等他者的经验,否则激进的后现代政治将会缺乏根基。

其次,胡克斯批驳了大众文化对他者的商品化以及对差异的利用。她指出白人因追求快乐而接触他者,在肯定其主流地位的同时,也利用他者提供的异质的生存方式来解决后现代异化导致的身份危机。因此在商业文化中,族裔给乏味的主流白人文化提供了调料、佐料,而被承认的他者必须以主流文化能接受的形式出现,白人对黑人文化的盗窃、扭曲和改写使黑人经验面临着去语境化、否定黑人历史的意义等威胁,虽然他者的声音能被更多的人听到,但代价是否定了这些声音的独特性,或剥削他者声音为己所用。大众文化对他者和差异的开发,的确是一个重大的突破,某种意义上是对白人至上以及统治制度的挑战。但他者和差异被持续地商品化、娱乐化和消费化,容易使大众将大众文化和现实中的他者和差异混同起来,以为可以借由大众文化提供的方式轻松解决现实中的他者和差异问题,从而不仅不再关注,甚至自然淡化、遗忘了现实中的他者和差异问题,反而以大众文化所提供的他者和差异的形象和标准来剪裁现实中的他者和差异。更严重的是,大众在对大众文化的娱乐和消费中忽略了大众文化本身对于他者和差异的扭曲、遮蔽等严重的政治问题。大众文化在对他者和差异进行改写、扭曲、遮蔽的同时,也通过娱乐和消费剥夺了大众对于现实中的他者和差异问题以及大众文化对于差异和他者进行改写、扭曲、遮蔽等问题的反思和反抗意识。所以大众文化不仅在给予大众娱乐的同时剥夺了大众的文化思考,也在给予大众娱乐的同时剥夺了他者和差异的特性。

第二节　关于黑人女性的自传性写作问题

一、关于黑人女性的书写与反思

女性书写是恢复并确立女性自身价值的重要途径，书写更是黑人女性力求发声、建构主体身份的一种重要途径。借助书写，黑人女性记录了饱受苦难的黑奴经历、黑人男性对她们施加的性别剥削与压迫，以及黑人女性自身的艰难挣扎与反抗，因此书写是黑人女性主体意识觉醒与追求个性解放的重要载体。黑人女性书写，不仅是对罪恶的奴隶制、白人至上父权制的有力控诉，而且是自我恢复、自我觉醒、建构黑人女性主体身份的宝贵精神资源。

起源于19世纪的美国黑奴及自由奴的自叙体小说，是当代黑人女性文学的重要历史渊源，虽然绝大多数自叙体小说由男性创作完成，但其中的一些女性创作不仅塑造了早期美国黑人女性形象，而且影响了黑人女性自传性写作传统的形成。早期的黑人女性作家哈丽特·E.威尔逊的《我们的尼格，或一位自由黑奴的生活片段》、哈丽特·菲各布斯的《一位女奴生活中的事件》以及佛朗茜斯·哈勃的《娄拉·勒劳依，消散的阴影》等作品，往往都是作者通过讲述自己亲身经历的事件，控诉了奴隶制和性别制度对黑人尤其是黑人女性的灾害，表现了黑人女性的自我挣扎。讲述自身经历的自叙体小说后来发展成为自传性写作，这在哈雷姆文艺复兴运动时期一大批受过良好教育的黑人女性知识分子的创作中获得了突出表现。代表性作家莱拉·拉森的具有自传色彩的作品《流沙》，通过讲述黑人中产阶级女性海尔格的生活历程，反映了她内心的冲突，揭示了黑人中产阶级女性在种族歧视和性别偏见的社会中的自我寻找的艰难过程与女性意识的觉醒。佐拉·尼尔·赫斯顿在《她们的目光注视着上帝》中采用倒叙的方式，由珍妮把自己的经历讲给一位名叫菲比的女友听，赫斯顿巧妙地将故事的讲述者（说者）放置在事件的中心，因此整个故事从本质上看构成了珍妮的一部自传性叙述文本，由此讲述了黑人女性追求爱情的权利以及婚姻中的地位问题。当代黑人女性作家玛亚·安琪萝更在其五部连续性长篇自传体小说中展现了一个黑人女性所特有的成长经历，"黑人妇女从她们幼年开始就受到来自自然的普通妇女所承受的压力，而且更被置身于男权偏见、白人无端的仇恨以及黑人软弱无力的三重交叉火力的煎熬之下"，难能可贵的是，安琪萝将黑人女性的自我奋斗与挣扎演绎成一曲曲鼓舞人心的、乐观的生存颂歌。

对于黑人女性而言,讲述自身的经历是极其重要的,而与讲述自身经历密切相关的自传性写作既是黑人女作家主要的创作方式,也是黑人妇女文学传统的重要体现,更代表了她们的文学成就。胡克斯非常重视黑人女性作家讲述自己的经历。她说:"学院的教育使我们增长了写作和分析的能力,但却使我们的注意力从个人经历上转移开,如果我们想了解周围的人包括所有的人,如果我们想和与我们相似背景的人联系,我们必须明白,讲述自己的故事是确认和联系的方式。"胡克斯自觉地运用自传性写作方式,并将其作为与各种各样读者交流的一个策略。她认为,自传性写作方式能够很好地表达自己的女权主义立场和观点,能够将复杂的理论议题通过转换成故事的方式实现与大众的思想对话与交流。胡克斯明确提出"个人的即政治的"观点。在胡克斯看来,写自己的故事是一种可以使我们进入个人的领域并超越个人的领域的方式,是一种能够实现自我表述、提高自我批判意识并加强参与有意义的反抗斗争的集体能力的方式。胡克斯认为,自传性写作也是自我疗救、自我解放的一个步骤。胡克斯谈到儿时通过写日记的方式来写作的经历,她认为这种写作方式是一种"安全"的写作,因为不需要对外朗读。写日记对于胡克斯的意义在于:为她提供了批判性思考的空间,在这个空间里她努力去理解自己和周围的世界,异常的家庭和社区以及痛苦的世界。通过写日记她可以自由地说出什么伤害了她,她对事物的感受,她希望什么。她可以在其中表达愤怒而不用担心受惩罚,可以进行话语的回击并通过写作坚持她自己。

胡克斯提到,写日记在传统上并不被文人当作一种颠覆性的自传写作,但她认为,在许多情况下正是这种写作加强了自我定义的斗争,作为一种抵抗叙事,能使人们经历自我发现与自我恢复。因此胡克斯认为写日记这种自传性质的写作是一种救赎的方式,通过写作能够敢于面对过去羞于承认的伤痛,并帮助深入黑暗深处找寻伤痛的根源和治愈的方法,因而写日记具有疗救和解放的功能。

确实,黑人女性更愿意写作与自身经历密切相关的故事,这与黑人女性所面对的历史现实处境有关。她们更倾向于描述个人经历、个人内心世界以及个体感受,因此她们的自传性写作是一种非全知的角色化叙事或者说私密性叙事。胡克斯也审慎地指出了黑人女性写作的几个误区。首先,作为与自身经历有密切关系的这种写作,不可避免地牵涉到作家个人生活与写作的关系问题,牵涉道德和伦理问题。胡克斯说,由于在写作中借用了个人生活的细节,招致了父母对她的不理解,尽管她一遍又一遍地解释作家在创作中借用自己的生活是正常的,但她还是无法得到母亲的原谅,由此造成了自己与父母间的情感隔阂。事实上,胡克斯认为自传性叙事有不同方面的功能和影响:首先,从疗救的意义上来讲,可以是恢复丢失的自我意识和释放过去的方式;可以是单纯的记录;可以是对生命旅程的灵感性指引;也可以是一种纯粹裸露癖的表现。其次,虽然自传性作品涉及作者个人的生活经历既是必要的也是正常的,但禁锢于自恋和探私也会造成视角的狭隘化,露私的极端化,片面追求细节的真实性而忽略写作技巧等问题。第三,黑人女性作家基于个体心理和生活状态,在作品中揭示了种族制度和性别主义对她们造成的伤害,其中不乏暴力和情色叙述,这一方面满足了白人读者的窥隐心理,另一方面又契合了美国大众及媒体对黑人女性形象的一贯定见。第四,对金钱、名誉及作品销量的追逐,还会导致黑人女性作家在作品中过分渲染个体性、私密性,作品应有的反抗性和革命性却逐渐被消解了。胡克斯在分析黑人女性写作现状时指出:

由黑人女性所写的低俗小说、自我救助和小报样的个人故事正在增加,而由黑人女性作家创作的严肃作品包括虚构小说和纪实文学在内的出版物仍然很少……纪实性的写作不被出版界看成是黑人女性作家的强项……就社会中的大众而言,自发地认真对待黑人女性创作的纪实性文学源于严肃的小说家取得成功之后,尤其是托尼·莫里森的作品。总体来说,种族主义、性别主义以及阶级精英主义的偏见导致美国公众感觉在对严肃问题的争论中黑人女性的声音是最不引人注目的。

胡克斯严肃批评了自传性写作中缺乏技巧的问题。缺乏技巧导致了作品文学价值的贬损,对个人性的过分强调使得任何自传性叙述似乎都是重要的,不管它是陈词滥调还是毫无意义。而在一些女性主义圈子里,对女性写作中差异的无视和美学价值考虑的缺乏,又造成了一些作品被看重,另一些作品被埋没的后果。因此,胡克斯强调技巧的重要性,认为技巧本身就是提升写作层次性和增加写作厚度的策略。忽视自传性写作的技巧也就导致了这类文体价值的贬损,从而使黑人女性失去了发声的有效阵地。

二、关于个人叙事声音的思考与批判

苏珊·S. 兰瑟在《虚构的权威——女性作家与叙述声音》中划分了三种女性叙述模式,即作者型声音、个人型声音和集体型声音,兰瑟用个人型声音指代叙述者讲述自己故事的叙述形式,讲故事的"我"同时也是故事的主人公。由于故事是叙述者亲历的,因此个人型叙述的权威体现为可信度,可以申明个人解释自己经历的权利及其有效性,但是兰瑟也指出了这种个人型声音对于女性作者本身的危险性:

女性个人型的叙述如果在讲故事的行为、故事本身或通过讲故事建构自我形象一面超出了公认的女子气质行为准则,那么她就面临着遭读者抵制的危险。如果女性因为被认为不具备男性的知识水准,不了解"这个世界"而必须限于写写女性自己,而且如果她们的确这样做了,那么她们也会被贴上不守礼规、自恋独尊的标签,或者因为展示她们的美德或者缺陷而遭受非议。

黑人女性写作的自传性文本可以看作是个人型声音的集中表达,黑人女性作家作为故事的叙述者也是故事的主人公讲述自己亲身经历的事件,并借此不再保持沉默,说出了她们身体及心灵上所遭受的非人的压迫。从早期黑人女奴的自叙体小说到后来成熟的自传体小说，黑人女性用这种文类的创作使自己浮出了历史的地表，摆脱了"属下无权说话"的失语状态，从而能够从事自我定义、自我表述，即确证自身存在的活动，由此实现了对自身刻板形象的"回敬"，为自己正名的自觉活动改变了别人代为命名的命运。由于历史上奴隶制度的压迫和当今广泛存在的资本主义父权制的制度化剥削，黑人女性被定义成帕特里西亚·希尔·阿林斯总结的四类形象，即"忠诚温顺的保姆；善于操纵的好斗的女家长；懒惰不负责任的福利母亲及富于性挑逗的娼妓"。主流话语利用对黑人女性形象的歪曲刻画与表征，一方面使种族、性别与阶级的压迫合法化，从而将暴力实施的原因转嫁给黑人女性自身；另一方面在黑人男性与黑人女性之间制造出矛盾，从而起到分化黑人群体的目的。赫斯顿因此将黑人女性比作"这世上的骡子"，她们忍受着非人的物化的性侵害，从事着繁重的体力劳动，还被剥去了自尊，形成了自我厌恶与自我怀疑。

  黑人女性在写作中表达了自己的伤痛与愤怒，说出了自己的欲望与真实存在，然而黑人女性的一些作品中也存在大胆的情色叙述与暴力场面描写，部分黑人女性为出名、出风头而迎合主流出版界和大众读者群的需要在叙述中过于暴露，导致个人型叙事声音失去了自我反抗和强化集体斗争的能力。胡克斯因此指出，写作不是纯私人的事情，只有简单的自恋，提供不了读者对于自传含义的理解，讲述自己的故事，是为了打破黑人女性的沉默，是一种抵抗的方式。在胡克斯看来，自传性不仅是黑人女作家的一个宝贵的文学传统，也是作为边缘妇女自我形塑、介入话语权的一个利器，因此自传性写作不应仅仅传达叙述者个人的痛苦经历，而且还要表现黑人妇女的集体经验与声音。正如魏天真、梅兰所揭示出的兰瑟关于集体型声音的界定，集体型声音的使用者是那些处于边缘和弱势地位，没有话语权的群体。在集体型声音的叙述中，发出声音的"我"起初也可能以个人面目出现，但是在叙述过程中，单个的"我"常常会消隐，集体的"我"则会突显。或者叙述声音是独特的、个人化的，但观察视点则是公共的，以公共眼光展开叙事。在美国的黑人女性小说和其他少数族裔女性小说中，常常会出现个人化的声音与公共视点合一的叙事。

  胡克斯还批评了黑人女性作家作品不被主流媒体看重的现状，主流媒体往往将白人女性当作由女性写作以及写女性的作品的唯一有意义的读者；如果黑人女性作家仅仅在作品中强调了黑人女性的经验，主流媒体则认为她们将失去广大的白人读者群体。胡克斯认为，正是因为当下持有种族偏见的主流媒体给黑人女性作家的创作以狭小的认可空间，黑人女性作家又常常出于对持有种族偏见的市场和媒体利益的争夺，她们之间便出现了恶语相向以致彼此失和，因此激进的黑人女性作家需要警惕甚至拒绝这种市场的操纵，从而创作出真正具有批判性的作品。

第三节　关于黑人女性文学的文学理论问题

一、姐妹情谊与同志

激进女性主义者凯·莎拉·查尔德在第二次女性主义运动中提出"姐妹情谊就是力量"的口号，以此号召女性团结起来为摆脱压迫而进行不懈抗争。姐妹情谊是女性主义文学创作与批评的一个关键范畴，作为一种政治术语，它还具有超越时空延续自身政治生命的力量。伊莱恩·肖瓦尔特认为，姐妹情谊就是"女性团结一致的情感"，"从开始起，女小说家之间的相互意识及她们对其读者的意识就表现出一种潜藏的团结，有时这种团结成了一时的时髦"，因此姐妹情谊对女性和女性文学有着重要意义，它不仅是女性写作提供的女性关系图景，而且也指甚至主要是指女性作家之间、作家和读者之间的紧密关系。作为女性主义理论和批评的基本原则，姐妹情谊也是女性文学乐于展现的美好理想。姐妹情谊建构的动因在于女性作家、批评家争取女性团结以获得力量的愿望，也基于女性四分五裂而无力反抗压迫的实际。

胡克斯认为，男性至上主义思想是阻止姐妹情谊实现的巨大障碍，它使妇女们相信我们是没有价值的，并且只有通过男性或者与男性结合在一起才能有价值。女性被男性教育说"妇女是'天生的'敌人，女性之间永远也不会有团结，因为女性不会，不应该，也不可能相互联合"，由此破坏了女性形成团结的良好基础。性别主义起着分裂两性、分裂女性团结的破坏作用，性别歧视还导致了男性统治、剥削与压迫女性，导致女性间无端猜疑、互相防卫和竞争的恶果。胡克斯认为，作为女性政治团结纽带的姐妹情谊对于结束性压迫、推动以广大群众为基础的女性主义运动有着极其重要的意义，但在现实中，姐妹情谊由于"共同压迫"的主张而变得不可能。因为，白人中产阶级女性倡导的姐妹情谊是肤浅的，它掩盖和混淆了各种女性复杂的社会经历的事实，也掩盖了现实中很多女性剥削和压迫其他女性的事实。白人中产阶级的姐妹情谊的联合基础是共同牺牲，这种观念使得女性主义者将男性看作女性唯一的敌人，造成她们不去探索种族、阶级和性别三者对她们自身及她们与其他女性间关系形成的影响，使她们回避了自身对其他女性实施压迫的不可推卸的责任。胡克斯也同时指出，共同牺牲的观念也导致了对其他任何不符合这一标准的异质声音的排斥与拒绝，尤其是中产阶级白人女性所认为的那些"强大"的黑人女性的声音。由于黑人女性被看作是"有权力的、强健的、主动的、非人的"，因此在主流的女性主义运动中她们并不占有一席之地,她们远离了女性主义运动的阵地。胡克斯认为要使包括黑人女性在内的其他女性重返女性主义运动,需要女性将中心放置在具体的个人经历上,并通过认识和承认彼此经历的不同,制定策略以积极消除差异带来的分歧,实现女性的政治团结,从而恢复姐妹情谊这一主张的真正意义和价值。同时,胡克斯还认识到"支持"在建构姐妹情谊的过程中具有的重大意义。简·鲁尔在其文章《以一切应有的敬意》中,批驳了通常的"支持"所代表的错误概念并阐明了真正的支持的内涵:"支持是妇女运动中经常用到的一个词语。对太多的人来说它意味着给予和接受绝对的赞成。有的妇女非常善于在关键的时候从中退出……真正的支持不是对重要判断的迟疑,而是指即使是在有严重分歧的时候也能做到自尊和尊重他人。"胡克斯赞同简·鲁尔的观点,主张女性应积极地用真正支持的方式以理解差异从而为政治团结奠定基础。此外,胡克斯从黑人女性的现实处境出发指出,女性不需要用反对男性的观点将女性团结在一起,而是通过分享女性的经历、文化和思想,通过对差异的正确评价和对结束性别主义压迫的共同政治承诺,建构起真正的姐妹情谊,实现真正的女性团结。

对于黑人女性而言,姐妹情谊是一种重要的生存体验,一种建构黑人女性主体性的策略。姐妹情谊也是黑人女性主义理论家积极构建的理论图景,是黑人女性作家在作品中孜孜不倦建构的文学主题。赫斯顿在《她们的目光注视着上帝》中塑造的黑人女性形象珍妮和菲比,沃克《紫颜色》中的茜莉、莎格与奈蒂,莫里森《天堂》中一群互不相识但同是被侮辱与被迫害的女人,都是依靠姐妹情谊关系的确立而学会了独立自爱以及对他人的爱,从而获得精神上的新生,重新建构起一个强大的、新的自我。正如胡克斯对赫斯顿作品的评价所说,女性不需要像性别规范提议的那样成为竞争对手,相反她们可以共享权力,加强彼此的独立自主,因此应该有更多讲述女性间真正的姐妹情谊的黑人女性文学出现。黑人女性批评家也应从倡导姐妹情谊这一女性主义视角对作品进行评价与考察,发现更多黑人女性的进步作品以启迪现实中的黑人女性更完满地生存。胡克斯认为,对于当下的女性主义运动,尤其是黑人女性争取主体性身份来说,"姐妹情谊仍然强有力",但胡克斯从黑人生存的历史与现实处境出发,主张视黑人男性为"同志",并在黑人社区内建立男女两性的和谐关系,这就与白人女性主义的姐妹情谊观有了区别。

因为共同的种族文化背景,黑人男性与黑人女性在社会中同样深受白人至上资本主义父权制的剥削压迫。胡克斯注意到黑人男性同样被塑造成一系列的刻板形象的问题,他们多被主流社会描述为不负责任的、懒惰的人,是为追求男子气概而背弃黑人女性和家庭的人,而"缺席的父亲"和"离家的男人"反过来又再次印证了黑人女性"女家长"的刻板形象,从而离间了黑人两性的和谐关系,削弱了黑人群体形成政治团结的力量。胡克斯将女权主义政治目标定位为结束性别主义、性别剥削和压迫,她坦承喜欢这个定义没有男人是敌人的这种暗示,这个定义明确指出性别主义是问题的核心。在胡克斯看来,无论是强调妇女有着自主权的自由人的女权主义还是强调获得与男性机会平等的女权主义，都不能消除社会上的性别歧视和男性统治，女权主义是结束性别主义压迫的斗争，而白人至上的资本主义父权制才是压迫力量产生的根源，只有消除了这种统治制度，男性与女性才能获得解放。在《治愈男性心灵》一文中，胡克斯指出了男性在父权制文化中所遭受的痛苦：

> 男性在父权制文化中不能讲述他们的痛苦……其他人会羞于看到一个男人表达强烈的情绪……尽管我们很少使用"父权制"这个词，但每个人知道性别主义式的男子气概怎样攻击着男性的心理……每天母亲们为了将她们的男孩子转交给父权制体系，无情残忍地切断了自己与儿子的情感联系……她们的孩子感到痛苦，无处安放痛苦，只有将痛苦带到转化为愤怒的地方，因此，男人们学会去伪装、掩盖他们的愤怒和无力感。然而当男人学会去创造一个虚假的自我以此作为维护男性统治的手段时，他们没有良好的基础去建立健康的自尊……对于许多男性而言，与暴力联系的时刻可能是他们唯一与自己亲近，唯一能够与自我保持亲密感，唯一去释放痛苦的空间。

胡克斯认为，囿于父权制文化对男子气概的定义，男性更加担心暴露自己的脆弱，他们拒绝承认自己所遭受的精神创伤，拒绝表现自己的无力感，因此他们不能正视内心的痛苦，活在谎言中并丧失了与自我的亲密感，无法获得对自我的价值认知，也不能建立起健康的自尊意识。而父权制的统治形式给男性提供了治疗这种痛苦的方式，它制造一种虚假的自我身份，在他们感到无力时通过暴力统治和虐待他人为他们展现自我看似拥有权力的虚假幻象。胡克斯认识到许多激进的女性主义者对男性遭受父权制压迫的盲视，她指出，正是因为不能认识到男性的受害阻碍了我们对男性的理解，也阻碍了对可能导致男性寻求女性主义转变的联系的空间的揭示。因此，胡克斯呼吁，男性与女性一样都应该加入女权主义的立场中，消除内化的性别主义思想，选择根植于认同和接受的真正的爱，结束统治与占有以使每个人都获得自由。

面对黑人男性所遭受的白人至上的资本主义父权制压迫以及黑人男性与女性共同承担的种族解放斗争的责任，黑人男性应当作为同志而非敌人与黑人女性一道参与到反种族歧视的斗争中去，但胡克斯仍然承认黑人男性身上存在着根深蒂固的父权思想，如黑人男性圣像级的人物斯派克·李所鼓吹的"真正的"黑人男人应该是性别歧视的，强暴和攻击黑人女性的。因此，无论是现实生活中的还是文学创作中的黑人男性，都需消除内化的性别歧视思想，以黑人群体甚至是整个人类的生存和完整为己任，反对分裂主义以实现与黑人女性的平等对话与和谐相处，在以男性为同志的理论观念指导下，塑造出比《她们的目光注视着上帝》中的黑人男性形象"甜点心"、《紫颜色》中觉醒了的某某先生更为深刻、合理和丰富的黑人男性形象。

二、"伤痛与疗救"主题——爱的伦理政治

  黑人作家詹姆斯·鲍德温认为,美国社会是一个悲剧性的神经错乱和疯狂的社会,但是它用以凌辱和压迫人的办法却无比巧妙,而受凌辱和压迫的人的唯一罪过就在于他们的肤色是黑的。在奴隶制时期,黑人女性作为社会的最底层,一方面和黑人男性一样拼死累活地劳作不息,一方面还要被奴隶主当作性工具或生育机器,以生产出更多的劳动力来延续奴隶制。南北战争后,虽然奴隶制宣告结束,奴隶们从有形的枷锁中被解放出来,但黑人女性并未获得真正的政治和经济自由,种族歧视和压迫仍然禁锢着她们,制度化剥削使她们得不到较好的工作机会,物资极度匮乏。不仅如此,黑人女性还内化了主流的审美观,失去了黑人的天真,并对自身产生憎恨,在灵与肉上都处于一种自卑和自毁的可悲处境;而黑人群体内部的性别歧视,更使她们忍受着家庭内部的暴力并处于失声的局面。简言之,黑人女性不仅在身体上受辱,像莫里森笔下的塞丝,后背伤痕累累如一棵苦樱桃树,更在精神上饱受折磨与摧残。因此她们努力不去完全表现爱,因为爱会带来伤害。

  黑人女性被迫忍受着种族、阶级与性别的多重压迫,无论在精神还是肉体上都伤痕累累,所以胡克斯认为女权主义作为一场抵抗运动、文化革命,要想彻底根除现实中对黑人女性的多重压迫,就不得不对文化展开激进的革新,对宗教的父权制意识形态进行批判的审视,并重新设想宗教的精神追求。她认为,没有宗教信仰的转变,女权主义对我们文化的改变是不可能的。解放性的宗教以智慧和爱对抗知识与控制,它将使每个人拥有改造世界的力量。她提醒我们要注意基督教经典在塑造性别角色方式中所起的作用,女权主义对基督教的批评不是在制造分离主义,而是抵抗父权制宗教对女性的禁锢及其瓦解女权主义成就的意图。胡克斯认为当代女权主义对宗教精神的追求应给予足够的注意,对基督教经典要赋予以新的、创造性的理解与解说,这样就可以在女权主义立场和个人宗教实践之间搭建对话的平台。另一方面,胡克斯的思想也深受后现代宗教多元主义的熏染。她认为不同的宗教精神追求可以做同样的事情,不同的宗教精神道路只要是解放性的就可以达成女权主义的目标。她认为,我们不仅可以向传统的宗教精神进行质询,而且能够从不同的宗教图景中构造新的空间,用各种不同的方式表现神,重新树立对神圣女性的尊重,重新肯定精神生活的重要性,重新获得爱。

  胡克斯不仅将基督教信仰中爱的层面当作宗教经验中精益的方面,而且创造性地改造了教义中的"爱",将之作为自己的使命,应用到生活中。她认为爱就是实践自由,而父权制形式下的爱与统治和占有相关,只有当我们不再痴迷于权力和统治时,我们才能意识到爱。胡克斯交代了她最初写作爱这个话题的动机:"当我听到年轻人、老年人声音中的悲观取代了希望的时候,我开始思考和写作关于爱的话题。悲观是通向爱的最大障碍,它

植根于怀疑和绝望,而恐惧强化了我们的怀疑,它使我们失去了勇气。信仰和希望才能使我们摆脱恐惧。"在胡克斯看来,对爱的信仰是一种基于完满人性洞见的理性信仰,能够使我们超越恐惧,而统治文化正是依赖于对恐惧的培养建构起一整套社会体系,因此只有选择去爱才能超越恐惧获得疗救。

选择去爱,胡克斯认为首先应该选择被拯救,作为一种姿态它是至关重要的,能够使人正视自身的破碎与伤痛,开放自我并确立自我的价值与意义。其次,要在日常生活中践行爱,并批判地检视自身的行为。胡克斯主张爱应该在社区中得到生长,并通过彼此同情和原谅来维系社区关系,增强服务意识和自我牺牲的意愿,认识到彼此相互依存的现实。

因此胡克斯认为只有爱才能使黑人女性及所有人摆脱伤痛获得疗救,无论是宗教之爱还是日常生活中的实践自由。黑人女性作家作品中亦不乏疗救主题,无论是母亲的疗救力量,还是姐妹情谊集体的疗救,抑或对黑人传统文化的不懈追求,都需要站在爱的伦理立场上进行书写,都需要在作品中说出黑人女性的痛苦与希望,要表达爱、再现爱、肯定爱,通过爱来摆脱伤痛,建立黑人女性的良好自我,通过爱来构筑精神的社群。

第四节 黑人女性主义文学思想的意义

一、贝尔·胡克斯黑人女性主义文学思想的特点

贝尔·胡克斯黑人女性主义文学思想的特点,体现在其跨学科的文化视阈与谋求政治团结两个方面。

(一)跨学科的文化视阈

在亲身经历和深入反思的基础上,胡克斯规避了无限放大种族因素而成为非洲中心主义者或极端的民族本质主义者的可能性。她鲜明地提出种族、性别和阶级的连锁性本质压迫,并将其作为核心批评范畴用于深入分析当代的黑人女性作家作品,指出了女性形象塑造的局限性,从而为黑人女性激进主体性形象的建构指明了方向,规划了蓝图,也为黑人女性主义文学批评做出了突出的贡献。20世纪90年代以后,胡克斯将目光转向了文化研究,她借用主流话语中文化研究的种种理论,成功地介入了文化批评领域。她关注日常生活及大众文化领域中的诸多现象,一方面指出黑人女性在传统文化领域尤其是爵士乐、建筑等方面对美国文化的独特贡献,另一方面也拓展了文化研究中包含的种族、阶级和性别等多维度理论话语,不仅将种族、阶级、性别等概念用于深入分析影视媒介对黑人女性形

象的塑造与表征,建构并阐释黑人女性观众"对抗性注视"抵抗形式的基本内涵,更将其作为核心范畴用于对文学文本的深入分析当中,力求解构对黑人女性文学形象的歪曲塑造与错误表征,从而建立起黑人女性主体文学形象,并借此指导现实生活中他人对于黑人女性以及黑人女性对于自身的认知行为。因此,胡克斯将理论与实际生活联系起来的叙述方式,成为批判意识介入批评话语的最为有效的方式之一。

胡克斯将书本和研究中学到的东西与日常生活中的批判与思考融合在一起,这就是理论联系实践,也是她文化研究工作的全部。围绕种族、阶级、性别的相互关联与相互作用,她将跨学科研究、文化研究纳入其批评话语中,尤其将跨学科文化实践引入黑人女性形象批评之中,通过对包括影视作品在内的女性形象的分析,揭示了黑人女性形象被歪曲、被边缘化甚至被粗暴涂抹的现实,揭露了黑人女性形象背后主流意识形态的权力操作,剖析了内化的种族主义对黑人女性所造成的巨大心理伤害。胡克斯指出,文化批评在黑人生活中的历史作用就是一种促进批评抵抗的力量,一种使黑人在日常生活中培养批判和分析的实践,这种批判和实践能够瓦解,甚至解构那些旨在促进和强化统治的文化生产。胡克斯也正是凭借其理论话语的实践性、抵抗性、对话性等特点,介入了文化研究的优势话语之中,促进了文化研究对包括黑人女性在内的其他边缘族裔女性的关注和研究。

(二) 谋求政治团结

胡克斯从种族、阶级、性别三位一体出发建构黑人女性主体性,但又超越了种族、阶级、性别的界限以谋求政治团结,改变黑人女性受压迫的状况。传统女性主义关注男性如何对待女性,将性别作为决定女性命运的基本要素,胡克斯则拆解了传统女性主义的性别观念,放弃了以二元对立为基础的僵化、固定的理解。在她看来,黑人女性首先要考虑种族的利益,认识到黑人男性也处于种族压迫的制度化体系当中,种族主义才是黑人群体所要面对的首要问题,因为它关涉整个黑人族群的生存和发展。相较于传统女性主义对家庭功能的拒斥,胡克斯从黑人女性自身的历史、现实处境出发,反而将家庭视为"一个尽可直面人道问题,亦可实现反抗的场所。在这里黑人们可力争成为主体而非客体,在这里无论精神还是心灵都能获得肯定……在这里能重获外面世界拒绝给予我们的尊严",因此她认为黑人女性应与本族男性保持同志关系,共同担负有远见的女性主义承诺。胡克斯认为性别主义对两性都造成了伤害,因此男女两性不应是敌对的,黑人两性应谋求政治团结,以此共同抵抗白人至上资本主义父权制的压迫。她甚至将白人男性也纳入反性别主义以求得共同解放的道路之中。尽管如此,胡克斯也审慎地注意到,现实中的女性仍然因为性别属性遭受歧视,尤其对黑人女性而言,黑人社区内的性别歧视思想严重地影响了黑人女性主体性身份的构建,因此她首先肯定女性之间结盟的可能性,主张黑人女性不仅应与本族女性保持团结,更应与白人女性谋求团结,基于性别因素共同反对性别主义思想。这种黑人女性主体身份的建构理论，视域开阔，思想深邃，为黑人女性文学主体形象建构提供了强有力的理论支撑和清晰的实践方向，因而具有十分重要的价值与意义。

二、贝尔·胡克斯黑人女性主义文学思想的局限

（一）本质主义嫌疑

作为黑人女性主义批评家，胡克斯深切地关注着包括黑人女性在内的黑人社群的发展，但缺乏对同为边缘群体的其他第三世界女性状况和文学创作的关注。虽然胡克斯在反思黑人女性自传性写作实践中注意到了文学创作的技巧问题，她本人在写作中也十分注意语言表达、思想阐述的方式，但她始终以性别、种族、阶级因素贯穿作品，并将其作为黑人女性主义批评的核心范畴加以运用，因此难免也有忽视作品的艺术性和以偏概全的问题。虽然胡克斯一再反对特殊的黑人女性主义的"本质主义"，认为这种本质主义"不允许差异的存在，被视为有不适宜的想法或政治上不正确见解的蛛丝马迹的任何在场的人都是不可调和的敌视对象"。它主张建构一种同质的黑人女性主体，这种主体性在很大程度上由黑人女性共有的经历所界定。胡克斯也一再批判"黑人身份的'本质主义'观念在某种程度上试图否认所有的黑人必须和白人联合起来，批判把那些观点、价值和生活方式与黑人经历的整体观念有别的个人排除出'黑人性'之外"的观点，但胡克斯强调建立独立完整的黑人女性主义传统，在尊重黑人传统文化的基础上建构黑人女性激进主体性身份的主张，仍然使其理论难以逃脱非黑即白的本质主义嫌疑。

（二）文化保守主义局限

胡克斯的主张亦有文化保守主义的局限。早期胡克斯的文字充满了愤怒，20世纪90年代末以来，她的写作中洋溢着理解、同情、原谅和支持，转向以爱的伦理来愈合创伤、治愈社会的非正义。胡克斯认为，女性主义斗争要以爱为出发点和归宿，并将爱的伦理推及一切反对专制文化的斗争中。她主张建设爱的社区，认为在一个能够和睦相处而且彼此不再孤立的社会，黑人女性和男性可以化敌为友，我们的心会因为并肩的战斗和共同的胜利而欢欣雀跃。胡克斯坚信，只有爱才具有变革的力量，爱能够建立起精神的社群，让所有人认识并致力于改变自己的盲区；爱让每个人从自我否定中解脱出来，获得政治康复并走向自由。真正成熟的女权主义的爱的话语就是要以爱的伦理去对抗统治伦理，站在爱的伦理立场上关心他人所遭受的压迫和剥削，修正以自我为中心谋求改变的盲点。因为爱的伦理的存在，黑人热爱黑色才能成为现实，黑人与白人才会共同行动推进社会的变革与公平正义。

第五章

美国华裔女性文学研究

第一节 美国华裔文学概述

在国内外学界,"美国华裔文学"这个称谓作为一个学术名词,其规范性已无更多争议。唯独其指代的范畴,有许多观点尚有待斟酌。

由于在以往的界定过程中,国外学者们不同的界定掺杂的个人或群体意愿过于强烈,先是引发群体内部的激烈纷争,并使得美国华裔文学的研究范畴陷入狭隘化和神秘化;随后受"跨民族主义"(Transnationalism)思潮的影响,对美国华裔文学所代表范畴的界定又面临过度宽泛的危机。那么,在界定发展的历程中到底存在哪些误区,使得这个领域的研究对象如此缺乏稳定性呢?要想厘清这其中的缘由,还得从早期的界定原则说起。

1968年,加州大学伯克利校区激进亚裔知识精英创建"美国亚裔政治联盟"(Asian American Political Alliance)。这一组织为了打破20世纪60年代早期流行的"模范的少数族裔"形象,正式提出"Asian American"这个概念,采用了"美国亚裔"这种具有种族意识的自我称谓。

20世纪70年代,亚洲移民及其后裔在经历了多次移民法改革和移民权益斗争之后,以赵健秀(Frank-Chew Chin)、陈耀光(Jeffrey Paul Chan)、徐忠雄(Shaw-Hsu Wong)和劳森·F. 稻田(Lawson Fusao Inada)为代表的一批亚裔/华裔学者、编辑和作家,构建了

"亚裔文本联盟"（Combined Asian Resources Project，简写为 CARP）。"文本联盟"（黄秀玲在《从必需到奢侈》的序言中指出，"亚裔美国文学可以被看作是一个方兴未艾的文本联盟，它的利益是由专业的亚裔美国批评家联盟负责推动的）中的成员不断推出各种文学选集，而这些选集对作家作品的取舍原则恰好也体现了学界对亚裔/华裔作家、亚裔/华裔文学的界定标准。

由许芥星（Kai-Yu Hsu）和海伦·帕卢宾斯克斯（Helen Palubinskas）合编的《美国亚裔作家选》（Asian-American Authors，1972），赵健秀、陈耀光等四人合编的《哎咦！美国亚裔作家选集》（Aiiieeeee! An Anthology of Asian-American Writers，1974）和在原来文集基础上新编的《美国华裔与美国日裔文学选集》（The Big Aiiieeeee: An Anthology of Chinese American and Japanese American Literature，1991），这三部选集都坚持以"亚裔感性"（Asian American Sensibility）为标准来衡量入选作品。所谓的亚裔感性可理解为出生、成长在美国的亚裔，极力否定其美国人和中国人的身份，并强调与中国背景和美国文化传统的剥离，建构既非美国化也非中国化的亚裔价值体系。这一观点的倡导者们声称："只有祖祖辈辈生活在美国，具有真正'亚裔感性'的'美国亚裔'所创作的文学才是美国亚裔文学"。

于是，许多被视为自觉遵守美国社会刻板印象和用英文进行创作的华人作家，更因其作品反映早期黄种人的白人优越感被排除在选集之外。而黄玉雪（Jade Snow Wong，1922–2006）、汤亭亭（Maxine Hong Kingston，1940—）、谭恩美（Amy Tan，1952—）等土生土长在美国的华裔作家，则因其作品中"卖弄中国文化""脱离了美国华裔真实的生活处境"被赵健秀等人批判并排斥。

随着亚裔/华裔人口类型的多样化，不同时期、不同类型的亚裔/华裔在精神层面的诉求的确各有不同。正如吴冰教授在研究移民的"美国化"（Americanization）进程时指出的，少数族裔移民的生存体验和精神诉求是复杂和多变的。其实，每个人都有成长初期的困惑，也会经历不惑之年的迷惘，当岁月行至生命的最后阶段，对人生的感悟又会与少时的冲动形成鲜明对照。普通人尚且如此，更何况是那些擅长思考和幻想的文学创作者，尤其是像汤亭亭、谭恩美这样个性鲜明的作家，她们的生存体验和诉求也未必总是能反映在每部作品中并保持统一不变。

所以，我们很难仅仅通过作品所体现的创作主题、情感抒发、自我认同等信息，来对作家的美国化程度妄下定论；反过来，以作家的美国化程度来界定美国华裔文学的范畴，自然也过于刻板和局限。而且这种依靠感知来界定范畴的方式，也会加重美国亚裔/华裔文学的异国情调和神秘色彩。尽管许多学者看到这种方式的局限性而放弃了对意识形态的限定，但是其界定仍有待调整。

在"美国亚裔/华裔文学"概念的各类界定中，存在一种"去英语化"现象。在美国学界，以韩裔学者金惠经（Elaine H. Kim）、华裔学者林英敏（Amy Ling）和尹晓煌（Xiaohuang Yin）为代表，对"美国亚裔/华裔文学"的界定越来越趋向包容性和开放性。金惠经建议，把用亚洲语言创作的作品以及来自越南、印度和其他社群的作家的作品包括进去。林英敏则把美国华裔文学定义为，包括她自己在内受双重民族属性和文化传统影响，努力争取平等，怀着自豪感描写在美经历的华人及其后代所创作的文学作品。美国教授罗杰·丹尼尔斯（Roger Daniels）在为尹晓煌的《美国华裔文学史》（*Chinese American Literature Since the* 1850s, 2000）所作序言中，借用挪威裔美国人奥尔·E. 罗尔瓦格（1837-1931）对美国族裔文学的界定，来指明美国族裔文学一些重要的著作也使用了英语之外的其他语言。这种观点意在说明：只要是美国族裔作家所写的作品，都可以纳入美国族裔文学的范畴之中，至于用什么语言创作则不必过多考虑。而19岁赴美的华人学者张敬珏（King-Kok Cheung），则企图把包括所有定居北美的、有亚洲血统的作家，以及出生地或定居地非北美的混血作家都列入美国亚裔文学名下。

实际上，国外学者在最初探讨美国亚裔/华裔文学的界定时，都曾限定创作语言为英语。后来考虑到美国亚裔文学的历史和当代生活中的复杂状况——人口构成多样性、混杂性，于是对美国亚裔文学的界定不断进行扩展。

受国外学界的影响，学者们也倾向于将美国华裔文学的内涵扩展至用中文创作的美国华人作品，这不仅给世界华文文学领域的研究者增添困惑，也同时将美国华裔文学的界定推向大而不当的危机边缘。将哈金、闵安琪、白先勇、陈若曦、於梨华、严歌苓等新去美国不久用英文或华文进行创作的作家纳入美国华裔作家范畴。虽然吴冰教授也认为，对美国华裔文学的研究不能局限于对英语作品的关注，与尹晓煌一样将美国华裔文学分为华裔美国英语文学和华裔美国华文文学，但是她并不认为像哈金《等待》一类的作品属于美国华裔文学。

国内学者们为 Chinese American Literature 划分研究对象时，面对的另一个窘境是：与 Chinese American Literature 对应的中文译文应是美国华人文学，还是美国华裔文学？一个 Chinese 到底指代的是华人还是华裔？他们创作的作品又该如何划分类属关系呢？于是，每一位想对 Chinese American Literature 稍做评议的学者，都不得不在各自的论述中以相似的问题开篇，即谁才是美国华裔作家？用哪一种语言创作的作品才算是美国华裔文学？第一代移民所创作的中英文作品，能不能归入美国华裔文学范畴呢？之所以需要先厘清这些问题，主要是在译介该领域的学术专著时，中文译名与英文专著所讨论的对象总有些不太相符之处。在缺少对华裔和华人指代内容进行区分的前提下，直接将 Chinese 对应为华裔，甚至将华裔和华人自由互换，这很容易导致读者对译名的具体指代范畴产生混淆。

回顾 2010 年以前国内的学术论文和专著，中国（包括台湾、香港等地区）学者们对 Chinese American Literature 的中文翻译，可归纳为六种：华裔美国人文学、华裔美国文学、美国华裔文学、美国华裔英语文学、美国华人文学和华美文学。这些译名之争的焦点多集中在讨论中英文词语之间含义的准确对应，以及翻译过程中所应遵循的语序等问题。

华裔美国人文学，这种译法存在的争议是，当 Chinese American 与 Literature 组合在一起进行翻译时，是将 Chinese American 仍然看作一个词组来修饰 Literature，还是拆分后重新确定词性及修饰关系？"华裔美国文学"和"美国华裔文学"的译法存在的争议是，考虑汉语语序的原则将"美国"提到前面，还是遵照英语原文的语序直译？"美国华裔文学""美国华裔英语文学"两者之间是否有必要为了区分"华文文学"而特别在中文译名中突出该研究对象的写作语言为英语？"美国华裔文学"和"美国华人文学"之间的问题在于，Chinese American Literature 中的 Chinese 在英语中指代的内容，与中文的"华裔""华人"是何种对应关系？至于"美国华人文学"和"华美文学"分别是吴冰教授和张子清教授为了化解前三种译法产生的分歧而提出的不同建议。

上述六种译法有个共同点，即在进行中文译名的考虑时，都会参照 Asian American Literature 的中文译名来翻译 Chinese American Literature。而这些译法所引起的争议，在张子清、吴冰、郭英剑和王理行等学者的多年讨论中，也逐渐清晰化。但唯有一个问题尚没有明确地讨论，即到底 Chinese American Literature 中 Chinese 与谁对应？若如郭英剑所言，Chinese 和 American 在 Chinese American Literature 中是相对独立的这一定论成立，Chinese 可单独来修饰 Literature，而 Chinese Literature 既不指华文文学，也不指华人文学或是中国文学。那反过来，美国人又用哪些词来对应这些中文名词呢？

其实，为"Chinese American Literature"选取中文译名，除了应考虑语言学和翻译学等技术要素之外，更关键的是要清楚这一专有名词在英语中通常涵盖的对象。在众多可与其互译的中文词语中，选择含义最为接近英语含义的一组，才能保证美国华裔文学的学术含义在不同语言中的一致性。然而，这又会引出另一个问题，即这个学术名词是该遵照美国学者的想法通过翻译得来，还是该由中国学者按照自己的思考重新界定呢？这个问题，还有待学界进一步深入思考和探讨。

第二节　美国华裔女性文学写作专业化

韦勒克在他的研究中曾指出，一个文学研究者必须面对这样一个非常实际的问题：我们为什么要研究莎士比亚？的确，在着手美国华裔文学这一选题时，本节无法回避的第一个问题也是：为什么要研究美国华裔文学？特别是为什么要研究新的女作家，如任璧莲、邝丽莎、黄锦莲、张岚等？就像韦勒克给自己提出的问题做出回答那样，本节也要寻找美国华裔女性小说的独到之处，即在已然建立起来的美国华裔女性小说传统中，寻找90年代后华裔女作家的个性化写作。此处的个性，并非强调文学作品独一无二，而可以理解为带有作家主观意识形态的个性化。另外，不论美国华裔文学有多独特，它与同类的相通之处是不能被忽视的，所以也要对美国华裔女性小说的新一代作家作品按照某种普遍性进行归纳。

（一）学院式训练与"经典"的模仿

学院式训练，是指新一代的美国华裔女性作家在动笔正式成为职业作家之前，基本上都经过学院式的文学创作训练。这些作家不仅参加作家培训班等培训机构的短期指导，像张岚、伍美琴还进入美国高等院校英语文学专业进行系统学习，而后她们在文学作品的表现形式、语言与修辞技巧等方面达到较高的职业素质。

这也是为什么20世纪90年代后的美国华裔女性小说从形式上少了族裔的痕迹，英美文学的味道反而愈加强烈起来。新一代美国华裔女作家期望能在形式上先取得主流文坛关注，并以经典的英美文学风格来淡化内容上的异国情调。哪怕小说的内容纯粹以中国文化为原型或以中国社会为背景，她们也要努力参照经典文学中的少数族裔作家的成功写作模式，把华裔女性的故事与才华打造成新的经典，以确立新时期美国华裔女性小说在美国文学中的"新经典"地位。

这里提及的经典指的20世纪30年代在美国大学中以文学人文课程面目出现的西方文学经典，这些西方文学经典是19世纪末英美大学中出现了英语文学系之后，由第一批文学职业批评家（教授或研究机构成员等）根据他们提出的美学标准和社会标准建立的、在体制上得到保护的书目，它们不仅包括了西方经典的作者和书籍（即荷马、柏拉图、亚里士多德、奥古斯丁、但丁、康德、卢梭、莎士比亚、黑格尔、简·奥斯汀、马克思、尼采、波伏娃、伍尔夫等），而且也在不断对其进行增删。另外，所谓的重新确立经典则是在20世纪60至70年代时，应多元文化主义的倡导，将经典更多地扩展到代表社会多样性的种族文化范围,将先前因作者的阶级、种族、性别身份等被排除在文学史和主流文化教育体系之外的作品重新考量并适当吸收。

在上述重构经典的文化思潮盛行的时代背景下,新一代美国华裔女作家在经受了学院派的专业化训练之后,自然会受到文学经典的论争的影响,并产生以己之笔为美国华裔文学争取一席之地的想法。

邝丽莎与谭恩美、任璧莲同为20世纪50年代生人,但是她的混血性使得其作品与非混血华裔女作家的作品有很大不同。尽管她在内容和题材上也具有中国特色,但是不论她对中国文化如何痴迷,受欧美文学作品熏染和她的作家母亲的遗传影响,其写作技巧和文学意识上的美国风格是显而易见的。

在这一点上,并非混血的张岚的作品也有着同样特色,她还特别明确地期望从亨利·詹姆斯(Henry James)的《贵妇的肖像》(*The Portrait of a Lady*, 1881),萨尔曼·鲁西迪(Salman Rushdie)《摩尔人的最后叹息》(*The Moor's Last Sigh*, 1995)和谷崎润一郎(Junichiro Tanizaki)的《细雪》(*The Makioka Sisters*, 1995)中,模仿如何用第一人称叙述宏大题材,学习如何将亚洲材料以更加欧美化的文学形式融合在一起。

所以,美国文学叙述框架下的中国故事或美国华裔故事写作模式,成为90年代后新一代美国华裔女作家比谭恩美、任璧莲更加突出的特色之一。

必须承认,美国华裔文学是因其少数族裔特色而被重视,但是其文学价值远不是一个族裔身份就能涵盖的。虽然过去所谓的文学经典以白人男性作家为主,但谁又能说只要是白人男性作家的作品就一定具备划入经典文学的艺术质素呢?族裔作家写作的原动机中,寻求政治上的平等是其中之一,而更重要的一个目标是要证明本族群的艺术创造力与白人一样优秀,而学者们常常忘记了这一点。

新一代的美国华裔女性作家正在进一步深化小说的艺术影响力。汤亭亭、谭恩美所倡导的为艺术自由而写作的观点,已经在跨世纪的华裔女性小说中得到充分的实践和诠释。作家的写作是一种对传统的继承和颠覆的过程。既然作家自己的风格和审美意识经由这样的过程而建立,那么只有通过了解女性作家的创作背景和对欧美文学阅读的体验来解读她们的作品,才能真切地体会到作家的创作意图和艺术构想。而美国华裔女性小说的写作传统,也在新旧作家之间的互动中逐步被建构起来。

(二) 家庭背景的影响

共性之下也存在不同方面的差异。从多方面来看,黄锦莲和张岚的创作成长经历有很大不同。在创作之路的选择与家庭的支持态度方面,虽然两个人也都承载着父母对孩子望子成龙的期望,并深受他们对自己职业规划的干扰,但是,显然张岚的作家之路要比黄锦莲多了许多波折。张岚的波折一方面来自父母消极的阻拦,另一方面来自对个人能力和梦想的迟疑。而黄锦莲则相对得到宽松的环境，美国化的父母要比张岚的移民父母更能给孩子大胆尝试的勇气，这使得黄锦莲的美国梦——成为一名作家——在没有任何忧虑的情况下得以实现。虽然张岚最终也走上了作家之路，并且还成为美国爱荷华作家班的"掌门人"，但是这个有着写作天赋的华裔作家是在战战兢兢、本本分分的心态下向着目标前进。所以，张岚的作品带有历史的厚重和心灵的沉痛，而黄锦莲的作品则犹如清凉的柠檬水——简单、清爽，虽略显青涩却沁人心脾，轻松的叙述反而能让现代都市的年轻读者在零负重的阅读中，清理混沌的头脑和心绪，扫除心灵的浮躁与狂妄，回归纯真自然的自我。

有学者认为，美国华裔女性作家因社会心理和文化背景的独特性，必定在文学创作上形成既不同于西方，也不同于中国本土的文学传统。

然而，即便美国华裔女作家们具有超群的后现代艺术意识和创造力，她们的创作也绝不是凭空而来。出于某种自愿或被动的外部原因，女性作家会尝试着借鉴以往阅读中遇见的主题、形式甚至意象等，在自己的作品文本中进行模仿、修正和传承。当这种借鉴的过程不断地在同期或后续作家创作中出现，美国华裔女性文学的传统也逐渐因此被建构起来。

第三节　美国华裔女性文学书写与思想的升华

因写作动机、灵感来源和生活历史背景的不同，使得相同题材在作家的手中展现出不同的寓意和内涵。因此基于作品文本而进行的文学性解读，才能更好地、恰当地将作品的审美价值挖掘出来。如此一来，那些以文化研究、东方主义和后殖民主义等理论为批评依据，抱着种族、阶级政治的旗帜不放的学者，一方面深陷了刻板的视角，另一方面也弱化了新被纳入经典文学的少数族裔作品的文学特性。

一、转换：体裁、主题、形象

20世纪90年代之后，新一代的美国华裔女性作家对汤亭亭及以前作家的作品有哪些继承和转变呢？

首先，是华裔女性自传体小说的书写传统。从传记文学的直白叙述到自传体小说的模糊叙事，可以说这一转变过程表明了美国华裔文学创作在文学性和美学价值方面的转向和提升。因为，美国华裔文学自传体小说这一题材是在新一代作家主体意识和审美观念的多元化和复杂化影响下产生的，它既实现了在传记中进行虚构的目的，又实现了在小说中反映现实。就连老作家的新作品也体现出这样的特征。艺术感已经随着汤亭亭的年纪的增长在其作品中逐渐激情退去,她不再苦苦追求自我身份——有点自恋式的执着,而是开始承担责任,在《第五和平之书》(*The Fifth Book of Peace*, 2003)中弘扬人与周围世界的爱与联系。

不论是老作家的新作还是新作家的处女作(如邝丽莎的《上海女孩》、张岚的《遗产》),都不单单在探讨族裔文化带来的身份认同的困扰,其中实际上暗藏着像《百年孤独》《荒原》等经典文学作品中普遍存在的终极追问:寻找宁静、温馨的精神家园,走出族裔性带来的孤独,走出缺乏爱的精神荒漠,超越理性的框架和阻隔,回归自然和本能。这个终极追问的过程,可被视为一种自我救赎的过程,而秘密和神秘则通过印象式的语言、倒叙和插叙的手法,成为帮助主人公打破重重阻隔完成精神救赎回归自然本能的不可或缺的重要元素。

谭恩美(Amy Tan, 1952—)可以说是汤亭亭的忠实追随者,她不仅有着与汤亭亭相似的对艺术自由的追求,也承袭了详述华人生活和传统文化细节的叙事方式,更发扬了为深化情节发展而对文化、习俗等进行虚构的艺术技巧,以至于会让人担忧:谭恩美虚构的过于逼真的生活细节,可能会对不熟悉真正中国文化的美国读者带来本质性的误导。不过,这就是属于作家的想象的权利。谭恩美特殊而离奇的身世也为她的创作蒙上了一层神秘、魔幻的面纱。汤亭亭在写作中已经打破了很多本来相对立的事物之间的界限,而谭恩美进一步延续打破界限的传统,她特异功能般的想象力,总是在小说中为"神与人"建立起一种介于"阴与阳"之间的第三空间交流环境,不仅为处于矛盾冲突中的母女求得心灵慰藉(如《喜福会》),辅助女性对生活、爱和情感产生全新的顿悟(如《一百种神秘感觉》),也会带领各种族裔背景的人们探索命运、家庭以及人类灵魂深处的困境与感悟(如《拯救溺水鱼》)。

谭恩美神秘诡异又亦真亦幻的创作方式,让人产生这样的思考:为什么不论是汤亭亭或是谭恩美,乃至后面要继续分析的新一代华裔女作家,她们能抛开对所写故事客观性和文化传统的准确性的顾虑,而凭借各自独特的艺术想象力坚定大胆地将虚构与真实结合之传统延续下去呢?其实,原因很简单,她们很少有人真正经历过父辈的艰苦与种族驱逐的经历,或许社会的歧视和文化的差异会引发某些家庭内部的分歧与争议,但她们永远无法对祖辈或父母过去的经历感同身受,因此,她们意识中所理解的社会责任也会有所变动。包括一直提倡作家社会责任感的任璧莲在内,也会在创作时相对优先考虑自己个性在作品中如何展示。或许可以把这种共性理解为,一种在艺术创作中实现真实自我的写作传统的建立。

任璧莲(Gish Jen, 1956—)与黄玉雪、汤亭亭和谭恩美一样,也是第二代华裔,同样有着写作的天赋和海量的欧美文学阅读储备。不同的是,前面三位华裔女作家没有经过专业性写作机构的培训。任璧莲刚出道的时候，只有汤亭亭已经成名，与谭恩美算是同期"出炉"的华裔女性作家。任璧莲的个性中有很强的反叛性，所以她不喜欢"人家"对她的人生指手画脚。任璧莲的作品虽然保留了女性为中心的叙事模式，并且仍然关注族裔的同化和文化融合问题，但是其视角远比之前的作家更具有多元化和世界性。任璧莲在犹太裔社群读过中学，后来嫁给了爱尔兰裔的丈夫，所以他的创作具有突出的多元文化特性，她和汤亭亭一样认为民族身份具有不定性，任璧莲指出："（你）认为自己的认同是固定的，而别人的认同是浮动的、多重的"。同时在作品中尽可能通过多种方式让人物了解美国，以使得人物刻画和美国在作品中都更加多面化。

其次，20世纪90年代后的美国华裔女性小说作品，表现出来的是进一步淡化了的族裔色彩，并且"新时期的美国"成为故事的主要发生地（比如任璧莲的《典型美国人》《爱妾》，伍美琴的《裸体吃中餐》，黄锦莲的《点心》《观音娃》《我要糖果》等）。不过，这种表面上看起来族裔色彩淡化了的"美国故事"，与被定义为"反渗透"叙事策略的使用者汤亭亭和谭恩美的"中美之间的故事"，达到了同样的效果：实现了从美国社会的边缘抵达中心。不过，不论是哪种叙事模式，美国华裔女性作家不再是"处心积虑"的"泛亚运动的政治同盟军"。那些以东方为自我中心视角的批评家所言的这样那样的策略，不过是一厢情愿的揣测或是蓄意的误读。

90年代之前的美国华裔文学，主要集中在华人移民的历史性贡献、种族歧视所带来的伤痕、文化冲突等主题，无论中国文化、中国人形象是被正面提倡的，还是被负面丑化的，老一辈美国华裔作家都背负了太沉重的精神重担。90年代之后的新一代作家和老一辈作家的新作品，已经在题材和主题等方面有所突破，美国华裔作家正在努力地驱散"哥特式幽灵"般的痛和记忆，即使还在写中国的故事，其作品中的非文学分量也在淡化。曾经讲述边缘人的不幸与悲苦，主流的残暴与不公；而今讲述的是"普通人"的成功与失败，成长或生活中的喜怒哀愁与悲欢离合。在经历了80年代末到90年代初期在美国出版界的繁盛阶段之后，90年代以后的美国华裔女作家或许看到了成功的诀窍，不排除在题材的选择方面加入对作品商业化的思考。不过，真正的作家把自己的作品视为彰显自己审美意识的艺术写作。

第三个特征就是从文本到思想的更新，即90年代后美国华裔女性小说对女性关系的主题转换，以及透过消解传统的女性形象反映新一代女作家的主体意识。

在美国华裔女性小说发展历程中，对女性关系的关注一直是十分重要的传统，并被很好地保留下来。特别是母女关系主题，自汤亭亭为女性代言获得成功之后，谭恩美、伍慧明等华裔女作家，便将这一创作主题作为书写的主线，并对其文化内涵在作品中进一步强化和细化。

谭恩美、伍慧明作为20世纪90年代后最早成名的一批华裔女作家，在文本中沿用的是汤亭亭以《女勇士》开创的"母系小说"的叙事模式,即用女性替代男性,通过再现母亲的故事并以母亲作为关注中心,来消解华裔男性作家作品中及社会文化层面赋予母亲的"他者"形象,以此达到替母亲发声的效果。

在谭恩美和伍慧明的作品中,都有这样一些共同的特征:母亲的故事和她讲的故事总是丰富多样的;文本中总是会缺少父亲的形象;女儿在作品中总是次之的角色,起到的是转述和解释的作用,也就是说母亲的话总是被转述而不是由母亲作为小说的第一叙述者独立陈述,但是作为被转述的对象却又始终在文本中作为关注的焦点出现,女儿和父亲都被边缘化。母爱总是被写成"最矛盾,最令人心醉,又最痛苦不堪"的情感。故事中的母女之间总是充满了冲突、误解,甚至还有仇恨。尽管谭恩美、伍慧明总是期望用血脉相连、母女连心的血缘关系来化解冲突,为母女搭建沟通和互相体谅的途径,但总有些问题并没有得到真正的解决。由于作家写作的社会环境和成长背景,使得作品中导致女儿对母亲的过去不了解、对母亲的苦痛不体恤,并引发了种种冲突的根源,被诉诸中西方文化差异和青春期的叛逆。

不过,新一代美国华裔女作家成长时的政治和社会环境,比以往的华裔女作家经历的时期更加友善、平和,所以新一代美国华裔女作家注意的不是使命感强烈的种族、政治等严肃题材。

母女关系不再是故事的主角,而是通过一个女性将其周围更多的人物关系纳入其中,另外,女儿和父亲都不再是缺席者。最重要的是,真正实现了对"他者"形象的消解。

在邝丽莎《雪花和秘密的扇子》中,尽管讲述的是一个住在古老封建的中国农村姑娘的一生,讲述她对各种爱的追求与许多人物间的纠葛,但往事不是通过别人口中讲述,而是由当事人亲自回忆,并且在故事中,女主人的形象不是被一直放在边缘,尽管也同样经历了儿时"厌女"的待遇,但最终人物不仅成为家庭的中心人物,也在社会上取得重要地位,而其他背景式的女性人物也反映出女性对整个家庭和子女命运的决定性作用。从人物形象的塑造,到故事情节,到周围的背景人物,彻底实现了女性从边缘人向中心人物的转变。

在张岚的《饥饿》中,作者依然将叙述的权利、表达内心感受的权利交给女主人公,尽管她被设计成一个飘荡的幽灵,但其女性主体意识仍然是被关照的中心。换言之,90年代后的新作家超越了谭恩美等作家对母女关系的单纯性叙事模式,在人物关系上更加多样化,在主体反思上更加个体化、个性化,使不同作家笔下的女性人物或家庭关系不再是汤亭亭式母女关系的重复或翻版。

90年代后的美国华裔女性小说中,不论是中国故事中的中国女性,还是美国故事中的移民及华裔女性,都被尽可能地去神话色彩、去英雄主义。尽管,中国故事里的女性人物身上依然保留勇敢、坚韧的性格,但并不是汤亭亭作品中不可战胜的"女勇士"形象,她们也有温柔似水、惹人怜爱的一面。不过，这些女性人物也并非以往华裔小说中懦弱的隐忍者，她们为了生存不得不坚强起来，面对理想与现实的差距，却能懂得自省并踏实地过好平凡的生活。美国故事里的女性人物多为年轻一代华裔女性，大胆、前卫，都市化气息强烈，但也很平实、很生活化，甚至普通得就像每一个现代都市的女孩儿。

二、升华：新一代的主体意识

除了女性关系的主题转换，塑造女性形象方面有所突破，新一代华裔女作家的主体意识进一步升华。

这些作家的小说中，女主人公总是表露出某种"寻根意识"。但通过令她们困扰的问题，其"寻根"的对象并不是以往美国华裔文学作品中的"文化的原乡"，她们的主体意识已经在90年代，她们寻求的是精神的归宿。

这些女性故事在岁月磨砺后升华，她们更加关注女性的心理问题和精神、灵魂的归宿。情节表述上仍然带有族裔色彩，但这种带有族裔特色的困惑或心理诉求及其背后的根源，反而更能体现出全球化语境下，种族多元化日趋成熟的过程中新出现的普遍性问题。

90年代后的美国华裔女性小说以诗意的形式，展现本我的"原欲"（即"爱的本能"），又以极其理性的内容进行自我反思与调节。以往华裔文学中反复提及但又有所回避的话题在这里被放大，尤其是"他者"与"欲望"的问题。新一代美国华裔女作家们，实际上是通过唤醒现代女性心中沉睡的意识，以获得艺术上的审美和愉悦。

因此，新一代美国华裔女作家更关注"主体欲望"的满足与心理或精神障碍的治疗方法。而在面对双重文化的压力时，放弃了以往美国华裔女作家非此即彼的二元对立思维模式。她们通过寻找两种文化的契合点，比如以饮食这个生活中最常见也最易调和的物质层面为切入口，将两种文化合理搭配并衔接，尝试着在自己的生活中取得两种文化平衡共存的状态，让华人血统、华人文化与美国式生活、现代社会意识，在女性的主体内部得到统一，而不是采取以往美国华裔作家通过社会呼吁的方式，来解决主体困惑。也就是说，新一代美国华裔女作家存在着这样一个共识，外部环境的改变固然会对主体意识的建构产生巨大影响，但是如果主体即个体内部不进行深入的自我反思与剖析，而一味地将矛盾的产生归咎于社会环境，那么主体意识是无法真正走向健康和独立的。

不过，从邝丽莎、张岚笔下的女性奋斗史，到黄锦莲、伍美琴关于都市年轻女性成长的故事，不论时代如何更新和发展，思想意识形态如何前卫与新潮，90年代后美国华裔女性小说都在无形中表达了同一种心境：不论旧金山，还是纽约，抑或洛杉矶，唐人街是给予她们希望和生命感悟力的地方，而那里的生活是她们永远不能彻底脱离的。

第六章

多维视野中的女性文学批评研究——伊莱恩·肖瓦尔特的女性主义文学

第一节 理论溯源

女性主义文学批评的理论来源所跨的时空维度具有广域性,任何一种批评理论都不可能囿于一方之地,理论来源的广泛性决定女性主义批评家和理论家也具有广域性的特点。肖瓦尔特批评理论的来源也相当多元化,要把她局限在一个特定的美国文化群体中,是徒劳无益的。正如奥米·肖所说:"在于不同民族传统的相互渗透,在于民族、性别、阶级等差异的繁殖,而不在于种族隔离和民族优势等神话的永存。"

一、女性主义文学批评的思想先驱

女性主义至少可以追溯到17世纪,是一种萌芽较早的政治思想。但作为一项文学批评却在20世纪60年代才诞生。曾经有许多妇女批评家,她们关心的主要是妇女本身的问题,也可以说是女性主义问题。这些妇女批评家的代表有乔治·艾略特、弗吉尼亚·伍尔夫、西蒙·波娃等。直到1968年妇女批评家们才开始探讨她们自己与文学研究之间关系的严肃问题。

前辈们对于女性主义文学批评的发展做了极大的思想和理论铺垫。女性主义两位当之无愧的思想先驱是来自英国的弗吉尼亚·伍尔夫（Virginia Woolf）和来自法国的西蒙·波娃（Simone Beauvoir）。

（一）伍尔夫

伍尔夫对肖瓦尔特的影响十分深刻，她一生写了许多渗透着浓郁女性意识的文章，善于揭示女性生活中存在的各种现实问题，她一直在思考女性的命运，特别关注女作家的心理、价值和命运。她成功地把女性主义思想引入文学批评领域。伍尔夫的思想带有深刻性和启发性，对以后女性主义文学批评提供了思想和理论的支持。肖瓦尔特对伍尔夫思想理论的继承是不言而喻的，纵使肖瓦尔特在批评理论上一直试图"杀死"她。伍尔夫的理论虽然有自相矛盾的地方，但仍然在以下几个方面影响着肖瓦尔特的女性主义文学批评思想。

第一，她在《一间自己的房间》（*A Room of One's Own*）中主张："一个女人如果想写小说就一定要有钱，还要有一间自己的屋子"。意在强调经济独立决定着女性是否真正取得自由和尊重。同时她还通过关注女性在社会上的政治、文化地位来考察女性写作。文学的社会学批评是肖瓦尔特常用的批评方法。

第二，谈及妇女文学传统问题时，她赞扬奥斯汀和勃朗特，不怕父权的指责，坚持与男性不同的价值观念。认为女性可以通过异于男性的生活经历和情感体验进行文学创作，创作出不同于男性文本的文学作品。因此，伍尔夫试图寻找的女性文学传统和作品，正是肖瓦尔特"女性批评学"理论的核心。

第三，伍尔夫认识到女性作家和男性作家笔下女性形象的差别，认为女性的文学创作受到了不公正的待遇。她试图借助女性的写作视角来批判以男权为中心的文学传统，提供了解读文本的另一种声音，这为肖瓦尔特"女作家中心批评"奠定了理论基础。

（二）西蒙·波娃

西蒙·波娃最具影响力的一句话是："女人不是天生的，而是变成的"，这一思想为以后全世界的女权运动提供了思想指导和方法论支持。她还探讨了文学史传统对于女性的压抑和排挤。西方的主流文化是以男性为中心的父权制文化，这种文化确立的过程也是男权中心地位和主流话语权的确立过程。在这种文化氛围下，女性很难确立自己的文学事业，女性文学传统构建更是难上加难。《第二性》为女性主义身份提供了政治可能，也分析了文学作品的方法和对妇女文献的使用。这对肖瓦尔特的构建女性文学传统提供了理论启示。

作为思想理论的先行者，伍尔夫和波娃的思想理念也存在矛盾的地方，但是她们都为女性主义文学批评提供了思想理论蓝本，开辟了基本的研究方向。

二、女性主义文学批评的理论借鉴

20世纪西方文学理论、批评理论的繁荣，也为肖瓦尔特的批评理论提供了重要的理论借鉴，正如伊莱恩·肖瓦尔特所说："如果说女权主义文学批评是妇女运动的一个女儿，那么它的另一个父母则是古老的男权制的文学批评和理论成果。"

（一）马克思主义

马克思和恩格斯两人并没刻意讨论妇女问题，但在构建其相关理论的过程中经常会触及妇女问题。马克思主义对女性主义批评的最重要贡献是提出性别理论，将其分为社会性别和生理性别。肖瓦尔特受到其影响，她的批评理论中注重对性别区分的关注。

（二）精神分析理论

虽是男性中心主义理论，但它对女性批评理论也是有一定影响的。在过去很长一段时间里，女性主义的理论家和批评家对于性别问题的研究很大程度上使用了精神分析法。肖瓦尔特借鉴了精神分析法，主张两性之间有差异，应关注女性的文学创作的性别差异文本，可以说，精神分析法是一种可行的女性批评方法。

（三）存在主义

主张尊重人的自由和个性。存在主义对女性主义批评理论有很重要的影响，女性主义的思想先驱波娃就认可存在主义，她对历史唯物主义表示过质疑，认为历史唯物主义只看到了男女身上的经济因素，而忽视了女性本身。主张运用存在主义，从整体上去认知个体生命的特殊存在形式。肖瓦尔特通过吸取存在主义的相关论点，提出女性应该摆脱"他者"的从属地位，从而实现自我价值，寻找自由，特别是在文学领域，找寻属于女性自己的文学传统和创作自由。

（四）解构主义

法国哲学家雅克·德里达（Jacques Derrida）提出解构主义，之后在美国得到巩固和发展。女性主义文学批评处在低谷时期，解构主义为其发展创造了机遇。一方面，女性主义文学批评产生于广泛的妇女解放运动，不能在运动中不断发展壮大，女性主义文学批评为了推翻父权制的传统，建立属于女性平等自由的话语权，这一努力本身就含有解构成分。另一方面，女性主义文学批评对解构主义采取审慎的态度，既利用又批判，对这一理论进行修正，强调构建女性身份，发展属于自己的空间，将解构与构建结合起来，却始终保持自己的批评理论的独特性。肖瓦尔特在构建女性文学传统和文学史的时候就是在解构男权为中心的文学传统，强调女性的独特性，构建属于女性自己的亚文化圈。

女性主义文学批评分为英美学派和法国学派两大派别，法国学派重视理论的构建而轻视文本批评，关注女性与语言和写作的关系，提出"女性写作"和"身体写作"；英美学派则关注文本批评，集中在文本阅读上，其中一部分人尝试建立属于女性自己的批评理论，肖瓦尔特就是其中的代表人物，她的理论构建取得了令人瞩目的成果。

第二节 女性文学大厦的构筑

一、女性文学亚文化的提出

以往的文学史，不论古今中外，编写人员大多数为男性。由于男性必然是在男性经验的基础上构建文学批评标准的，所以文学史的作品也偏向于按男性审美标准筛选。女性作家的话语权被男性力量所贬低和垄断，因此女性作品曾几乎被排斥在文学史之外，它们的价值也得不到呈现。正如肖瓦尔特引用妇女史学家葛达·勒那所说：

女人留在历史之外，并非因但凡男人，尤其是男子中修史者都诡诈，只因我们向来单依男子中心的标准看待历史。我们疏漏了女人和女人的活动，因为我们寻求历史回答的问题不适用于女人。为纠正此偏向，为照亮历史中的暗区，我们必须于一段时间内以女子为中心进行探索，研究一下在男女共同的文化总体中存在女子文化的可能性。历史必须包括对女人经验的说明，而且应该将女权主义意识的形成发展作为以往女人历史的基本方面写进历史。

女性文学要想搭建一个自己的文学大厦，需要有"钢筋"和"水泥"等建材。首先需寻找的是能使女性文学凝结成一体的"水泥"。肖瓦尔特认为搭建妇女文学史大厦的"水泥"是什么？妇女在过去一直被视为"社会学意义上的变色龙"，这意味着妇女文化总体现男性主导的文化特征。对此持不同意见的，就是女性亚文化观念。任何少数群体，都在主流之中寻找自我表达的方式。女性文学也不例外，从受历代同性作家的影响、对她们的借鉴、同她们的亲缘来看，继承性显而易见。"水泥"就是女性文学中所存在的某种同一性。

一种少数群体抑或弱势群体的文化是如何生存的？与主流文化的关系经历了什么样的发展变化？女性文化作为一种被压抑的亚文化是否会一直顺从主流？假使她们的文化有着自己清晰可辨的传统，女性主义文学批评又当如何去发现和阐释？

针对一系列疑问，肖瓦尔特在借鉴人类文化学、历史学的前提下提出女性文学亚文化的理论。克里斯蒂娜·斯坦塞尔（Christine Stansell）和约翰尼·法拉格（Johnny

Faraghe）在《横越大陆之旅中的妇女及她们的家庭，1842—1867 年》（*Women and Their Families on the Overland Trail*, 1842—1867）中谈道，亚文化是指一个少数群体的'生活习惯'自觉有别于、不依从于社会主导的行动、期望和价值观。亚文化不是一味地追随主流文化的步伐、修正主流文化而存在的，南希·科特（Nancy Cott）说："我们可以把妇女的集体意识看作因与主导文化的联系而造成奇特自我分裂的亚文化。"女性一直被期待做家中的天使、完美的淑女，内心纯洁、笃信宗教、顺从男人，她们的王国是自己的家庭，而到了维多利亚时期，中产阶级妇女开始将自己的角色延伸，知识女性参与社会改革、做护士、做家庭教师、创作小说，"叛变"自己原有的被社会公认的角色，从依附于男性的活法中脱离出来。女性文学便是在观念层上表达女性亚文化的冲动。

女性之间这种休戚与共的情谊很隐蔽。因为"女性亚文化首先来自女性共有的，并渐次变得愈加隐秘的、仪式化的身体经验。青春期、行经、初次性经验、怀孕、分娩以及绝经，女性的整体活动周期形成了一种必须掩藏自己生活方式的习惯。"这些不可公开言说的事件是秘传的知识和仪式。但同时"姐妹"之间结合出的情谊又是十分坚固的。她们有着共同的感受和经历，由此构成整个文化结构中的一类"有着宽广基础的价值、规范、关系和交流方式"的集体经验。

在女性文学史中，女性作家的某些集体经验"超越时空而把女作家凝聚起来"，尽管她们之间身处不同国家、种族、阶级、历史，有着不同的语言和表达习惯，但她们在表达女性独有的生命体验时，无形中开辟了仅属于女性的话语空间。

二、女性文学的三个阶段

搭建大厦的工程有了"水泥"，还需要"钢筋"来做框架。这里的"钢筋"就是肖瓦尔特的"三阶段"说。肖瓦尔特通过研究犹太人、黑人、英裔印度人等亚文化群，总结出他们的文化都经历了三个阶段。第一个阶段是对主流传统的模式进行漫长的模仿，将主流盛行的艺术标准内在化的过程；第二个阶段抗议主导文化的价值标准，提出少数群体的诉求，但这一阶段太过依赖于对抗的模式；第三个阶段重在自我发现，适度摆脱对反抗对立面的依赖，审视内心，寻求身份认同。

参照亚文化的理论，肖瓦尔特在《她们自己的文学》中提出用"女性的"（the Feminine，另外有翻译作"女人气"）、"女权的"（the Feminist，另有翻译作"女权主义"）、"女人的"（the Female，另有翻译作"女性"）三个词语来概括三个阶段的女性文学创作。

1840 年到 1990 年期间的女作家大都有着中上阶层的出身，但却被剥夺了接触高等教育的权利。在四十多年里，因长期受男性主导的传统思想熏陶，女性开始写小说时便以主流文学的价值标准为准绳，一直模仿男性文学的模式。这一阶段的女性文学创作就属于

"女人气"阶段。她们保持着传统的女人气质，努力从小说创作中寻得女性角色的拓展。此时塑造的女性形象虽然仍是男性心目中比较完美的温婉、善良、才德兼备的女子，但至少摆脱了男性笔下天使或恶魔的两个极端。可见女性作家在依从男性知识传统的同时，也悄无声息地改变着这个排斥她们的文学世界。

以男性批评家为主体的评论界"因性别废言"的情况时有发生。这个阶段的女性作家在发表作品时为了不遭到男性读者和批评家的排斥，而采用男性、中性笔名或者匿名来发表作品，这也是"女性阶段"文学的重要标志。随着女性越来越证明自己同男性一样能写出优秀的作品，能驾驭历史题材的宏大叙事模式，能反映重大社会意义，她们的文学也就越来越失去了女性的特质，而向男性主导的标准靠拢。结果只能是女性作家既没获得真正平等的文学地位，反而陷入更大的困顿中。女性文学牺牲了她们的真实体验，其独特性也就消融于向男性文学的求同中。

1880年到1920年间是妇女努力争取选举权的时期。这一阶段的文学相应表现为反对男性话语权威和主流文化价值标准，反对女性受到的文化歧视，追求女性在文化上的自主权。这一时期的作家当称她们为女权作家。她们深感自己的表达受到多方限制，因此在这一阶段痛斥父权制要求女性的自我牺牲，抨击宗教中一系列针对她们的信条。这一文学阶段称之为"女权阶段"。女权作家们的小说描绘不公正的性别人生，表达对性别革命的期盼，要求得到男性的特权，并让男人做到曾要求女人做到的忠贞。甚至有奉行两性隔绝论的极端女权主义者提出建构一个不准男性踏入的"亚马孙"乌托邦世界。女权阶段的女性构成一个联结紧固的亚文化群。她们探索和解说着女性的特质，直言不讳地对男性传统的抗议，好比女性主义文学的"独立宣言"。但这个阶段的女性作家并没有取得很大的艺术性成就，她们只有反对男性的话题可说。尽管如此，女权阶段作为女性文学发展的一个重要转折点必不可少。

大概从20世纪20年代开始，女作家们反思前两个阶段的局限，开始了探索自我的文学之旅，追求女性自主的地位。她们抛却第一阶段对男性文化价值观念和标准的模仿，也超越第二阶段单纯的反抗，将女性经验作为艺术自主的来源，大胆地模塑自我。肖瓦尔特称这一阶段为"女人阶段"，这时的作品既描写"女人阶段"自我实现与责任间的矛盾，也讲述"女权阶段"所倡导的女性特质。她们开始注重文学的形式技巧，追求以女性审美、女性经验为基础的自主的艺术，总的来说呈现出生机勃勃的景象。

虽然女性文学在发展历程中每逢困境总有突破创新，但肖瓦尔特称，批判地、历时地看1960年之前的女性文学作品还都不算完全成熟，即"女人阶段"的文学还处在不断发展中，未来仍有无限的可能性。不过，不能单一地把三个阶段看成一条线，它们之间是相互交迭的，甚至在不同的国家，三个阶段出现的顺序也不全是女人—女权的—女性的，且这三个阶段也可在同一个作家的写作生涯中发生。最典型的例子是我国现代女性文学的三个阶段。首先是五四时期的"女权阶段",出现了凌淑华、庐隐、丁玲等首批女性文学发言人,她们的作品《莎菲女士的日记》《梦珂》等反映了女性在男性压迫下的奴隶地位和异化状态。丁玲和萧红是从"女权阶段"过渡到"女人阶段"的代表,这一时期的女性文学大多放弃了女性性别视角,而采用男性作家的笔名和写法。中日战争的爆发使女性解放融入全民族解放运动中,所有的内部矛盾都让位于民族矛盾,因此女作家暂时忘掉了女人的身份而投入革命。最后是"女人阶段",女性作家开始摆脱依赖对立面而转向内心自我发现,而跨越了"女权阶段"和"女人阶段"的萧红也在"女人阶段"做出成就,如她的《呼兰河传》。近现代中国女性文学历程恰说明肖瓦尔特的观点,三个阶段没有明确的界限和一成不变的顺序。只有当我们把三个阶段中的主题、文学形象、隐喻连接起来,才能很清晰地看到女性社会的、心理的、文学的经历。

三、女性文学史的挖掘与重筑

肖瓦尔特在她的研究中常常借鉴文化模式,并且频繁采用社会、历史的视角研究女性问题,十分重视女性文学历史传统的问题。以肖瓦尔特为代表的美国女性批评旨在揭示潜藏于文本内部的两性对立和女性被压迫的真实状况,批判和修正男性创建的文学经典,发掘、研究女作家作品,尝试从女性主义角度建立一个女性文学模式,追溯女性文学传统。那么重写文学史究竟何等重要呢?

通常所称的文学史其实是一份关于选择的记录。哪些作家在自己的时代过后仍能留存下来,哪些作家不能,这要看谁注意到了他们,并决定把这一关注记录下来。

在女人开始持笔写作时,许多男性批评家给予了很低的评价。1852年乔治·亨利·刘易斯在《淑女小说家》中说,妇女文学还没有真正发挥其功能,原因是女性作家过于模仿男性文学,把像男性一样写作当作目标是她们的一大弱点,而女性应该履行的职责是作为女性来写作。1970年,约翰·斯图尔特·穆勒在《论女性的从属地位》中也说,如果女性没有读过男性作家作品,她们就会拥有自己的文学。反之女性作家将永远不是创作发明者,而只是模仿者。如果女性文学只是模仿男性的手笔,那必然没有什么可供挖掘的价值。

然而,肖瓦尔特认为女性创作实际上有着自身的内在驱动力,但最初她们的思考很少能超越个体的局限,采用一种艺术形式去揭示女性的历史。"当人们把这些作品相互联系起来加以考量时,女性传统这块沉默的大陆就像消失的亚特兰蒂斯一样从英国文学的海洋中浮现出来。"女性文学意味着什么?表现愉快?排泄心灵的困扰?还是自我治疗、自我解脱或者反抗?

女人一直都有自己的文学,她们的文字不仅记录了时代,也延续了她们的传统。肖瓦尔特引用了文学史家艾伦·莫尔（Ellen Moers）的观点，女性文学是主流之外一股强劲而湍急的潜流。其他文学史批评家也认识到：当把女性作家看成一个整体时，就能发现女性想象力的连续性，并能察觉到循环出现在女性作品中的母题。

不妨先缩小一下范围，以19世纪的英国女性文学为例，男性批评家一直对其持有印象式的、偏见式的陈述。刘易斯的《淑女小说家》（*Lady Novelist*）书名本身就暗含了他的偏见，认为女性作品的特征仅是情感和观察力；威廉·L. 考特尼在《小说中的女性调子》（*The Feminine Note in Fiction*，1904）中提出女性作家羞涩、好教诲的特点；另有伯纳德·贝尔贡齐认为女小说家所关注事物的视野很狭隘；甚至女作家自己也发掘不出自己不同于男性的才识与经验的宝贵特质，比如女作家乔治·艾略特就将女性作家的特质仅仅拟定为母性。

在此基础上，女性文学史的构筑工作也很不乐观。以英国女性文学史为例，女性小说史被精简成少数"伟大作家"的成果，这些作家就是闻名遐迩的简·奥斯汀、勃朗特姐妹（夏洛蒂·勃朗特、艾米莉·勃朗特、安妮·勃朗特）、乔治·艾略特以及弗吉尼亚·伍尔夫。但女性小说批评却完全忽略了其他并不"伟大"的多数人，不论作品选还是教科书都对她们只字不提。而这些一代又一代的小说家事实上构成了连接那几颗闪耀珍珠的链环。

直到1968年前后，批评家们才想着建立可靠的女性批评词汇，重新编写准确的、系统的女性文学史，这种热情还扩散至心理学、社会学、艺术史等依女性经验的重建方面。这个时候挖掘被埋没的女作家和作品，重新加以阐释，整理她们的文学轨迹，找出她们写作中的连续性十分有意义。只有建构女性自己的文学传统，才能从根本上颠覆男性批评家所持的"女性文学是对男性文学传统的纯粹模仿"的观念。

1977年肖瓦尔特《她们自己的文学·英国女小说家：从勃朗特到莱辛》出版。肖瓦尔特从70年代初开始着手这部著作时，搜寻19世纪的英国女作家作品成了大难题。肖瓦尔特查遍了各大学校、旧书店、教堂和慈善机构的义卖会等多个地方，有的作家只查到一些传记和书信，在专业的期刊杂志上几乎没有出现过对她们的批评。没有电脑和网络的时代，学者只能四处旅行，于是她花了一年多的时间住在伦敦为这本书搜集材料。肖瓦尔特选择此论题一个直接的原因是她在布林莫尔学院（Bryn Mawr College）读本科英语文学作品时被要求只读男性诗歌和剧作，而不包括女作家的作品。另外加之对英国维多利亚时期女作家的钟情，肖瓦尔特在她1970年完成的加利福尼亚大学（University of California at Davis）博士论文《双重标准：1845—1880年间维多利亚期刊上的女作家批评》基础上，开始尝试去开拓"藏书世界中供学者探索的处女地"，——英国女性文学史研究的空白。《她们自己的文学》用一个美国人的视角审视英国的女性文学，描述了从简·奥斯汀、勃朗特姐妹那一代到20世纪70年代的英国女性小说，进而分析这一传统与文学亚文化的相似性，填补了简·奥斯汀到莱辛间的空白，通过研究英国女性所有的小说，理解她们之间的关联。

英国女性从何时开始写作？答案并非是从简·奥斯汀才开始。早在1750年左右，英国女性就已经作为小说家发表了几乎比男作家还要多的作品。汤普金斯在《1770—1800年间英国的通俗小说》中说18世纪小说大半出自女人笔下。男性作家甚至盗用女性的经验，模仿女性的感伤风格。这类早期女性作家，利用柔弱无助的女子形象赢得男性读者的"侠义保护"。大概在1840年之前，女性作家还没有明显地意识到团体和自我。18世纪到19世纪初，女性作家为了逃避男性对其作品的品头论足，发表作品时多采用匿名，或者男性、中性笔名。对这些作家来讲，从事写作的职业，给她们带来的是责任与负担、苦难与机遇。她们并不把文学看作是在表达女性经验。

1800年以后出生的女作家大约在1840年左右发表作品，也就是维多利亚时期（1837—1901）。英国在维多利亚女王的带领下达到工业革命和大英帝国的顶峰。那时小说创作日渐被公认为一种职业，而她们也有了对女性小说的认识。19世纪英国女作家大致可分为三代。第一代出生于1800年到1820年间，包括维多利亚黄金时代的女作家，如盖斯凯尔夫人、勃朗特三姐妹、乔治·艾略特等，与弗洛伦斯·南丁格尔这样的先锋职业女性一起被称作"女性角色的革新者"；1820年到1840年间出生的归为第二代，她们追随前一代的足迹，巩固了前人的成果，但作品稍显逊色；1840年到1860年出生的是第三代，她们创作出许多惊悚小说、儿童读物，驾轻就熟于女人和职业女作家的双重身份，多产、干练，同时从事起出版、编辑的工作。

虽然19世纪维多利亚的女作家们作品颇丰，但却处在双重困境之中。第一重压力来自男性。她们的"优秀"是男性批评家给以的名声，无外乎一种"俯就恩赐"。她们的文学价值体系被认为太过狭隘，会带来琐屑和小器。更有男性评论者称她们应该除了适合年轻女子阅读的书以外不准写其他。另一重压力来自把男性价值观内化的女作家自己，她们渴望写作的成功，渴望真正的优秀，同时又深感焦虑于这样会不像女人。与其说女性写作挑战了男性主导的社会文化价值观，不如说她们争取变得同男性一样优秀，争取获得男性主导的社会的奖赏。其中一个重要原因在于她们受福音教义的影响，也认为女人应该当好女人的角色。但是，写作需要超越女性的身份，以自我为中心，投入情感，培植自我的思想，而不是否定自我。因此女性作家在背负着妇女使命的同时，内心深处也承受着负罪感。

从奥斯汀到艾略特，女性小说虽然受到各种限制，却还是朝着对女性在家庭和社会的日常生活以外的价值做广阔的探索。随着艾略特逝世（1880年）和新一代英国女作家出现，小说创作步入"女权阶段"。这一代女作家大多出生在1860—1880年间，其作品主要出现在世纪之交。她们在艺术上并非十分突出，但这些女性作家们在女权主义的鼓舞下紧密地团结在一起，不畏男性的敌意，摒弃自我牺牲，而开始探索女性特质。这一代女性小说创作由之前的长篇三卷本转向短篇,有对女性心理研究的著述,有辛辣的短篇小说,还有透露着存在主义、社会主义哲学的作品。

到了20世纪初,维多利亚时期的最后一代女性作家从"女权阶段"跨向发现自我的"女人阶段"。她们出生于1880—1900年间,弗吉尼亚·伍尔夫是其代表之一。在肖瓦尔特看来,这一代女性小说最爱使用一种符号——"封闭的秘密房间"。在世纪末时,它是女人的子宫和女人内心的矛盾的象征,随着女作家们探索和扩展这一密闭空间,到了20世纪伊始,它便象征着一个逃离了男性的隐身之处,一个另外的世界。

20世纪60年代,自1941年伍尔夫去世20年后,"女人小说"(the Female Novel)受当时国际妇女运动的强力影响,结合了19世纪写实主义、弗洛伊德精神分析、马克思主义等,步入了蓬勃发展的阶段。这一代作家以多丽丝·莱辛以及年轻的玛格丽特·德拉布尔为代表,吸收了前两个世纪的女性传统,取其长处与新的语言及经验融合。至此,妇女小说回应了刘易斯和穆勒对女性文学的要求——写出"女性的人生观和女性经验"。

肖瓦尔特在写作《她们自己的文学》之前,英国女性文学通常被描绘成"四周被山峦包围的荒漠"。女性文学史的梳理是女性主义批评的基础。在这一过程中,肖瓦尔特的女性主义批评理论逐渐成形,或者说,是在挖掘女性文学史时发现了理论的重要性。她认为若没有理论的支撑,这一批评方式将会渐失生命力,如无源之水、无本之木。鉴于此,肖瓦尔特在后来的《走向女权主义诗学》《荒原中的女权主义批评》等论著中不断提出了建设理论框架的构想。

第三节 女性主义文学批评理念的构筑

肖瓦尔特回顾了70年代的流行的文学批评方法,其中女性主义批评是最少被理解、最孤立的。当时有男性批评家称:女性主义文学批评必然沉溺于对阳物的批评;或者有言:女性主义文学批评鬼迷心窍地打着摧毁伟大的男性文学的念头;更有批评说:女性主义批评缺乏理智上的诚实和思维上的严密。男性批评家的厥词提醒了女性批评家们,如果女性主义批评没有能清晰表述的理论,那么在男性批评界的攻击面前就只能显得软弱无力。但对一些激进的女性主义者来说,理论本身就是父权制家长的专制工具,它限制着对文学允许提问和讨论的范畴。

在肖瓦尔特看来,理论对女性主义批评至关重要。于是她在论文《走向女性主义诗学》(1979)中提出了建立女性批评理论框架的构想,把女性主义批评分为两类:以研究男性作品中的女性形象、女性阅读问题为重心的"女权主义批判"和以研究女性作家、作品为重心的"女性批评"。后者是她自创的一个术语,旨在建立以女性经验为基础,重点研究女性作家和作品的新批评模式。接着她在论文《荒原中的女性主义批评》(1981)中又进一步拓展了建构女性批评理论的构想,其中针对女性作品的差异,她提出女性批评可以借鉴的四种模式:生物学模式、语言学模式、心理分析模式和文化批评模式;并且在文化批评的基础上提出妇女作品是一种"双重话语"的观点,即女性作品既体现占统治地位的也体现受到压抑的文学、文化传统。20世纪80年代末,肖瓦尔特的批评理论更进一步改善。1989年,肖瓦尔特在著作《谈论性属问题》和论文《我们自己的批评》中讨论了80年代兴起的"性属理论",提出自己对男性进入女性主义批评的看法。

一、对"双性同体"的不满

肖瓦尔特在《我们自己的批评》的序言"女性主义的批评革命"中为女性主义文学批评的发展提出了更为详细的阶段划分。首先是妇女解放运动之前采用的"双性同体诗学"的评论方法,主张女性应该达到一种普遍的批评衡量标准,而不是刻意强调女性文学意识的特殊性。20世纪60年代末发起"女权批评"和"女性美学";20世纪70年代中期,学院派女性主义文学批评与跨学科妇女文化研究结盟,展开了"女性批评";20世纪70年代末欧洲哲学、心理分析、语言学对女性问题的关注产生了"女性本原"批评,又称后结构主义女性主义批评;20世纪80年代兴起了性别理论(Gender Theory)。在这些不同的发展阶段之中,肖瓦尔特对最早出现的"双性同体诗学"表现出强烈不满,与许多支持双性同体的女作家们之间构成了矛盾分歧。肖瓦尔特在《她们自己的文学》中对双性同体最忠实的支持者之——弗吉尼亚·伍尔夫进行了批判。

哥勒瑞治说一个伟大的脑子是半雌半雄的……只有在这种融洽的时候,脑子才变得非常肥沃而能充分运用所有的官能……一个纯男性的脑子和一个纯女性的脑子都一样地不能创作。

在肖瓦尔特看来,这种"双性同体"的概念是一个到现在为止还不能实现的神话,伍尔夫对这一神话的追求其实是在帮她逃避让她感到痛苦的女性本质,她本有着冲破女性压抑的雄心抱负,却刻意回避了自己的意图,这种做法实则辜负了她的天资。

肖瓦尔特分析道,伍尔夫认为艺术是非个人化的,那种动辄怀疑自己受到了轻慢,迅疾地为所受冤屈进行报复,迫不及待地塑造自己的艺术的行为并不会产生好的效果。她认为文学应当不刻意炫耀,也不否定女性特质,从而获得文学与性别之间的平静和睦。她认为女性经验令女人变得软弱和敏感,容易在创作中流露痛苦和怨仇,这样会扭曲了艺术家应有的忠直。肖瓦尔特评价到伍尔夫的这种观点忽视了女性经验也可以使女性变强大的一面,伍尔夫战略性的撤退是在否定感情,而不是把控感情。伍尔夫对女权主义文学的不满的原因也在此,她说:"一个女子本是那种文明的继承人,现在忽而变成那种文明以外的人",女权主义让人产生不舒适的、愤怒和疏离的心境,怀有这种心境是十分痛苦的。

伍尔夫对平静情绪的渴望其实有着自身独特经历的原因。在1895年母亲的去世和她月经初潮后,伍尔夫第一次抑郁症发作。二十五六岁时又受到异父长兄的性骚扰,这个阴影造成了她与伦纳德·伍尔夫1912年婚后的性冷淡。伦纳德不要孩子的决定更加重了她的缺陷感。1913年伍尔夫疯病发作,被施以各种"静养疗法",其实质上是对一个女人的强制禁闭,剥夺女人能动性地表达情感的出路。1935年左右,她在绝经期再一次爆发强烈的情绪。1940年,伍尔夫住进"隐修屋",当她提出不要再静养治疗时遭到拒绝,第二天便自杀了。

肖瓦尔特通过整理伍尔夫的个人经历,得出伍尔夫在文学创作上虽然一直反对女性经验,反对个人化,但她的性冷淡、抑郁、有自杀倾向这一系列的心理疾病始终作为她特有的女性经验出现在她的作品里。即使在双性同体论述最明显的《一间自己的房间》中也出现了有着抑郁、负罪感和自杀性倾向的温切尔西伯爵夫人和纽卡斯尔公爵夫人这样的形象。正如1918年R. 布里姆利·约翰逊在《女小说家》中所说的:"一个女人写的东西总是女性的,它没有法子不是女性的;最好状态就是最女性化的状态"。最终,伍尔夫以自杀的方式迎向双性同体哲学的理想,她的《一间自己的房间》既成了女性的避难所,也成为如同牢房的乌托邦。

在笔者看来,肖瓦尔特与伍尔夫各持的观点并无对错之分。伍尔夫对女权主义的批判尽管显得不合时宜,但她从理想标尺的角度出发,对整个文学界却有着超越时代的考虑。正如她所主张的那样,作家应当以局外人的身份去发现处在内部的人所看不到的方面,文学应该是无污染的、纯粹的,像无性别的天使一样。伍尔夫"非个人"的主张与T. S. 艾略特的"非个性化"理论有着相似之处,都认为作家应像戏剧家一样退到幕后,让人物在舞台上独白。而肖瓦尔特的文学观很明显是功利性的。伍尔夫认为作品过于表现性别意识会损坏其美学风格,令读者对作品艺术的注意力分散到作品以外的思想或现实中去。肖瓦尔特却恰恰相反,认为文学作品就是要给读者传达一定的信息,使用过多的艺术技巧反而使读者无法把握作品中心。肖瓦尔特专注于女性主义向度,而没有更多地趋近审美之维,在她强调的表达女性意识和女性经验的标准下,女性文本便只能永远作为女性主义文本,表达受到父权制压迫的愤怒。如此对比之下,肖瓦尔特的批评观念更具可操作性,而伍尔夫提出"女性经验"的离场也是颇有远见的。

二、女性文学批评理论的"旧约"与"新约"

从名称来看,女性主义文学批评似乎是要研究女性文学的创作、传播、接受以及女性

— 105 —

文学发展中产生的思潮、阶段、流派。但从目的来看，女性主义文学批评还需批评男性文本中的女性形象，从而改变读者的倾向和男性作家的性别歧视；需研究男性的批评观，从而为女性文学赢得发展的前景；更需研究女性文学批评本身，从而使得自身的理论得以不断地升华。

全面考虑下，女性主义文学批评直接的但并不唯一的对象——"女性文学"也并非一个简单的概念。关于"女性文学"的界定有两种论说：一是作品主体论，它认为只要作品中有对女性现实和命运的关怀，涉及女性意识或者表述了女性特征的文本皆是女性文本，因此不论男作家或女作家的作品都有可能是女性文学，例如，《红楼梦》《安娜·卡列尼娜》《悲惨世界》等；二是作者主体论，持此论者认为不管作品内容是写男性还是写女性，是否有女性形象，只要创作主体的性别是女性，就属于女性文本。这两种论说都有其局限，不够全面，也不够精确。相较之下将女性文学分为广义、半广义、狭义三种说法更明确、清晰。广义的女性文学是指一切涉及女性题材的作品，半广义的女性文学指那些有才气的女性作家所写的作品；狭义的女性文学则要求更具体，指女作家创作的具有女性的视角和表现形式并以女性作为创作对象，体现出女性主体意识的，具有鲜明风格的女性文学作品。依照肖瓦尔特对女性主义文学批评发展阶段的划分来看，对作品主体论所认为的广义的女性文本的批评主要是在"女权批判"中进行，对作者主体论所认为的半广义和狭义的女性文本的研究则主要在"女性批评"阶段进行。

"女权批评"和"女性批评"是肖瓦尔特提出的关于女性主义文学批评的两种样式。这两种样式常常被混淆，因此，肖瓦尔特在《走向女性主义诗学》中分析了这两种不同的样式所具有的理论潜势。她在《荒原中的女权主义批评》的开头引用了卡洛琳·海尔勃伦和凯瑟琳·斯丁普森的提法，第一种女性主义文学批评是训诫式的、义愤填膺的，好比《圣经》的"旧约"，找寻昔日的过错；第二种女性主义文学批评不偏不倚，好比《圣经》的"新约"，追求创作中想象的优美。

具体说来，"女权批评"重在批评思想意识和观念形态，针对文本中的女性形象、作为符号的女人和男性批评对女性的忽略和谬论，所关涉的是男性文本的女性读者，旨在对文本进行女权主义的解读，表达出与男性不同的见解。"女权批评"认为男性笔下没有客观的女性形象，他们要么把女性塑造成美丽、纯洁、天真、善良、无私、顺从的"天使"，要么塑造成"丑恶、淫荡、刁钻"，像希腊神话中美狄亚一般的疯狂的"妖魔"，两种形象恰恰是相反的两个极端。例如，苏珊·古芭和桑德拉·吉尔伯特就在《阁楼上的疯女人》中追溯了自中世纪以来的男性文学中的天使形象，她们包括但丁《神曲》中的贝缇丽彩，弥尔顿《失乐园》中的堕落天使夏娃等。且魔鬼和天使有时又存在于同一个女人身上。伍尔夫认为男性作家在女性身上强加的最恶毒的形象就是"屋中的天使"，女性必须杀死"屋中的天使"，同时杀死"魔鬼"，才能成为真正的写作者。

因此"女权批评"主张用"抗拒式的阅读"揭露男性文本中排斥和异化女性的真面目，从而在阅读中改变世界。如朱蒂斯·菲特利（Judith Fetterley）的《抵抗的读者》和乔纳森·卡勒的《作为妇女的阅读》，就是要通过阐释和解构男性作品和男性批评理论来破坏其权威性，通过解构的阐释来破坏男性写作和批评的权威性，提醒女性读者在阅读时持抗拒态度。正如朱蒂斯·菲特利所说的："女权主义批评是一种政治行为，其目的不仅仅是解释这个世界，而且也是通过改变读者的意识和读者与他们所读的东西之间的关系去改变这个世界。"

"如此启迪新生地看待文学，我们称之为女权主义读解或女权批评，其实质是一种阐释模式，是许多阐释模式中的一种。""女权批评"不仅批判了男性作家对女性形象不符现实的歪曲，解构了僵化的性别符号，修正了男性批评，而且还提供了一种新的阅读方式，解放了父权制文化对女性阅读者心灵的操纵。从不同的角度出发对作品阐释就会得出不同的见解，阐释这片天地是自由广阔的。但是如果女性主义文学批评只停留在解读和再阐释，那它就只能被视为多元批评中的一元。并且女权批评所持的是修正的观点，只是对现有观念提出质疑，尽管起到申冤诉苦的作用，但根基却是从男性经验，若一味地匡正改错，反而会依赖之。

肖瓦尔特意识到了这一点，女性主义批评必须拥有自己的题目、体系、理论和声音，在女性自己的前提下立言。她提出女性主义批评家的任务就是发现一种能将女性的经验和智慧、痛苦与理性、幻想与怀疑综合在一起的新的阅读方式和新的表达语言。于是她在《走向女性主义诗学》和《荒原中的女性主义批评》中相继探索了女性主义批评的另一种样式——"女性批评"（或者翻译为"妇女批评"）。它以妇女为中心，以女性亚文化群体假设为前提，以女性经验为基点，专门研究女性作家（个别和群体）的心理动力、创作生涯轨迹和女性文学的历史、传统、主题、风格、结构、文类，以及女性创作的差异。肖瓦尔特认为第一个注意到女性主义批评从男性中心转向女性中心的批评家是帕特里莎·梅耶·斯柏克斯（Patricia Meyer Spacks），称斯柏克斯的研究拉开了女性主义文学史和文学批评步入新阶段的序幕。之后也不乏探路者，如艾伦·莫尔、尼娜·贝姆、苏珊·古芭和桑德拉·吉尔伯特、玛格丽特·霍曼斯等。

另外一个问题也值得我们注意。20世纪西方文论主要经历了两次转移，即研究重心从作者到作品和从文本到读者的转移。而从肖瓦尔特对女性主义批评发展阶段的划分来看，却是从注重读者的"女权批评"转向注重作家作品的"女性批评"。肖瓦尔特为何会提出这一逆向而行的分法？从产生的时间上看，以作家为视点的文学本质论产生于19世纪后半叶浪漫主义兴起时，强调作品是作家文艺情感的表现；以作品为视点的文学本质观是在20世纪语言学、结构主义、现象学的影响下产生的，强调文学性；以读者为视点的文学本质论出现在20世纪60年代接受美学兴起以后，强调读者阅读的重要性。从客观的层面分析，肖瓦尔特从事批评研究始于20世纪60至70年代，因此那时的她已经接触到以上三种文学观。在将这三种文学观运用于女性文学批评时，并不必依次借鉴，而是根据具体批评工作的需要来适用。显而易见，以男性为中心的文学一直占据着主流，因而"破旧"的过程需要"女权批评"在先，女性作家在经历了对男性权威的一系列反抗后，才呈现出自己的文化轨迹，因而针对其批评的"女性批评"在后。

从主观层面来说，以肖瓦尔特为代表的美国女性主义文学批评者比较青睐社会历史批评，这种倾向也对她的此种划分有所影响。在后结构主义式微之后，新历史主义思潮出现，代表着批判性、颠覆性、消解性，强调主体对历史的干预。"女权批评"重在批判两性文学的不公平现象，"女性批评"则重在用社会历史分析的方法挖掘和重建女性文学史。如是，对批评重心从阅读转向创作也并非完全对整个西方文论发展规律的悖逆。

三、"女性中心批评"取得艺术尊严与力量的批评标准

肖瓦尔特提出的女性主义文学批评理念主要包含这七个方面：抗拒式阅读、女权批判、掘土式批评、女性亚文化理论、双声话语、女性中心批评和性别理论。女性批评发轫于这样一个事实：女性文学摆脱了男性文学传统的束缚，将注意力集中在发现女性文化的广阔天地上。《走向女性主义诗学》中阐述了其宗旨："为女性文学构建一个女性的框架，发展基于女性经验研究的新模式，而不是改写男性的模式和理论"。对于女子著述有何不同，作为女人的事实如何形成了女子创作的表达方式等问题，肖瓦尔特最终用"女性中心批评"来回答。并且在她看来以女性为中心的批评在不同的国家表现出不同的特色，借鉴不同的学术模式进行女性批评也会呈现出不同的成果。

肖瓦尔特分析到，法国的女性批评是精神分析学和解构主义式的，关注女性主体的心理形成及文本对欲望的释放，与美国重视经验主义的不同，表现出对理论思辨的兴趣而缺少对文本批评的热情，这与法国批评界特有的在语言学、解构哲学、心理学等方面雄厚的背景有关。她们对男性大师理论的借助、挪移、修正也表现得最为典型，例如，批判地、修正地吸收了弗洛伊德的"压抑"说、拉康关于欲望与语言关系的观念以及德里达的理论。露丝·伊利格瑞、埃莱娜·西苏、茱莉亚·克里斯蒂娃是法国女性主义理论研究的突出代表，她们的研究有着明显的相似之处，即对西方传统哲学都采取反思和批判的态度，和对探究语言与女性之间关系的热衷，因而被并称为"法国女性主义理论三位一体"。

在众多理论学说的影响下，埃莱娜·西苏和露丝·伊利格瑞提出的一种以妇女的身体感受为基础的实验性写作——"女性写作"，主张用身体上的"女性特征"表现情感、政治和历史，或者说主张描写历史中的女性身体。她们关于女子性欲的批评理论大胆冲破了父权制的禁忌，使妇女创作获得基于与男人不同的女子器官和女性力更多的权威。南希·米勒甚至将"女性写作"推崇为对未来憧憬的蓝图，然而肖瓦尔特认为"女性写作"带

有乌托邦的性质，而非文学实践，但它还是提出了一种女子著述的方法，这一点值得肯定。肖瓦尔特还非常关注另外一位法国女性批评家朱丽娅·克里斯蒂。她既是语言学家、符号学家、精神分析学家，又是女性主义小说家、文论家，形成自己不拘一格的理论风范。她的研究为20世纪80年代以来的"性别诗学"奠定了符号学和心理学的基础。

英国的女性批评是马克思主义式的，强调社会和政治对女性的压迫，主张革命，追求宏观的解放。英国的女性主义文学批评在特点上与美国较为接近，因此有人将其归为一派。但肖瓦尔特认为英国的女权批评更多地受到马克思主义阶级论的影响，把性别观念视为历史发展的结果，强调阶级与性别因素的结合。发展到后期又吸收了法国精神分析学的某些观点，本质上却仍是马克思主义的。英国女性批评对女性创作的研究更注重对文字的阐释。英国女性批评的著作大多来自1976年到1979年的一个马克思主义文学团体，代表人物有科拉·卡普兰、海伦·泰勒、玛丽·雅各布斯、米歇尔·巴雷特等，她们的文学分析兼顾性别和阶级，还把精神分析和马克思主义结合起来，出版了一部《妇女写作》的批评论文集。除了文学以外，她们还在大众文化、电影评论方面为女性主义理论做出了贡献。肖瓦尔特认为，虽然英国与美国的女性主义文学批评的内部有着许多差异，但都在尝试恢复女性写作的历史经验。

德国的女性主义文学批评要分成两支，西德的女性主义文学批评受法国影响较大。虽然它从"女权批评"跨入"女性批评"略晚，但西德的女性主义批评也有着明显的本土特点。20世纪，海德格尔开创了现代解释学，20世纪50年代，加达默尔又在海德格尔本体论的基础上结合了古典解释学，使解释学成为一个专门的哲学派别。20世纪30至40年代，专注社会哲学的法兰克福学派发展起来，接着60至70年代德国接受美学兴起。因此肖瓦尔特评价道：西德是在现代解释哲学、法兰克福哲学、接受美学的影响下来关注写作领域中的女性主义美学的。东德的女性主义文学批评传播较晚，和中国的情况相似，20世纪80年代才传入了西方女性主义批评思想。此外，亚洲国家和第三世界的女性批评除了与西方有某些类似，还关注后殖民主义下的女性问题等层面。

20世纪70年代的美国女性正处在一个振奋的自我肯定阶段，出现了大量的女性题材著名作品，如爱丽丝·沃克的《紫色》(*The Color Purple*)，以及女性主义文学批评的重要著作，如凯特·米列特《性别政治》(*Sexual Politics*, 1970)。女性主义文学批评在美国的高校中拥有坚实的基础，在文学系设有许多妇女研究的项目，大多数女性文学的出版也有大学资助，因此美国的女性主义文学批评呈现出越来越繁荣的景象。

美国的女性批评侧重于文本分析，更看重社会批判，她们还保持着文学是对生活和体验的再现的传统观念，在文化模式中探寻女性独特的表达。美国女性批评家关注女性对现实世界的切身体验，揭露女性文本中受到压迫的真相，批判以男性为中心的文学经典，挖掘女性创作的传统，尝试建立一个以女性为中心的文学模式，与法国浓烈的理论思辨不同，美国的特点是感性和注重经验。以肖瓦尔特为代表，提出了女性中心批评的纲领："构筑分析女性文学的女性框架，并发展基于女性经验的新模式"。女性的特殊经验在艺术中往往表现出特殊的形式，这种特殊形式是对艺术的一种贡献，是女性文学的宝贵特性。

虽然这些不同国家的女性主义文学批评在研究对象和方法上、思想根源上各有侧重点，但随着相互之间的交流、影响，差异和界限逐渐淡化。肖瓦尔特一直在努力尝试，将其中精华吸收融合，用在"女性批评"理论框架的建构中。肖瓦尔特提出女性批评可借鉴的四种模式，就是一次融合各国女性批评特色的尝试。

女性作品的特质是什么？我们必须透过文本的缝隙寻找人类学、历史、心理学和我们自身中被埋没的信息，从而确定现在尚未认识清楚的女性特质。对此，肖瓦尔特分成生物学、语言学、心理学、文化批评四个理论模式对这个问题进行了讨论。

生物学模式是从分析女子写作和女子肉体的关系切入的。肖瓦尔特称生物学的批评以最极端的方式伸张了差异。西苏在《美杜莎的笑声》中说："越感受到肉体也就越文思泉涌"，文本就像肉体，解剖文章肌理，就是解剖生理。据维多利亚时期的医生分析，男性的脑前叶比女性的重，发育得更健全，女性的生理活动将其20%的创造力从脑中转至别处，因此断言男性的智力比女性的要高。这种论断必然遭到了女权主义的反对。苏珊·古巴和桑德拉·吉尔伯特在《阁楼上的疯女人》中围绕着一点展开了讨论，"在父系家长制的西方文化中……文本的作者是父亲、祖先、创造者……他的笔犹如他的阴茎一般是具有生殖能力的工具"，那么缺乏这一生理特征的女性又用什么器官来生殖文本呢？她们并没有给出答案。而尼娜·奥尔巴赫在评论《阁楼上的疯女人》时提出一个古老的隐喻，即把写作喻为女性分娩的过程，从妊娠到分娩的过程比起阳物的比喻更为恰当。但另一个问题也随之而来，肖瓦尔特问道，"如果写作的隐喻是分娩，那男性又该用什么器官来'分娩'作品呢？"如果说奥尔巴赫所做的回答是对阳物创作论的巨大抨击，那么肖瓦尔特提出的反问正揭穿了生物学批评的局限性。这类批评富有挑衅，却又十分脆弱。在肖瓦尔特看来，从写作与肉体的关系出发，研究女作家受到的父权制压抑十分重要，但这种方式太极端、生硬，忽视了从作品实体中去寻找女性文学实践上的差异。

除女性身体外，女性写作在语言、文字方面与男性使用的语言、文字又有何不同？女性是否可以创造属于自己的语言？这些问题引导批评家们进入对第二个模式——语言学的借鉴。英、美、法女性主义文学批评家都留意到了文学语言使用上的性别差异。语言是传播知识的媒介，以往男性中心的语言潜移默化地塑造着女性对世界的认识，正因为如此，女性批评家们越来越关注女性在语言体系中受到的压迫，指控语言中的性别歧视。尤其是法国女性主义批评，将语言体系当作中心议题。她们主张女性的写作要有别于男性，就要采用与男性家长不同的、非压迫的言说方式。这样的挑战难度不亚于重新发明一套语言。然而追根溯源，批评家们发现了女性语言早在古老的神话中就已经出现。神话传说中有一个"女子族",她们有着非凡的语言本领,能轻易地掌握男性敌人的语言,而她们的语言却非常神秘,男人永远学不会。另有史学家认为史前母系社会曾有过女性语言,后来男性推翻了母权制度,女性的语言也就转入地下,只在女巫那里才能听到。

拉康把人的自我认知分成想象阶段、象征阶段。在第一个想象阶段,母子关系亲密,没有区分自我和他人的概念;在第二个象征阶段,代表"法"的父亲参与进来,母子关系便受到威胁。而语言在此转变过程中起到了决定作用。拉康认为语言支配着人类的思维,使世界有序化,是先于我们而存在着的。他用表示父权制中心主义的"菲勒斯"一词来象征单一、完整和逻辑,并把混乱和非理性排斥在象征之外。拉康的这一表述在法国女性主义批评家看来暗含了语言是属于男性思维的工具,女性的思维偏向于混乱和非理性。于是西苏提出"女性写作"理论,试图用"身体写作"来打破男性话语的单一、理性的逻辑。伊利格瑞则提出以感性对抗象征父权中心的理性,打乱菲勒斯中心主义的象征秩序。

女性语言体系的提出对女性批评虽然非常有吸引力,却也陷入丛生的矛盾之中。这种语言模式的女性主义批评主要倾向于拆散传统的语言结构。但这种形而上理论的一个重要缺憾在于使批评的现实意义受到了削弱。肖瓦尔特认为并不存在一种唯由女性使用的、与社会主要语言不同的性别语言,男女在语调、言谈、用法上的差异,并不能解释为独立性别的专用语,还应该从作家的风格、言说策略和语言产生的环境方面加以考虑。任何一种语言风格都不会天然生成,而是无数种因素的合成,是性别、传统、记忆和语境的产物。此外,她还提出女性主义批评对语言的研究工作重点应放在女性能否充分自由地运用语言手段,解决被剥夺语言权利的女性作家只能沉默、婉转曲折地表达自己思想的困局。如伍尔夫所说的:"我们所具有的都应得到表达——心灵与身体",因此女性主义批评应努力让语言域得以扩张和开放。

鉴于生物学和语言学的局限,倾向于精神分析学的女性主义批评家将女性写作与心理学的关系纳入研究范围。这一模式一定程度上吸收了生物学模式和语言学模式的理论成果,与弗洛伊德和拉康的理论学说有着密切联系。弗洛伊德从一开始就被女性主义视为代表男权制度的杀手,他的阳物嫉妒、阉割理论、阳具语言中心主义、俄狄浦斯阶段说都是以男性为文明和文化中心的心理模式,这些学说成为了女性批评家反对的焦点。女性批评家们提出了与之相反的观点:并非是女性崇拜男性生殖器,而是男性在崇拜女性生殖能力。波伏娃在她的《第二性》中也对弗洛伊德的男性中心论进行了尖锐的批判。很多女性批评家认为只要对精神分析学善加利用,它就可以成为女性文学批评的一个重要工具。苏珊·古芭和桑德拉·吉尔伯特虽然反对以俄狄浦斯情结为模型贯穿整个文学史,但她们却并不反对精神分析学对女性作家所下的定义——被驱逐的圈外人,她们认为女性创作的差异和本质在于身为女人的无数痛苦和烦恼。法国女性主义批评家露丝·伊利格瑞,尽管与拉康相熟,但针对女性问题提出了许多不同的观点。她认为不是生理决定男女语言的差异,而是拉康描述的在象征秩序中的身份决定了男女语言的差异。社会决定语言实践,即男女在语言中的自我定位导致了性别差异。女性使用男性的语言往往会失去自我。她把女性的生理特征、心理特征和话语表达方式紧密联系起来,认为女性拥有多个性器官(阴户、子宫、乳房),其性欲特征是多元的,因而其心理特征也是双重的、包容的、流动的,这决定了女性独特的语言表达。

然而,女性批评的模式到此为止还没有达到完整、全面。精神分析学模式的女性批评可以对单个文本进行很有说服力和吸引力的阐释,可以发现女性创作在心理动力上的相似性,但肖瓦尔特认为这一模式并不能解释对女性文学差异构成影响的历史、种族、类别和经济等决定因素,应该把女性文学投放在大语境中,进行更有弹性、更全面的批评。因此她推出第四种批评模式——文化模式。

肖瓦尔特认为利用文化理论研讨女性创作的差异和独特性的问题,比以上三种理论为基础的模型更全面。文化模式吸收了关于女性肉体、语言、心理动力的观点,并借鉴了文化人类学、历史学、社会学的理论,将肉体、语言、心理三个要素放置在更宽广的社会文化环境中加以解释,得出这四种理论模型之间的复杂关系。文化理论肯定女性作为作家存在着许多差异,她们所属的种族、阶级、历史和性别一样都是影响文学的决定性因素。而女性文化能超越时空,将女性作家的经历感受凝聚起来,在整个文化体系中构成一种集体经验,是一个统一的并且包含种族、阶级、历史等差异的文化。

肖瓦尔特还借鉴了人类学家埃德汉·阿登那和雪莉·阿登那关于女性文化的理论。阿登那夫妇分析道:"女性是一个失声的团体,她们的文化和生活的圈子同男性(主宰)的圈子有重合之处,但又不被男性主宰的圈子完全包容。"那么男性主宰的文化集团对女性文化是如何感知的呢?人类学家和历史学家提出男性中心的文化模型和历史都是不完整的,它们没能担负起对女性经验的分析。阿登那用两个相交的圈子标示文化上的女性失声集团和男性主宰集团,如图6-1所示

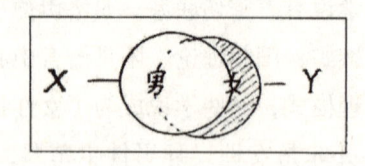

图6-1 女性失声集团与男性主宰集团示意图

X 圈代表主宰集团,Y 圈代表失声集团,相交的那一部分表示主宰控制的区域。我们可以看到失声圈 Y 的大部分都在主宰圈 X 的范围内。阴影月牙则代表主宰域之外的女性文化的"荒野地",它与主宰域之间的分界线是实线,象征着它是一个无男人涉足的、不为男性所了解的男人的禁区。与之相应,X 圈里也有一个月牙,看似也存在着女性完全陌生的男性经验,但是由于男性的思想意识大多都体现在主宰控制区域内,所以男性的经验

全部有意无意地投射在了相交圈中，即使女性从未涉足男性那片月牙地带，也了解里面的情形，而男性却不了解女性的"荒野地"。

这一月牙荒原，对女性主义文学批评家来说，是真正以女性经验为基础的女性中心的艺术、理论和批评所在，而它们就是要把隐形和沉默于荒原中的女性意识、女性经验变成有形。对于女作家和女性人物来说，"荒野地"是"母亲之乡"，只有回归这里，才能充分地表达女性欲望，实现真正的自我。甚至，女权主义激进派认为女性更接近生态和自然，主张在此地建立一个史前神话中的阿玛宗人女人族的乌托邦。

尽管这片经文化人类学家揭露的"牧歌式飞地"引发了女性主义批评界的许多期待和奇想，肖瓦尔特却指出这片未经开垦的荒原并非是完全独立于主宰域的，她认为任何作品和批评都不能完全逸出主宰构架，批评家们必须面对一个事实：女性文学是"双声话语"的，它既体现了失声集团的文化和文学传统，也不自觉地体现了主宰集团的文化和文学传统。女性文学不"外在"或"内在"于主流传统，而是同时内在于这两种传统，是主流之中的潜流。且找到月牙状的荒野也并不意味着女性可以自立国度，而是意味着迈向海阔天空的自由。肖瓦尔特在此提出的"双声话语"理论也是对之前的"女性亚文化"理论的修正，女性生活在双重文化中，既参加了女性独特的文化活动，也参加了总体文化活动，即大多数女性单独生活在自己的亚文化圈中是不可能的。

运用"双声话语"的理论，肖瓦尔特对哈罗德·布鲁姆"影响焦虑说"中关于文学史的观点进行了反驳。布鲁姆认为历代文学的继承和创新是基于俄狄浦斯式的"父与子"模式的，文学之"子"要想自己的作品夺得桂冠，就要通过叛逆或者修正来突破文学之"父"的影响，而文学的"女人"并不在他考虑范围内。借鉴伍尔夫《一间自己的房间》里所说的"女人创作时通过母亲回溯"的观点，肖瓦尔特认为女性作家既向母亲回溯，还不可避免地向父亲回溯。男性作家却只继承了父亲的声音而压制了母亲的声音，拒绝了母辈的影响，从这一角度来说，女性文化具有一大优点，即它可以突破男性，产生自己的经验，"而不仅仅充当男性传统的浇铸件。"

考虑到阿登那夫妇的模型中失声团体并不单单是女人，肖瓦尔特认为一个主宰团体控制下还有多个失声团体，例如，美国黑人女性文学就是由在美国白人男性传统主宰下的失声的黑人文化和失声的女性文化所共同构成的。因此，肖瓦尔特提出女性中心批评的首要任务应该是标出女性文学属性的确切文化方位，描述穿过个别女作家文化天地的诸种力。在标示女作家在文化中的方位时，还要考虑种种文化变量，如生产和分配的方式、作家和读者之间的关系、高雅和大众通俗艺术的关系以及文类等。

虽然，文化模型是四种可借鉴的模型里相对最完整、最全面的，且肖瓦尔特通过跨学科的论述，将女性主义文论提升到文化理论的新高度。但是她仍然持批判的、辩证的目光来看待这一批评模式。首先文化人类学批评不可能代替生物学、语言学、心理学的理论分析。女性文本的意义有诸多层次，不能仅看到性别的层次，无论什么样的描述都不可能厚重到足以解释艺术作品中的所有因素。但我们可以朝完善的方向努力，哪怕完善是不可及的理想。其次，肖瓦尔特还提出文化模式的批评或许可以提呈出有关女性文化境遇的详细描述，但是女性主义批评者在使用此概念时应联系女性写作的实际，切忌清谈女性作家该改写什么。

四、"歇斯底里史"的批评分支

继1979年发表《走向性主义诗学》和1981年发表《荒原中的女性主义批评》之后，1985年，肖瓦尔特发表了一部结合文化批评和精神病学、研究英国女性歇斯底里文化史的著作——《妇女·疯狂·英国文化：1830—1980》。这部著作虽不是专门的女性文学批评，但她的意图却很明朗。肖瓦尔特尝试以心理学进入，站在文化的角度上建构一种"歇斯底里史"的批评。这部著作所要发挥的作用是带领我们回到当时英国疯狂女性文化产生的具体语境中，通过文化理论、心理学、精神病学来考察女性文化史上的"疯狂"现象。

历史上英国父权制对女性的压迫超过美国，这也是肖瓦尔特的女性主义批评把英国女性作为研究重心的原因。19世纪英国"疯女人"的数量骤增，第二次世界大战后出现男性精神崩溃，英国被称为"疯狂英国"，这些集中发生的现象引起了研究者（以男性为主）的注意。男性研究者充当了医生的角色，女性则成了他们的病人。疯女人的形象在文学作品与批评、绘画与摄影、医学和心理学的教材案例中出现的次数非常多，现实生活中女性疯病患者也确实占大多数。

长久以来"疯狂"被男性研究者视作女性的本质，有定论称女性天生就比男性更容易患精神疾病。与之不同的是男性的疯狂却是工业化发展的标识，是高度文明的知识压力下的反应。男性一直被视为"理性"的化身，他们不仅是理智的拥有者，还是理智的施予者、分配者，甚至可以依自己的意愿剥夺他人的理智。而女性由于缺乏自制力被视作"感性"的代名词，因此在男性诊断者或者批评者的观念中，歇斯底里症、疯狂、神经衰弱等精神疾病自然而然成了女性的专属意象，既指向女性天生的缺陷，还指向女性的本质。

肖瓦尔特分析了英国两百年的女性疯狂史，并且除运用到心理学和医学外，还涉猎了疯人院记录、议会法案、疯人院建筑，以及绘画、摄影、雕塑和小说、诗歌、戏剧等，以翔实的材料探究了女性疯狂的真正原因。肖瓦尔特有意弥补对"疯狂史"的研究中缺席的女性主义的精神和性别分析，超越了男性研究者的观点，通过追寻以往"疯狂"研究所忽略的文化根源，重新挖掘了女性的小说、回忆录、日记，揭示了女性在父权制文化体系压抑下疯狂的真相，以及男性在他们建立的父权制度对人性的压制、带有偏见的文化惯例下发疯的事实，批判把疯狂看作女性本质的文化偏见。

面对疯狂文化的现状,肖瓦尔特提出了几个疑问,疯癫是女人的处境还是女人的本质?疯女人是否是男性的一种假设、谎言、偏见的产儿?男性的疯狂是否与女人的疯狂存在境界上的高低之分?

英国医学界认为导致男女疯狂的病因存在很大的差异。工业化和文明进步强化了人类竞争和奋斗的氛围,助长了男性的暴躁脾气。而女性疯狂却是因为她们自身的生理构造和生命周期。肖瓦尔特举出三个男性理论家对女性疯狂病因解析的例子。首先便是达尔文和他的进化论,为以上说法提供了依据。他认为男女的智力存在天然的差异,男性在能力、勇气、智力上高于女性,这是自然的选择。因此男性能在哲学、艺术、科学上大有作为,而女性却不能。斯宾塞在达尔文的基础上进一步提出固定能量消耗说,女人生育耗尽了能量,导致她们的智力受阻;或者女性若追求母性之外的东西时也会消耗她们的能量,神经就会发生错乱,而且还会遗传给下一代。19世纪著名的精神病医生莫兹利论述得更为具体,一个人的体能固定不变,女性对智力投入过多体能,过度消耗脑力,就会引起精神错乱、月经失调、头痛乏力、神经衰弱、不孕不育等。

抛开男性的推论,肖瓦尔特从女作家的小说、日记,女精神医生和女心理学家的材料中总结出女性疯狂的真相,正是女性长期处于父权制家庭的压抑之中导致了她们疯狂。夏洛蒂·勃朗特、弗洛伦斯·南丁格尔、弗吉尼亚·伍尔夫等女性小说和日记提供了充分的佐证,因而她得出女性疯狂的具体病因:在父权制的管理下,女性生活无目的、无理想抱负,缺乏有意义、有价值的工作,令她们精神上孤独、空虚、抑郁。弗洛伊德和J.布洛伊尔也提出每日重复的家庭琐事束缚和折磨着聪明女性,这正是她们歇斯底里发作的缘由。如果让男性整日从事烦琐的家务活,那么他们还能否成为伟大的哲学家、艺术家、科学家呢?

在英国父权制文化的压抑下,不仅女性叛逆者被贴上"疯狂"的标签,也将男性叛逆者送入了疯人院。两次世界大战令男性患上"弹震症",患者人数多到军队医院已容纳不下。"弹震症"反应为神经衰弱、焦虑、恐惧、噩梦、软弱、麻痹、不适应、失明失聪。这些症状与战争中需要的勇敢、刚强、强壮、镇静截然相反,完全悖于英雄和男子汉的形象。事实上"弹震症"来自自卫的本能,对战争的恐惧、逃避和爱国主义、责任之间的无法化解的矛盾。肖瓦尔特分析到"弹震症"与社会对男性角色期待的男子气概有非常重要的关系,对战争的逃避、恐惧被认为是一种软弱的女子气,男性长期对这种恐惧的刻意压制引发了他们的强烈焦虑。甚至这种期待逼迫着男性在竞争中不顾一切地逞强,从而使有些男性承受不住压力变得歇斯底里。患有"弹震症"的男性形象在女性文学作品中也常有塑造,如伍尔夫的《达洛卫夫人》中的塞普蒂默斯。这位退伍兵在经历过战争的创伤后精神失常,最后自我毁灭,这一形象深刻地反映了对父权制度、男性至上的盲目崇拜或者效忠所造成的绝望。

可见，把疯狂当作女性的本质只是男性诊断者的一种假设和欺骗。男性的疯狂也并不比女性疯狂高一等，就19世纪的英国来说，男女两性的疯狂都是父权制的产物。文学中频频出现的疯女人形象更加证明了女性的疯狂来自男权世界的压迫，而不是女性与生俱来的。

再回到文学中，肖瓦尔特总结道，18到19世纪，疯女人的形象是诗意和艺术化的，以文艺复兴时期莎士比亚塑造的奥菲利亚为表率，她年轻美丽，洋溢着古典爱情的忧郁气质，受到男性作家的青睐，成为大多数男性幻想和着迷的对象。奥菲利亚是新国王宠臣之女，也是哈姆雷特的恋人。她善良、单纯、美丽，却很不幸地生活在父权制的挟制下，完全顺从父亲、兄长和自己的恋人。莎翁借哈姆雷特之口说出"脆弱啊，你的名字是女人"给读者留下有关奥菲利亚软弱、不堪一击的印象。哈姆雷特因母亲的不忠而对包括奥菲利亚在内的所有女性产生了偏见，最终奥菲利亚在父亲被恋人仇杀、恋人疯癫、爱情毁灭的绝望之中走向了疯狂，投湖自尽。这一凄美的形象不仅在后来被当作艺术中刻画疯女人的典范，且在19世纪的精神病院中也被当作医生和管理人员心目中的疯女人标准——女人气、柔弱、浪漫、伤感。那么男性笔下的疯女人形象和女性笔下的是否一样呢？

肖瓦尔特举了几个例子。一如女权主义理论先驱玛丽·沃尔斯通克拉夫（Mary Wollstonecraft，1759—1797）特留下一部未完成的小说《妇女冤》（*The Wrongs of Woman*）而离开人世。这部小说讲述了父权制下的法律和风俗习惯对女性的压抑，使女性濒临疯狂绝境。女主人公玛丽的丈夫不仅虐待她，还把她送进疯人院，完全掌控着玛丽的自由和命运。玛丽在"绝望的大厦"中倾听着其他女人的哭声和歌声，渐渐感觉自己也丧失了理智。而她虽然意识到令人窒息的压抑，却无法去反抗谁，只有绝望地呼喊："难道这世界不是一所巨大的监狱？难道妇女生来就是奴隶？" 19世纪，"疯女人"已在英国女性小说中无处不在，其中引起热议的一个典型是夏洛蒂·勃朗特《简·爱》中的伯莎·梅森。她像一个家庭财产，由父亲和兄长做主嫁给了罗切斯特，而罗切斯特同样是由父亲和兄长做主被迫接受了这桩婚姻。婚后伯莎·梅森被医生宣布为"发疯"，罗切斯特将她关在自己的庄园桑菲尔德的阁楼上，窗户都钉起来，她被当作一个野蛮的动物，只是定时送给饭食。伯莎·梅森在男权社会家庭的控制下完全失去了话语和行动的自由。她时不时地狂笑、呐喊，向世界宣布她的存在，她一次又一次地逃出阁楼，点燃罗切斯特的房间，举刀刺向弟弟梅森，撕毁简·爱的面纱，最后纵火整个庄园，跳入火海，发起最后一次向男权制度的疯狂报复。

女性作家塑造的疯女人形象和男性作家塑造的显然不同。肖瓦尔特引用了苏珊·古芭和桑德拉·吉尔伯特的观点进一步分析了"疯女人"的文学形象。她们认为女性作品中的疯女人角色常常充当女作家的替身，19世纪的英国女性作家把她们的反叛冲动投射到疯女人身上，而不是主人公身上，疯女人不只是主人公的对手或陪衬，还是作者自己焦虑和愤怒的投射。在男性看来，不肯沉默、拒绝顺从于父权制家庭的女性都是不正常的女性，而在女性作家的观念看来，疯女人是在寻求女性自我表达的方式，是对男性权威的抗议。

肖瓦尔特整理英国的"歇斯底里史"的目的不言而喻，正是为了帮助女性能摆脱男性给自己本质的定义，重新界定"女人气"，打破女性与"疯狂"的必然联系，推动心理学和精神病学上的女权主义革命，使女性能真正自由地言说，能自己为自己定义。然而，肖瓦尔特对"歇斯底里史"批评的建构还不够完整，所涉及的女性只有英国中产阶级或贵族的妇女，忽略了下层阶级女性疯狂的原因。并不是所有女性的疯狂都可一并归因于男权社会的压迫，还有可能来自阶级压迫、人种歧视，将女人歇斯底里症发作只归因于父权制的压抑是有失全面的。不过我们也可以理解肖瓦尔特把研究目光聚焦于中产阶级及贵族妇女的做法，19世纪到20世纪的英国女性作家大多来自这个阶层，肖瓦尔特作为女性主义文学批评家，自然而然更关注女性知识分子所来自的这一群体。单凭肖瓦尔特弥补"疯狂"文化的研究中缺席的女性主义视角的这一贡献来说，她的"歇斯底里史"批评仍是功不可没的。

肖瓦尔特在构建自己的批评过程中，不断发现和反思自己理论不足之处。她早期对有色人种女性、第三世界女性以及同性恋者的疏漏，都在后来的《我们自己的批评：美国黑人和女性主义文学理论中的自主与同化现象》《姐妹们的选择：美国妇女文学的传统和变化》等著述中进行了修正。尽管肖瓦尔特在不断地修正自己的批评理论，但仍然有一些硬伤，引发其他女性主义批评家的不赞成。

首先，肖瓦尔特认为女性经验是唯一一块原始的、真实的、没被男性文化浸染过的领域，是独一无二的女性体验及感受，因此她把女性经验推崇为女性写作和阅读作品的牢固基础，既给文本创作带来生动性和创造性，也保护了女性读者不被男性文化所驯服或者摧毁。她批判男性文学对女性经验的漠视，因此她用女性经验来树立女性文学的权威性。而陶丽·莫依（Toril Moi）却不赞同她这一点，认为她只承认文学以外的、经验主义的影响，她所主张的文学经验，与男性文学书写男性经验的行为非常危险地相似，接近了性别歧视下的本质论。女性经验的整体性和同一性是建构女性亚文化的基础，加深了姐妹情谊，但是女性作家还应当有各自的独特性，才能使女性文学更具丰富性。成熟的女性文学不应当再作为亚文化存在，而是可以完美地参与到文学主流中。肖瓦尔特也意识到了自身的矛盾，她在为20年后《她们自己的文学》增补版作序时，承认当年的偏颇，并予以重新审视。

此外，陶丽·莫依还指出肖瓦尔特对文学之所以称其为文学的审美之维并不重视，这一点可从肖瓦尔特对没有过多表达女性经验的伍尔夫不满看出。伍尔夫认为艺术是非功利化、非个人化的，因此她更注重文学作品的艺术性。而肖瓦尔特解读文学作品、评判作家，都偏向从文化、历史的角度切入，却从没以审美的维度来评析。艺术的功利性与非功利性始终是解不开的一盘棋,我们并不能完全有把握地说清哪个对,哪个错,但我们可以期待,肖瓦尔特可以在以后的批评研究中有所中和。

第四节 肖瓦尔特对英美女性主义文学批评发展的影响

肖瓦尔特的批评理论,对美国女性主义批评理论的建构起到了奠基作用,被称为英美女性批评"文论之母"。在美国的女权主义文学理论家中,肖瓦尔特扮演了十分重要的角色,她是公认的女权主义重要理论家之一。她将精神分析学、语言学、解构主义引入自己的批评理论中,进一步推动了英美女性主义文学批评的理论化进程,让其展现出海纳百川之势,从而完成从批评实践到理论探索的转变。把女性创作理论区分为交错重叠先后连贯的生物的、语言的、精神分析的和文化的四种批评模式。对肖瓦尔特来说,接受性别差异和女性批评内部滋生的各种差异是她在后现代各种理论"狂欢"和"异质"张扬的时代中促成英美女性主义批评理论形成的关键一步。正如托德评价"女性批评学",与其说在"解构",不如说在"构建"。

一、英美女性主义批评的拓荒之力

英美女性主义批评是逐渐成长的,它需要一个较为系统的批评理论的指导,它不仅是要重拾她的女性文学历史,而且要在以性别为基础的文学传统方面进行差异性发掘,这就要求英美女性主义批评家们为构建英美女性文学传统和批评理论而努力。70年代后期,英美出现了以肖瓦尔特的《她们自己的文学》为代表的三本专门研究女性作家的批评专著,标志着英美女性主义批评的成熟。这三部著作都是以肖瓦尔特的理论标准为依据,都突出了女性文学传统的独特性。肖瓦尔特强调构建女性亚文化群,便于每代女作家了解自己的文学历史,不断铸造自己的女性意识。肖瓦尔特的理论在英美批评界产生了重大而深远的影响,《她们自己的文学》奠定了女性主义批评的地位,是一部具有拓荒之力的著作。

二、"女性批评学"铸造理论根基

"女性批评学"是肖瓦尔特最重要的理论,对英美女性主义批评也产生了深远的影响。肖瓦尔特在《走向女权主义诗学》中提出的"女性批评学"理论术语,指出了女性主义批评的两种类型:女权主义批判和女性批评,她指出女性主义批评家应该转向女性批评,重点关注女作家及其作品。这对于文学批评标准的重构起到重要作用,有效提出新的阅读模式和阐释方法,对传统的文学标准产生重要的革新作用。针对英美女性主义缺少理论根基,主张英美的女性主义批评重心应该转移到"女性批评"的理论上,确立了属于自己的批评理论根基。

三、对英美女性文学传统和文学史的重大贡献

肖瓦尔特《她的同性陪审团》,涵盖了英美女性文学发展的全部历程,是一部女性文学奋斗史,它有利于矫正英美文学发展过程中存在的性别偏见,为英美女性文学史和文学传统做出重大贡献。她关注英美女性打破文学传统从而在英美文学领域占据一片天地的过程,其实是强调女性文学传统的存在,进而提出性别因素在文学创作中对女性作家的巨大影响。21世纪,英美女性在作家、评论家和学者的身份方面都已经成功确立,最具代表性的是,已有两位英美女性作家获得了诺贝尔文学奖,这是具有划时代意义的,英美文学领域内女性的文学成就不容忽视。

在《英美女性批评》一文中,肖瓦尔特更总结了英美独特的女性文学史和文学传统:首先,英美高涨的妇女运动和开放的文化环境,为其女性主义批评的产生和发展提供了独有的历史背景和文化土壤。其次,英美文学传统的主要内容包括两个方面:社会现实小说和家庭伦理小说,这决定了英美文学史和批评理论划分的差异。最后,英美文化中对于女性的偏见,在某种程度上成了鼓励女性作家创作革新的动力。肖瓦尔特对于构建英美女性文学史和女性文学传统甚至是完整的英美文学传统都起了巨大作用,意义深刻。正如肖瓦尔特所说的:"女性主义学者和批评家在文学史的大宅中给女性小说意见批评的屋子。现在我们可以不是怀着悲痛,而是开怀大笑着,随意自由地出入其中。"英美女性作家在20世纪末进入了自由时期,美国的女性主义文学批评也进入了一个开怀大笑的自由时期。

第七章

英美女性主义文学批评影响下的中国女性主义文学批评

第一节 英美女性主义文学批评对中国女性主义文学批评的影响

英美女性主义文学批评对于中国女性主义文学批评的影响总体上来说早于并大于法国女性主义文学批评。它对于我国文学批评的影响大致有两方面：其一，英美女性主义文学批评对于女性自身的文化传统的关注，促使我国文学批评对文学的思考产生了性别意识。新时期第一个使用"女性文学"概念的人是吴黛英，她首先受到英国现代女权主义作家弗吉尼亚·伍尔夫的影响并借用了她的概念。第二，英美女性主义文学批评促使我国文学史研究对女性文学展开发掘和研究，我国过去被历史湮没的女作家及其作品逐渐受到重视。

一、英美女性主义文学批评的特征与表现

（一）英美女性主义批评的特征

女权主义运动最早发源于法国。1968 年在法国成立的政治与精神分析组织（Politique et Psychanalyse, Poet Psych）是妇女解放运动（Movement de Liberationdes Femmes，简称MLF）的文化和智识的中心，创立者们创办了她们的《妇女周刊》。MLF 一词是由法国出版署于

1970年创造出来的，用来指称从1968年开始出现在法国的形形色色的女权主义群体。女性主义文学批评随之兴起。MLF的倡导者和参与者们的主张和观点各有侧重，随即该组织发展为两个分支：女权革命运动组织和政治与精神分析组织，后来这种差异渐渐成为了英美女权主义文学批评和法国女权主义文学批评的差别所在。

我们将英国和美国的女性主义文学批评归纳到一个派系之中，与法国女性主义文学批评学派区别开来，不仅仅是从三者的地域或者是语言上进行简单的划分。诚然，英美国家的女性主义批评有着基本共同的英文经典可供其进行分析批评和理论的建设，而在这些英文经典中有其相似的文学传统和典型形象，而且美国的女性主义批评从开始的时候就以英国的文学著作为批评对象。从20世纪七八十年代开始，女权主义文学批评在法国、美国和英国各自发展但同时也遥相呼应，呈现出三足鼎立的状态。美国女性主义批评开始有意识地建构自己的女性主义文学理论，她们的视角转向了美国本土的文学创作，开始关注黑人女作家等的文学实践，开始建立本土的文学传统，而且成就显著，衍生出美国黑人女性主义批评、美国亚裔女性主义文学理论、美国境外的有色人种女性主义批评和美国土著女性主义批评等分支。如美国女性主义批评家伊莱恩·肖瓦尔特在著名的《荒原中的女性主义批评》一文中所写："英国女性主义批评基本上是马克思主义的，它强调压迫；法国女性主义实质上是心理分析式的，强调压抑；美国女性主义批评是文本式的，强调表达。"

但是，从整体来说，英国和美国女性主义文学批评是有共同气质的，英美派关注文学的社会与文化语境，发展基于女性经验的理论和方法，谋求理解作者及人物的女性主体；它遵循女性美学的原则，研究妇女作品的特殊性、妇女作家的传统和妇女文化要求文学反映妇女的现状，重视文学的社会功能，奉行明显的性别路线，与女权运动的实践保持着紧密的关联。而且，英美派的文学批评有两个出发点：一是从女性的视角重新解读经典文学作品，解构男性中心的文学与文化模式；二是重新发掘历史上的女作家及其作品，并且赋予其新的意义。

总的来说，由于两者的共同性和一致性，英美女性主义文学批评注重文学的社会功能，基本上属于社会—历史批评，我们求同存异，将英国和美国的女性主义文学批评称为"英美派批评"。

（二）英美女性主义文学批评的表现

英美派女性主义批评大致经历了四个阶段的发展变化，在每一阶段都有不同的追求和表现：

20世纪60年代末至70年代早期是第一阶段，是英美派女权主义文学批评从西方女性主义文学批评中脱胎出来并独立成长的阶段。这一阶段以凯特·米勒特及其论著《性政治》为代表，在批评方法上以作品人物形象批评为主要特征，主要内容是以男女两性的生理差异为落脚点，以文学作品作为性政治分析的依据，重点揭露男性中心文学中对女性形象的歪曲，抨击传统的"阳物批评"，即"菲勒斯批评"，进而批判男性的父权制社会。法国心理分析学者雅克拉康提出"阳具中心主义"这一概念，表明一种将男性的阴茎作为男性权力的最高象征的信仰。女权主义认为，西方文化历来以阳具视角来看待世界上的其他文化，父权制的思想体系维护着西方文化中的阳具中心主义成分。这一时期，美国的女性学在高校形成学科，为培养女性主义、社会性别的人才，壮大女性主义学科队伍打下了坚实的基础。到了20世纪末，已经发展到有700多所高校有女性学系和研究中心，相关课程每年有3万多门，6所高校设有女性学博士点，可以说相当发达了。

70年代中期至80年代中期为第二阶段。这一阶段以卡普兰、英尔斯、吉尔伯特、苏珊·格巴、肖瓦尔特等人为代表人物，主要内容是重建文学史，颠覆被男权文化遮蔽的女性文学。这一时期，英国和美国的女性主义文学批评的对象纷纷转向英国的文学经典和英国历史上的女性作家们。她们认为，传统的文学史是由男性作家创作的、以男性经验为中心的文学经典组成的文学史，虽然这些文学经典中也有女性作家的身影，但都是以男性视角来审视、以男性价值作为批评标准的，这就意味着从男性视角认为无价值的女性文学被歪曲和埋没。所以，这一阶段她们主要解决两个问题：一是重新阐释一些被歪曲和贬低的女性作家的作品；二是挖掘历史上被埋没的女性作家。她们所取得的成绩也很突出，影响了其他国家的女性主义文学批评，使各个国家也将视线投向本国的历史上的女性作家和作品，使得大量曾经被忽略的女作家的作品被挖掘出来，研究她们的评传等相继问世，作家的地位也得到承认。这一时期最有代表性的论著有肖瓦尔特的《她们自己的文学：从勃朗特到莱辛的英国妇女小说家》和《姐妹们的选择：美国妇女写作中的传统和变化》等。

80年代中期至80年代中期进入理论反思阶段。这一时期的英美女性主义文学批评继续在高校扎根，各高校纷纷开设女性主义相关课程，成立女性主义文学文化研究会或研究中心，培养女性主义文学文化人才。还有，在女性主义文学批评和理论已经发展成熟的客观条件下，学者们意识到继续按照既有理论进行的文学批评活动已经开始显示出疲乏的状态，开始寻找新的理论突破点和新的话语增长点。她们打开视野，致力于将其他领域的热点理论引入女性主义文学批评，也取得了很大成就。比如开始将热门的环境和生态问题与女性主义文学批评结合起来观照女性作家的作品，获得了新的视角和新的批评方法，为女性主义文学批评下一阶段的发展打下了良好的基础。

90年代中期以来，女性主义文学批评研究逐步呈现多元化和细分化的特点。这一时期美国的女性主义批评研究成绩十分突出，如后殖民女性主义文学批评、美国黑人女性主义批评、美国亚裔女性主义文学批评、美国境外有色人种女性主义批评等。美国黑人女性主义批评尤为突出。从70年代末开始起步发展到90年代中后期，这一支流在文学理论界已经占据了重要的地位。因为种族歧视问题一直存在于美国本土，黑人女性的地位更是受到种族和性别歧视的双重压迫。女性主义文学批评研究者们逐渐摆脱集中于英国文学经典和作家的阐释，从本土现实出发，关注美国文学作品中黑人女性形象和现实中黑人女性所处的地位，关注黑人女性作家的创作，重新阐释了欧洲文学以及美国白人文学批评原则，建构出全新的理论以及批评方法。英美的学者们在前一阶段的基础上，致力于使女性主义理论更具开放性和包容性。学者们通过将其他领域的理论与女性主义文学批评很好的结合，开辟了女性主义文学批评新的道路，女性主义文学批评在新的历史时期中焕发出强大的生命力。

总之，英美女性主义文学批评经过四个阶段的探索，从以下几个方面形成了对男权文化秩序的全面围剿：纠正传统的文学作品对女性的歧视和歪曲；发掘和研究被男性文学埋没和被遗忘的女性作家及其作品，建立女性自身的文学传统，重写一部女性自己的文学史；质疑传统的性别价值观念和美学观，颠覆男权文化中心地位；从多元文化领域开启女性意识，建构新型的话语体系。这几个方面都不同程度地影响到中国女性主义文学批评。

具体来说，英美派的研究分布为三点：从女性角度出发，重新审视文学史，性别理论研究以及女性主义美学研究。

二、进入中国文学批评视野的英美女性主义文学批评

（一）新时期英美女性主义文学批评论作的译介

新时期以来，在中国文学迫切需要求新求变的历史需求中，大量的西方文艺理论和批评方法被引入国内，使国内知识结构大幅度转型，新的知识、新的学科蜂拥进入本土，这给我国文坛一向稳坐"老大"位置的现实主义一次不小的冲击，但也带入了一股新鲜的风潮。女性主义文学批评就是其中之一。作家们的视野一下开阔了起来，纷纷借助新的理论和方法进行花样翻新的创作。同样，批评家们的视野随之顿开，纷纷采用各种新的理论和方法进行批评实践，出现了具有重要历史影响的"文学批评方法论"热潮。女性主义文学批评就是其中之一，引起理论家和批评家极大的好奇。

1981年第四期《世界文学》上刊载了朱虹教授的文章《美国当前的"妇女文学"——〈美国女作家作品选〉序》，作者介绍了一些当代美国具有女性主义色彩的妇女文学。1983年，朱虹教授编选了附有作者简介的《美国女作家短篇小说选》，并将此文章作为序言，由中国社会科学院出版社出版。以这本小说选为平台，作者系统介绍了西方女性主义文学作品及理论。其中的内容涉及：美国20世纪60年代后期女权运动；该运动对历史学、思想史、文学创作及文学批评等方面所产生的影响；女权运动的重要著作，如凯特·米勒特的《性权术》和贝蒂·弗里丹的《女性的奥秘》；美国的一些科研机构和大学对于妇女问题的研究课题以及课程的开设情况；弗吉尼亚·伍尔夫的《一间自己的房间》、波伏娃的《第二性》以

及桑德拉·吉尔伯特和苏珊·格巴共同出版的《阁楼里的疯女人——女性作家和19世纪文学想象》等女性主义批评经典之作。另外,朱虹教授还详细阐释了以"妇女意识为中心的西方女性主义批评,对西方文学作品中被男权文化歪曲和丑化的女性形象进行了批判"。

在朱虹教授的影响下,英美女性主义文学批评的论著被愈来愈多地译成中文,在中国文学界传播开来。陈骏涛在《当代中国(大陆)三代女学人评说》中给予朱虹教授很高的评价:"在80年代初,在国人对女权主义所知甚少的情况下,朱虹的这些推介,对推进国人了解和认识女权运动和女权主义文学,无疑是具有启蒙意义的。"可以说,朱虹教授是中国译介并传播英美女性主义文学批评的第一人,在她的带领下,英美女性主义批评论作自80年代中期纷纷进入中国。例如:1984年,《世界文学》编辑部翻译出版了丹尼尔·霍夫曼主编的《美国当代文学》,详尽地介绍了美国女性文学的状况,以及"妇女文学"的涵盖范围,还对女性主义诗歌做了大量的介绍。1989年,湖南文艺出版社出版了英国学者玛丽·伊格尔顿主编的《女权主义文学理论》中译本。该书以论文节选的方式,将英美女性主义文学批评的一部分著名著作以及部分法国女性主义文学批评著作统编出版,如弗吉尼亚·伍尔夫的《一间自己的房间》、埃伦·莫尔斯的《文学妇女》、肖瓦尔特的《她们自己的文学》、《迈向女权主义诗学》、艾丽斯·沃克的《寻找我们母亲的田园》、桑德拉·吉尔伯特和苏珊·格巴的《阁楼上的疯女人》《莎士比亚的姐妹们》、埃莱娜·西苏的《美杜莎的笑声》等。这本书上面的观点、批评方法和理论为中国女性主义文学批评提供了直接的理论基础。1992年,北京大学出版社出版了张京媛主编的《当代女性主义文学批评》,该书翻译、介绍了一批侧重于从文本、阅读、创作心理等角度论述女性文学的论文,其中特别介绍了法国的女性"身体写作"的倡导者及其论作——埃莱娜·西苏的《美杜莎的笑声》。法国女权主义文学批评理论随着英美文学批评的传播也进入我国学者视野,成为这一时期国内文坛的焦点之一,而文学创作和文学批评也受到了它的巨大影响。

(二)进入中国文学批评视野的"女性文学"与"女性文学批评"语汇

英美女性主义文学批评进入中国文学批评视野之初,我们引进的理论资源十分有限,对于经过长时间发展的西方女性主义所产生的大量的理论成果来说只是凤毛麟角,我国学者只能通过当时不多的介绍性文章一窥西方理论。在引进介绍时按照我们当时的理解和认识进行翻译,产生了新的批评语汇。随着理论引进数量的增加,理论资源的相对充足以及我国学者对这些理论的研究深化,这些批评语汇也在讨论中变化和发展直至被确定下来。

新时期中国理论界和批评界对英美女性主义的认知,是从关于女性文学的名词的辨析开始的。朱虹教授最早将之翻译为"妇女文学"。这一概念表述,首先是因为在我国的社会历史语境中"妇女"是对女性约定俗成的指称,当时的中国人对"女性"这个概念是比较陌生的，甚至会被误解为"性"的同义词；另一方面，"妇女文学"的内涵从直观意义上被认定为女作家创作的作品。

降红艳在《"女性文学"还是"性别文学"》（《云南社会科学》，2002年第5期）中提出，"女性文学"的提法正式进入新时期文学评论是在1983年，这一年吴黛英在《当代文艺思潮》第4期发表的《新时期漫谈》一文中运用了"女性文学"概念。在表层意义上，"妇女文学"和"女性文学"其实都是指女性作家的作品，由表层认知开始，文学批评界在使用这两个概念时，逐步意识到女作家的作品，普遍带有不同于男作家的表现方式，她们对社会和人生的文学揭示具有独特的性别体验和感受，女性的审美视角并不完全等同于男作家的视角。特别是新时期文学思潮对传统的"文以载道"观念的冲击，"妇女"这一似乎带有政治色彩的指称被"女性文学"取代。随着西方女性主义文艺学论作的大量引进，特别是中国学者自身研究的深入，许多学者坚持使用"女权主义文学"概念，以示女性文学自觉的性别意识和理论建构。如丁帆、王彬彬、费振钟的《"女权"写作中的文化悖论》一文强调"女性小说"和"女权小说"这两个概念的区别在于：女性小说是以女性视角而非男性价值观念来描写和剖析生活；而女权小说则是以反抗男性话语为主题的小说写作。

与"女性主义文学"相关的文学批评概念，在中国批评界最早出现在1986年。这一年，王逢振在《外国文艺动态》第3期发表《关于女权主义批评的思索》，之后的评论界就常使用"女权主义批评"这一概念。但是，在使用这一概念的过程中引起了不同见解，比如有学者认为对女性文学的研究和批评与"女权"并无关联，进而引发了关于是"女权主义文学批评"还是"女性主义文学批评"的讨论。1992年张京媛在她主编的在中国传播的《当代女性主义文学批评》的前言中，仔细梳理了"女权主义"这一概念接受的过程，表述了何以用"女性主义"而不用"女权主义"的理由。随着西方"女性主义批评"理论广泛进入，更由于中国女性主义文学批评和研究的深入，"女性主义文学批评"也就成为当代文学界和批评界的一个常用词汇，并成为当代中国文学批评的一种范式。

"女性意识"是西方女性主义文学批评理论的核心概念，也最早出现在朱虹的《美国当前的"妇女文学"》一文中，她认为"妇女意识"是妇女研究的中心观念，也是妇女文学批评的观点和标准。1986年以后，学界对"妇女意识"还是"女性意识"的讨论开始增多。从英文词汇"Feminine Consciousness"看，翻译成"女性意识"更确切，加之后来"女性主义文学批评"概念的普遍被接受和使用，"女性意识"成为女性主义文学批评的核心概念，成为辨析文学作品是不是女性主义文学的首要标准和尺度。在具体的文学批评实践中，"女性意识"也有"女性主体意识""女性自我意识"等不同说法，但在本质上它们没有什么根本区别。

(三) 英美女性主义文学批评对中国女性主义文学和批评的影响

受英美女性主义文学批评理论和实践的影响，中国真正的女性主义批评浮出，从对他者话语的模仿和借鉴走向了自我主体建构，成为中国文学批评领域不可忽视的范畴。而且，批评的文化视野和方法得到了极大的丰富，使得中国的女性文学批评在女性主义文化理论和文学理论的引导下，逐步建立起女性主义文学批评的自觉性别意识和理论把握能力，造就了中国新时期女性主义文学批评的繁荣，对中国新时期女性文学创作也发生着指导和引领作用。

具体而言，英美女性主义文学批评对中国新时期的影响表现在以下几个方面。

首先，促发了文学女性意识的觉醒。文学上女性意识的觉醒既体现在创作上，也体现在批评实践上。

女性主义文学批评对创作的影响主要是作家女性视角和女性立场得到明确体认，使作品的主题、人物、叙事等层面表现出性别的自觉和话语的自觉，从女性自我生存境遇、女性自主的愿望表达，进入了反叛男权文化、自我性别意识反思和建构的深层表述。如20世纪80年代张洁、湛容、王安忆、铁凝等人的小说，舒婷的诗，较多地从社会历史的视角表现女性的生存和对爱情、对追求自我价值的理想；90年代崛起的女作家陈染、林白、徐坤、斯好等，其"私语化"和"解构性"作品，或热衷于表现女性独特的身心体验，或以调侃、反讽的方式直接挑战男权文化秩序。仅从张洁小说创作的演变就可以窥见中国女性主义文学创作的演变过程：她早期的《爱，是不能忘记的》表达了女性烙于传统道德观念，追求完美男人和诗意爱情的理想；她80年代的《方舟》《祖母绿》等作品，表现了知识女性追求男女平等，走出婚姻藩篱的困惑、苦恼，表现出对男人的失望和愤懑；写于90年代的《红蘑菇》《无字》等作品，则以酣畅凌厉的批判姿态揭露、解构男权文化，塑造了若干虚伪、自私、无耻的男性人物，同时表现了女性自我意识缺失的悲剧遭遇。女性主义文学批评对创作的影响，还可从大量女性文学创作实绩加以说明，在此不赘述。

女性主义文学批评对批评实践的影响主要在是对女性文学价值判断和性别立场的确立方面。在英美女性主义文学批评进入中国前，我国并没有真正意义上的"女性主义文学批评"。之前文学批评对女作家和文学作品中女性形象的观照，缺少女性意识和性别文化理论支撑，男性文化传统与审美方式仍然占据主导地位，而且带着浓重的政治话语色彩。受英美女性主义文学批评的影响，鲜明的性别意识介入中国文学批评活动中。围绕女性意识，学者们一方面追寻被淹没的女性文学传统，另一方面着意建构现代建立在女性生命体验和审美经验上的女性主义文学，此外还将批判解构男权文化对文学批评的统治、建设系统的女性主义批评理论形态作为目标和追求。从而可以认定，英美女性主义文学批评是中国新时期女性主义文学批评诞生的母体，经历三十多年的历程，中国女性主义文学批评逐渐趋于成熟，但在精神特质上仍然带着英美女性主义文学批评的烙印，即对于女性文学的社会历史考量、对女性文学审美价值的文化意义判断。

其次，使中国的文学批评领域具有了带有鲜明性别立场、性别视角、性别话语、性别价值判断的批评活动和理论。三十多年来，中国女性主义文学批评的实践成果举不胜举，在方法上大体有文本分析批评、社会历史批评、心理批评、文化批评等多种类型，能够从多方面把握女性文学创作。女性文学理论成果涵盖女性文学专题研究（如女性主义小说、诗歌和散文，女性心理，女性文学审美等）、女性主义文学史论、现当代女作家作品研究、新时期女性主义文学批评。

最后，突破了传统工具化的文学批评观念，建立起文学批评的自主性地位和价值取向。以往文学批评是文学作品的附庸，恰如贺拉斯所说的"磨刀石"，它的任务仅限于对作品的阐释、对创作经验的总结。女性主义文学批评借助批评活动批判解构男权文化的指向，致使文学批评摆脱了对文学创作的依附，成为超越文学作品、直接切入社会进行文化批判的方式。批评不再是磨刀石，它就是一把解剖文本、社会、文化的锋利的刀。因此说，英美女性主义文学批评的影响，不止于女性主义文学本身，也在于整个文学批评。

（四）崛起于新时期的女性主义文学批评家

西方女性主义文学批评犹如一股新鲜的血液注入我国文学领域，有很多学者、专家都参与到了女性文学批评活动中，发表了许多论著，对女性文学创作和批评的繁荣起到了极大的推动作用。在女性文学研究领域不断地研究探索的主要是中青年女性评论家群体和高校长期从事当代文学教学工作的女性专家学者。

中国社会科学院外国文学研究所研究员、博士生导师朱虹教授，是我国最早进入女性文学领域的学者，本节前面已经提到过她和她的部分著述，其他的著述有《奥斯汀小说研究》《世界女作家辞典》等。她的贡献在于较早地将西方和美国的女性主义作家作品、批评方法和理论观点介绍到我国的文学领域，为我国文学批评打开了一扇通往西方女性主义的大门。

河南大学中文系的刘思谦教授也是新时期女性主义文学批评的开拓者之一。她的文学批评视野广阔，是典型的社会—历史批评，《文学梦寻》《蒋子龙的"开拓者家族"》《对建国以来农村题材小说的再认识》影响很大。她在女性文学研究领域的突出成就是在中国女性文学的现代性方面，著有《中国女性文学的现代性》《写散文的"文学女人"》《中国女性文学的人文主义传统》《关于女性文学研究》和《"娜拉"言说》等。

吴宗蕙曾任北京大学中文系和北京师范学院文艺系教师，首都师范大学语言文学研究所副研究员，其著作《小说中的女性形象》分获首届"中国当代文学研究表彰奖"和"云岗杯文学奖"；另一部作品《女作家笔下的女性世界》获中国当代文学研究会"第五届优秀成果奖"。她的批评风格是带有鲜明的感情色彩。

还有盛英、王淑秧、李子云等批评家，她们的批评实践都各具视角，有自己的批评对象，各具特点。以上这些批评家本身长期从事高校教学研究或是文学期刊的编辑工作，具有很高的文化素养，她们的文学批评的共同特点是既具有社会责任感和历史使命感，又体现出鲜明的现代意识；她们总体上坚持现实主义的批评原则，但在批评实践中又渗透个人生活体验和情感取向。

从1990年代初，内蒙古自治区文学研究领域也崛起了一个女性文学批评家群体，由蒙古族、达斡尔族和汉族的学者组成，其中有托娅、高明霞、郭培笃、李洪全、冯军胜等，他们的批评视野广阔，方法多样，并体现出别具一格的民族特色。

随着女性主义文学批评的进一步发展，女性主义文学批评的队伍也不断扩大。吴黛英、孟悦、戴锦华、季红真和一大批高校女博士生，以其具有的高学历优势、年轻人的冲劲，使得她们的女性主义文学批评带有独特的现代意识和风貌。她们的批评打破了既有的文学批评框架，从文化、哲学等多角度、多层面审视、探求女性文学，并且把女性主义文学批评结合其他学科的理论进行批评实践，使女性主义文学批评带有了很强的综合性、开放性、学术性和时代性。

中国的女性主义文学批评队伍为建构具有本土特色、品格独立的女性主义文学批评做出了极大的贡献，这一点是不言自明的。但是，女性主义文学批评也暴露出了许多问题：有的文章对作品关注不够，空泛地说理，显得单调苍白；有的文风不扎实，一味地罗列新概念、新名词，没有理解透彻就盲目地运用；还有的好走极端，非此即彼，情绪偏激。这些问题虽然在所难免，但应引起充分的重视，研究者们今后应注意避免这样的问题出现。

第二节　从他者阐释走向主体建构的中国女性主义文学批评

在英美女性主义文学批评母体上诞生的中国女性主义文学批评，经过了三十多年的历程，走过一段青涩的模仿和学步，到自如地借鉴运用，开始走上主体建构的道路。它能够面对中国女性主义文学现实，运用本土历史文化资源，进行系统的理论建设，并成为高校学科建设、学术研究的一块领地。

在这里本节借用两个文学批评术语概括我国女性主义文学批评的状况——"他者阐释"与"主体建构"。从英美女性主义文学批评对中国新时期女性主义文学批评影响的角度来说，"他者阐释"首先是中国女性主义文学批评运用英美女性主义批评的观点和概念，阐说外国女性文学，其实质是"模仿"；进而运用西方女性主义文学批评的观点和方法解析评价中国女性文学,用他人的眼光来看待我们自己的女性文学作品,其实质是"借鉴"。"主体建构"则是中国女性主义文学批评独立面对本土问题,塑造出自己独立的文化品格,追求拥有自己独立话语的女性主义文学批评和理论建设。这方面的成绩主要是体现在学者的研究领域。学者们将西方女性主义文学批评的观点和方法移植在中国的现实文化语境中,立足本土的作品开展文学批评实践,观察研究我们自己的女性主义文学创作和批评,进而努力建构中国特色的女性文学批评理论。

一、"他者阐释"的合理性

英美女性主义文学批评作为一种外来的理论和方法,能够为中国理论工作者和作家广泛接受,并且以极高的热情加以运用,而且至今对它的热情依然没有完全消退,使得这个"外来户"扎根在了本土。可以肯定,英美女性主义文学批评在中国有其存在的合理性和合目的性。

从英美女性主义文学批评发生的历史机缘看,它派生于西方人权运动,从人的解放到女性解放,从人的自觉到女性的自觉,是人道主义思潮合乎逻辑的发展。20世纪80年代初,人道主义文学思潮在中国崛起,为了对抗特定时期国家、集体对个人的压抑和忽视,它将个人视为绝对的价值主体,人道主义思潮关于人的价值话语渗透到社会各个层面,形成了一种普遍认知,人的地位得到提升和肯定。所以当英美女性主义文学批评涌入中国时,女性解放自然与人道主义人性解放的指向不谋而合。英美学派的女性主义文学批评与女权主义社会运动密切相连,强烈的革命精神引起了中国女性学者的强烈共鸣,在人道主义的语境中发出了谋求女性全面解放的声音。1982年第一期《华东师范大学学报》发表了陈洁的论文《希腊神话传说中女性形象的演化及其认识价值》,文中虽然既没有明确运用女性主义文学批评的方法,也没有出现女性主义理论和概念,但是作者从希腊神话入手,梳理了希腊社会从母权制到父权制的演变过程,分析了女性形象在文学作品中的变迁,反映女性地位逐渐降低的悲剧性命运,显示出了鲜明的女性意识。这篇论文的出现说明我国文学研究领域已经出现了萌芽状态的女性意识的自觉。

再从英美女性主义文学批评的方式类型看,它基本上属于"社会—历史批评"范畴,与中国长期占据主导地位的文学批评范式契合,因此成为中国女性主义文学研究者和批评者最轻车熟路的选择。20世纪80年代初期开始,中国的学者、批评家们接受了英美女性主义文学批评思想和方法,进行批评实践时,都是由解读我国的现当代女作家及其作品入手,对作家的创作思想、作品人物形象、作品思想意义进行社会的分析评价。如刘思谦、乔以钢、盛英等,都有研究现当代女作家的著述和女作家评传等问世。继而,中国新时期女性主义文学的批评,虽然有多种范式和方法进入,但社会历史批评仍然是其中重要的范式。

如果从中国女性主义文学的历史进程看,发生在五四运动时期的女性解放思想,主要的需求是:反抗封建压迫,走出家庭,谋求社会解放、追求男女平等。这一需求成为中国现代文学史上女作家作品的主题,贯穿各个时期。面对这类作家作品的批评言说,在文化意识上与英美女权主义反阶级压迫、种族压迫思想,与女性主义文学批评关注女性的现实生活、主张"双性同体"意旨有着天然的、不自觉的亲和关系。正如于东晔所言,英美派女性主义作家和批评家采用社会—历史的批评方式来质疑批判现实秩序,揭露女性被压迫的境况。它与马克思主义学说的紧密联系和批评方式上对于社会历史批评的借鉴使得中国学者在接受心理上十分吻合,而法国学派的抽象化和学理化特征遭到中国学者的漠视是非常自然的。故而女性主义批评在本土传播和发展的前期,更多致力于对英美学派女性主义的模仿与借鉴。

二、"他者阐释"的局限性

任何的异域理论在进入本土时,都会在被接受和吸收的过程中产生与本土的语言习惯、文化与哲学思想、思维惯性、审美旨趣的碰撞。英美女性主义文学批评进入中国从模仿借鉴进入自我主体建构时,尤其当中国女性主义文学创作日益趋于成熟和繁荣时必然地显现出它诸多的不适,水土不服症成为批评家和学者的困惑,也成中国女性主义批评主体建构的突围口。

英美女性主义批评浓重的意识形态性,较多偏重社会历史批评的范式特征,与中国新时期大量涌现的女性主义文学现实产生了距离,出现阐释的无力。如面对"私人化"写作、"日常化"写作、"欲望化"写作、"身体写作"、"解构性"写作等女性文学现象,英美女性主义文学批评很难实现它文本阐释和审美评价的功能。同时,英美女性主义文学批评直接切入社会批判的意旨与中国新时期文学观念的变化日益脱节。中国新时期文学包括女性主义文学摆脱了阶级斗争阴影后,迅速走过"伤痕文学""反思文学"阶段后,对社会批判表现出明显的厌倦。同样,女性主义文学创作和批评日渐疏离宏大叙事模式,诸如自我、个人、人性、无意识、自由、情爱、文学消费、大众文化等话语,进入女性主义批评范畴,它们在叙述判断女性主义文学在现代社会的存在境遇时,提供了一系列新的价值观选择。

建立在性别社会论基础上的英美女性主义批评,其"双性同体"说文学主张,忽略了性别之间的天然差异,因此对现代女性获得政治权利、经济权利后命运的阐释能力日显疲软。从文学表现看,伍尔夫主张的象征女性精神解放的"一间房子"对女作家而言也已不是问题,但现代社会中女性与男性之间事实上的不平等待遇、难以和谐相处的境遇、精神的孤独、价值的无依、人性的异化等问题，都成为女性主义文学言说的内容。法国女性主义文学思想进入中国后，对中国女性主义文学批评的影响有压过英美女性主义文学批评之态势。建立在性别自然差异论基础上的"身体写作"思想，对中国现代女性主义批评而言，更切合中国当今女性主义文学创作现状，更旗帜鲜明地表示了女性在文学活动中的话语方式，更符合女性文学反叛男权文化统治的文化价值取向。尽管法国女性主义文学思想在批评活动中需要把握审美判断标准，但无法否认它对中国当今女性主义文学创作吁求的适应性。英美女性主义文学批评的局限，促发了理论家和批评家对契中国女性主义文学批评主体建构的新追求。

三、走向主体建构的中国女性主义文学批评

中国女性主义文学批评的主体建构早在20世纪80年代后期就已经开始了，1987年成立的由郑州大学的李小江发起的我国首个妇女研究中心，标志着中国女性主义文学批评开始进行自觉的主体建构活动。从此，我国女性主义文学批评学者们相继对女性主义文学批评的本土化进行思考和女性主义文学批评学科建设进行探讨和实践。

进入20世纪90年代后期，中国女性主义文学批评逐渐进入疲乏状态，虽然仍然不断有新的西方女性主义批评范式引入，但理论家和批评家先前那种对外来新鲜事物的好奇已经消退，已经不再满足模仿借鉴西方资源的"他者阐释"状态。中国女性主义文学批评的主体建构成为历史的必然要求，摆在了理论家和批评家面前。对女性主义学科建设的理论问题进行探索和思考的学者及著作有乔以钢的《关于中国女性主义文学批评学科建设的思考》（南开学报，1999年第2期）；屈雅君的《关于女性主义文学批评学科建设的若干问题》（学术月刊，1999年第5期）；荒林、李爱云的《探索中国女性文学与文化学科建设：观点综述》（妇女研究论丛，2001年第6期）；乔以钢的《论女性文学的学科建设》（南开学报，2003年第2期）等。现在已经有越来越多的学者们自觉地进行思考和探讨，中国女性主义文学批评由此开始了新的追求和建设。

（一）基于社会历史批评的多维视角和多种方法融合

中国女性主义文学批评根深蒂固的传统是本土的社会—历史批评范式，英美女性主义文学批评作为最初的外来影响，也主要倾向于社会—历史批评，两个方面合理地为中国女性主义文学批评主体建构提供了坚实的思想基础。但单一的社会—历史批评面对中国新时期花样翻新的女性文学作品出现阐释乏力时，理论家和批评家放开眼界，自觉引用多种文学批评方法来丰富女性主义文学批评。

20世纪80至90年代活跃在中国女性主义文学批评领域的理论家、批评家，如张京媛、朱虹、李小江、乐黛云、孟悦、戴锦华、刘思谦、盛英、王排、刘慧英等人，运用传

统的批评范式，为建构中国女性主义文学批评奠定了扎实的基础。继往开来的荒林、林丹娅、林树明、乔以钢、陈顺馨、吴宗蕙、康正果等人，将文化批评、精神分析批评、叙事学批评引入女性主义文学批评。尤为引人瞩目的是戴锦华，她作为中国女性主义文学批评重要的领军人物，其批评视野十分开阔，有大众文化视野的研究，有心理分析研究，研究对象涉及文学，还涉及电影等现代传媒艺术的女性问题。在内蒙古自治区，有诸多理论家和批评家在开展女性主义文学批评活动时，也表现出多维的视野、多样的方法。如李鸿泉对英美经典小说的分析评论，多用文本分析方式，解析男性文化语境中女性文学表达及女性塑造的男权话语；冯军胜对新时期女性散文的分析，将文本形式分析与作家心理分析融为一体，解释女性散文的审美方式；托娅对内蒙古女性文学的分析，是把实证的方法与审美批评相结合，说明女性文学中女性意识、民族意识的双重表现；高明霞采用社会历史批评、神话原型批评方式评论女性主义小说及小说中的女性人物形象；郭培箔的女性电影评论，有人物心理分析，也有文化分析。

从上述粗略的介绍，可以窥见基于社会历史批评的多维视角和多种方法的融合，推进了中国女性主义文学批评的主体建构。

（二）女性学者与男性学者和谐共建的学术姿态

值得引起格外重视的是，中国女性主义文学批评领域中，男性理论家和批评家担当了重要的角色。他们以"他者"身份介入女性主义文学批评，既与女性主义文学形成对话交流，也与女性批评家和理论家共谋中国女性主义文学批评事业，为中国女性主义文学批评的主体建构做出了难以取代的贡献。诸如：孙绍先1987年出版《女性主义文学》，同年发表的《从女性文学到女性主义文学》《当代文艺思潮》（1987年第5期）。孙绍先在西方女性主义文学进入中国之初便开始了女性文学的批评。之后每一阶段都有愈来愈多的男性参与，其中，杜一白和张毓茂两位教授主要是致力于萧红的作家作品研究，合著有《萧红作品欣赏》；古继堂研究台湾女诗人、女作家，著有《柔美的爱情》；阎纯德著有《20世纪中国女作家研究》；陆文采有专著《中国现代文学女性形象初探》，合著《中国现代女作家论》《时代女性论稿》等，并且直接参与了高校女性主义文学批评的学科建设，开设了现代女性文学研究专题的本科课程。这些学者们从研究中国现当代文学的整体格局入手，以积极的研究姿态和丰富的研究成果，开拓了本土女性文学研究，壮大了女性文学研究队伍，有力地支持了女性主义文学批评的学科建设。

近年来著名的男性学者、批评家频频亮相于女性主义文学批评领域，如陈思和、王一川、雷达、陈骏涛、孟繁华、曾镇南、周政保、白烨、贺绍俊、陈晓明、王侃等人，他们的学术造诣、跨学科的批评视野、"他者阐释"的宏观性，为中国女性主义批评增添了理性的色彩和学术分量。

女性学者与男性学者和谐共建的学术姿态，显示出中国女性主义文学批评的主体建构中的"双性同体"特色，体现了中国女性主义文学批评的开放性特征。也可以证明，确立女性意识、实现女性自我救赎的最终目标是实现男女全面平等、人性全面解放，这也是女性主义文学批评的终极目标。

（三）参与高校学科建设的女性文学理论研究

英美女性主义文学批评在中国的传播者主要是高校和科研院所的学者。当中国女性主义文学批评主体建构成为一种历史的必然要求时，高校和科研院所便顺其自然地成为这一建设的主阵地。按照学科成立惯例，已在高校开设课程意味着该学科发展空间的存在。女性主义文学批评参与学科建设，最初就是从开设相关课程开始的。1980年代的时候，李小江就在郑州大学开设了女性文学研究课程，刘思谦在河南大学也开设了性质相同的课程，之后不断地影响到全国各高校。2001年，时任首都师范大学副教授的刘群伟对国内女性主义相关课程的开设进行了问卷调查，结果显示，当时全国已经有将近四十家各类高校开设了与女性文学或社会性别相关的课程，大多数是中国女性文学的选修课。时间已过去近二十年，如果再做统计调查，一定会远远超过上述数字。在开设课程的同时，为了方便相关研究，积聚相关学术资源，各高校相继成立女性文化研究中心。高校首个女性研究中心建立于1987年，是李小江在郑州大学发起建立的，女性文学研究是这个研究中心的核心。随着女性主义文学批评和创作的繁荣，特别是1995年世界妇女大会在北京的召开，催发了女性研究热潮，高校女性主义研究机构不断增加。

女性文学学科建设在1990年代后期迈向新的层面，进入研究生学位点建设中。1998年，北京大学社会学方向招收了国内第一批女性学方向的硕士研究生。1999年，河南大学在"中国近现代文学研究"方向下，设立了中国当代女性文学的研究方向。2001年，南开大学中国现当代文学专业也开始招收现当代女性主义文学研究方向的博士生。截至2004年初，我国有50所以上的高校开设了与女性主义、性别和女性文学文化相关的课程，并且已经有将近30所高校有相关专业方向的研究生，且出现了研究生把女性文学文化课题作为毕业论文选题的热门现象。戴锦华、刘思谦、艾晓明、乔以钢等女性主义文学研究的中坚人物，已经培养出并且还在继续培养一批批具有崭新知识结构和鲜明的性别意识的博士生，这些人才将成为今后我国女性主义文学批评学科建设的后起之秀。

内蒙古大学、内蒙古师范大学在1980年代后期开设女性主义文学选修课程。2001年内蒙古大学成立了"内蒙古大学妇女问题研究中心"，中文系教授是该研究中心倡导人并担任主要负责人。中心举办了三次女性问题学术研讨会，学校各个学科的学者们从不同角度切入女性研究，分别从女性与政治、女性与经济、女性与法律、女性与文学等几个方面进行研究，取得了丰硕的成果。其中女性文学研究占很大的比重。

参与高校学科建设的女性主义文学理论研究，为中国女性主义文学批评主体建构提供了有效的机制，带动它向高水平的科学道路行进。

（四）对中国古典文学资源的开掘

英美女性主义文学批评的一个重要表现是重新发掘文学史，发现被历史淹没的女作家和作品，用女性主义文学批评的理论重新阐释它们，从中发现女性文学的历史脉络，确立女性文学的价值和历史地位。在中国女性主义文学批评的主体建构中，一方面，英美的经验启发了理论家和批评家思路；另一方面，中国女性主义文学批评主体建构意识，合规律地促使理论家和批评家将研究的目光投向中国古典文学资源，以彰显本土历史文化资源与女性主义文学不可隔断的渊源关系。1990年代后半期，中国古典文学女作家、女性形象的研究成果逐步出现在女性文学批评领域。王排借用苏珊·古芭的"空白之页"形容女性在正统文学史上的地位，试图从这空白之后寻觅隐匿的女性形象和女性话语。正是由于古代女性作家被视为空白，所以有的学者竟认为五四现代女作家的崛起是一种创世纪的行为。

随着女性主义文学理论的深入发展，和对古典文学资源的不断开发，现在已经有许多学者修正了既有的观念。2000年，邓红梅出版了《女性词史》，主要研究唐五代北宋词坛到清末民初的女性词人创作，通过对史料的研究，发现女性词的创作已有近千年的历史，传世作者数千人，传世作品近百部，在思想禁锢的古代，这个现象是惊人的。从侧面反映我国女性文学有着深厚的传统，有巨大的开发空间。在郭海文《唐五代女性诗歌的传播方式》里，作者通过古代女子借助石刻、衣裙、绣品等载体创作的现象，发掘中国古代女性意识的表达方式。陶东风、王南撰写的《文学理论基本问题》（北京大学出版社，2005年）一书中，设专章节陈述中国古代各历史时期文学作品中的性别意识、女性意识。乔以钢、林丹娅主编的《女性文学教程》（河北教育出版社，2007年），设章节介绍中国古代女性的文学创作，从上古神话进行探源。在内蒙古大学，也有高建新、李桂娥、王乾等人从古代文学研究入手审视古代女性的生存境遇及自我意识。

对中国古典文学资源的开掘，使中国女性主义文学批评确确实实产生出自己的文化特征，表明中国女性主义文学批评真正确立了鲜明的主体意识。

（五）日常生活审美理论的投射

女性主义第一次浪潮中，英美女性主义者受到启蒙主义重理性而轻感性的影响，要求在政治、经济、教育等领域拥有与男性同等的权力，争取女性走出日常生活，进入政治、经济、教育等非日常生活领域，实现经济独立、政治平等，从而改变自己的生存状况，获得尊严，获得话语权。发展到女性主义第二次浪潮之时，英美女性主义者已经开始认识到日常生活对于女性的物质和精神解放的重要意义，将视线从非日常生活领域转向日常生活的方方面面，如性、生育、母职、家务、心理等，通过日常生活批判，揭示父权制对女性的压迫，促进现实的妇女觉醒，并且改善妇女日常生活境遇。到了第三浪潮的女性主义者那里，日常生活更进一步直接成为女性主义关注的对象和研究重心，关注日常生活更加具体和细致的方面，如身体、衣着、家居、购物等，发掘其中的价值和意义，并成为女性主义文学的题材和主题。这些研究恰好反映了追求日常生活质量的全球性时代生活内容。

中国 20 世纪 70 年代末以前，日常生活被打乱，政治生活基本取代了日常生活，人们每天生活在组织、批判和改造之中，日常生活的世俗性和合理性受到排斥。进入新时期以来，人们开始反思和批判政治生活对日常生活的压制带来的负面效果，开始探询日常生活在人们生活中的合理位置。进入 90 年代以来，随着中国市场经济体制的确立和发展，文学领域也出现了新写实小说、散文等表现日常生活的作品。这意味着日常生活审美已经走入了女性作家的创作，如池莉、方方等女性作家对庸常、平实的日常生活的直接表现，肯定了日常生活的意义和价值，但是对于这方面的女性主义文学批评没有敏锐地抓住这个趋势，在实践和理论上还处于相对滞后的状态。

女性作家在创作上有日常生活叙事的优势和才华。首先，女性千年来在日常领域处于被指定的位置的传统，决定了女性与日常生活天然的紧密联系，使得女性在日常生活中更为敏感和投入，或者说女性的审美取向较多地偏重于日常生活，常常不自觉地对所处环境和所描述的事物倾注自己的感情，给予审美的判断。这使得她们的情感渲染和表达富有突出的感性特征。其次，女性对细节的观察力惊人，擅长在亲身体会中形容周围环境的气氛和特点，因此在文学活动中擅长借细节感受传达审美体验。所以，不论西方还是东方，女性都有着相似的日常生活感受和体验，有着相似的日常生活叙事才华，如阿加莎·克里斯蒂、简·奥斯汀、伍尔夫、托尼·莫里森、张爱玲、陈染、林白、池莉、方方等。世纪之交，伴随"日常生活审美化"理论在中国的出现，理论家和批评家的眼光从对大众文化的关注，进一步关注到女性主义文学。我国文学领域较早运用日常生活批判理论的学者是王一川，他将这一理论用来研究新写实小说，如分析池莉的作品中的日常生活的特点；21 世纪初，艾秀梅运用海德格尔、赫勒、德赛图的日常生活批判理论进行《红楼梦》研究，令人耳目一新。

在我国的女性主义文学批评领域，对于如何将日常生活批判理论运用于女性主义批评这块富饶之地，还鲜有人开发。但女性主义文学批评对女性文学作品中"日常生活审美化"分析判断，一方面推进了学者们对这一美学新问题的思考，另一方面显示出女性主义文学批评主体建构的力量，它在追求自身完善的同时，也对其他相关理论发生着影响和作用。

四、中国女性主义文学批评主体建构中的缺失

走进主体建构的中国女性主义文学批评，取得了丰厚的成绩，初显其形态面貌，成为

中国当代文学批评领域一个重要的范畴。但是在这良好的态势下，仍存在一些制约中国女性主义文学批评主体建构的深入发展的不足之处。这些不足有以下几个方面。

（一）缺乏中国化的系统理论

中国女性主义批评发生在西方女性主义批评的母体中，是在西方理论的孕育之下走向主体建构的。三十多年来，十分活跃的女性主义文学研究和批评实践，影响了理论批评的思维方式，促使理论家和批评家建立起性别文化的视角观察研究文学现象，丰富了中国的文学理论、批评理论与批评方法。当中国女性主义文学批评主体建构的必然要求出现时，中国女性主义文学批评依赖西方理论和话语的惯性、惰性成为重要的障碍。迄今，女性主义文学理论书籍大都是西方理论的翻版。近年虽有研究中国女性主义文学的论著问世，但使用的思维和方法仍然没有跳出西方的窠臼。在高校教学和研究生的培养中，更觉中国化系统理论的匮乏。乔以钢、林丹娅主编的《女性文学教程》（河北教育出版社，2007年出版）是一个具有突破意义的建树，该书着力于本土文化和创作，但与系统的理论建构还有不小的距离，还缺少属于自己的批评理论指导。中国化的系统的女性主义文学批评理论的匮乏，是制约中国女性主义批评主体建构的瓶颈，只有突破这个瓶颈，女性主义文学批评才能够扎根在中国的土地上，成为中国的思想财富，于中国女性主义文学的发展形成血与肉的联系。

（二）女性审美意识的深层研究不足

女性主义文学批评的主旨是要确立女性在文学活动中的"女性意识"。女性意识是女性作为生命主体、社会主体、历史主体、美学主体的综合精神体现，缺少任何一个方面，女性都不会成为全面发展的、自主独立的存在。女性主义文学批评从女性的视角、女性的立场出发，阐释、分析、评价女性主义文学和在为女性主义文学理论提供思想资源时，启迪女性的审美意识觉醒、提升女性审美意识自觉、确立女性独特的审美境界，是实现女性文学活动主体地位的根本任务。由于女性特有的生理和心理体验，女性在社会历史中长期被压抑的处境，以及女性在文学艺术中被写的文化身份，生发出女性特殊的审美感觉和审美心理。传统美学中"崇高""悲剧""喜剧""阳刚""阴柔""中和"等思想概念，对女性文学批评仍然有效，但缺乏性别的考察分析。目前，中国女性主义文学批评对女性主义文学的观照，还热衷于从历史到现实的梳理，而对语言、文字、女性写作、神话、传说等文本的研究偏向于经验和体验的描述，严重缺乏美学的观照，尤其缺乏具有性别意识的美学理论指导下的解读、评判。中国女性主义文学批评的主体建构，不能缺少美学的自觉，因为文学永远是人类审美活动的主阵地，同样，女性主义文学批评也永远是女性确立自己主体地位、实现自己存在价值的领地。忽视女性审美意识的女性主义文学批评，将丧失的是批评的主体价值和女性审美的主体价值。女性审美意识研究，是中国女性主义文学批评主体建构的当务之急。

(三) 对本土批评理论资源的发掘不足

中国女性主义文学批评处于全球化国际文化背景下，要保持自己的独立的民族精神，建构中国化的女性主义批评理论体系，就应充分开发本土女性主义文学资源和文学批评资源。目前，理论家和批评家已经注意到对于中国古典文学女性作品的开掘，但对中国女性主义文学批评传统的开掘和对中国文学批评传统的开掘还是一片处女地。

首先，中国有着两千多年的文学批评传统，有雄厚的历史积淀。中国古代文学批评那种从生命体验出发的思维方式，史、论、评相结合的批评方法，感悟式的美学品评等，都可以成为中国女性主义文学批评主体建构的理论和话语资源。更重要的是，在中国古代，也曾有过女性文学批评的足迹。宋代著名女词人李清照在《词论》中通过评价前人和同时代作品，表达了自己的创作观，她的"婉约"词风美学主张，可以视为女性审美意识的表现；明清时代，女性直接参与编写、出版各类女性诗文、诗论，尤其是女诗人王端淑在编撰女性诗人诗集上成就最大，出版了《吟红集》《名媛诗纬》42卷，收录1000位女诗人之作，并相信《诗纬》与《诗经》有着同等的地位。王端淑的编辑实绩与文学主张，带着明确的女性意识。五四前后，中国更有许多女性主义文学作品和女性主义文学批评。如1906年京师中华书局出版了咀雪子的《祖国女界文豪谱》；1916年，上海中华书局发行了谢无量的《中国妇女文学史》，梳理了历代女性作家及其作品；1927年，梁乙真出版了《清代妇女文学史》，是我国文学史上第一部女性文学断代史；1930年谭正璧出版《中国女性的文学生活》。这些女性文学史著作中包含着一定的女性主义的批评立场和观点。在此，无法对中国女性主义批评做详细描述，但从许多研究资料的蛛丝马迹中，可以让我们感受到女性主义批评在中国文学历史长卷中也是一笔可圈可点的财富。

如果忽视了自己的文化传统，作为中国的女性主义批评失去了自己的文化根基，也就谈不上真正意义上的主体。中国女性主义文学批评的主体建构必须将眼光转向对自己女性文学和文学批评传统的开掘，将本民族的资源作为自己的文化保障。

第八章

英美女性文学解析

第一节　英美女性暗黑婚姻文学探析

一、多重视角下的暗黑婚姻

（一）黑色浪漫主义下的暗黑婚姻

哥特小说是浪漫主义运动的一个特殊流派，评论家们将其称之为"黑色浪漫主义"。所谓的"黑"主要表现在两个方面：在情节上，它浓墨重彩地渲染暴力与恐怖；在主题上，它不像一般浪漫主义那样从正面表达其理想，而是通过揭示社会、政治、宗教和道德上的邪恶和揭示人性中的阴暗来进行深入的探索，特别是道德上的探索；在人物塑造方面，"黑色性质"再加上浪漫主义就容易塑造出19世纪"恶棍英雄"——性格孤傲的叛逆式人物。

暗黑婚姻则是黑色浪漫主义文学在婚姻问题上的描述。首先，婚姻作为一种社会组织形式，自然要受到社会、政治、宗教的束缚，有情非得已的暗黑特征。《查泰莱夫人的情人》中的人们受工业化影响，变成机器的奴隶，压抑着心中的爱与激情。通过描写"克利福特们"心理的畸形，来反思机器时代对人精神的灾害，以及对婚姻的黑化作用。《红字》则是写清教的清规戒律对人欲望的压抑所导致的暗黑婚姻。其次，暗黑婚姻继承了黑色浪漫主义中对烘托恐怖气氛的偏好。《绝望的主妇》中的露丝一步一步地实行自己的复仇计划，每当她做出计划时，读者便不由得心生恐惧，因为她的所作所为已超出人类正常的意识范畴。尤其是当她通过手术截短胳膊和身高时——她不仅施暴于玛丽和丈夫鲍勃身上，她还残忍地施暴于自身，心肠之毒辣非一般人可接受。《消失的爱人》开篇便向读者营造一种诡谲的氛围。一桩悬疑案，精心设计的阴谋，血腥的杀人案……所有的情节让读者不禁自寒。最后，暗黑婚姻中的当事人——妻子，在某种程度上都算得上是反叛的英雄。她们不同于往常意义上的正义英雄，康妮反抗工业时代的麻木，海丝特反抗清教的清规戒律，爱波反抗碌碌无为的庸常生活，艾米聪明貌美却诡计多多端……"反女英雄"的塑造是暗黑婚姻的一大特色。

因此，黑色浪漫主义下的暗黑婚姻同样强调情节上的暴力与血腥，营造出恐怖气氛，人物塑造方面一以贯之地塑造着边缘意义上的反英雄形象，主题依旧集中在揭露社会、宗教和道德的邪恶，从而探讨人类的阴暗面。

（二）不幸婚姻形态下的暗黑婚姻

不幸婚姻这个概念本身囊括的婚姻状态也很多。因为十全十美的婚姻的确太少见。婚姻也只是人类生活的一部分，它总是会遇到形形色色的问题需要去解决，任何婚姻都不可能是顺风顺水的。

暗黑婚姻就是不幸婚姻的一种，下文将暗黑婚姻与其他不幸婚姻的形态进行对比，从而确定暗黑婚姻的特质。

1. 暗黑婚姻与悲剧婚姻

悲剧婚姻更多地强调结局。也就是说，只有当一桩婚姻已经呈现悲剧结局时，我们才会称这桩婚姻为悲剧婚姻。美国作家弗琳的《消失的爱人》中，女主人公设计连环套，想要陷害自己的丈夫为杀妻凶手，最后诡计被识破，又乖乖回到丈夫身边，两人重又过起貌合神离的婚姻生活。婚姻生活依然在继续，然而整个婚姻生活因为计谋、因为利益又不得解散，这就是典型的暗黑婚姻。

暗黑婚姻也可能通过婚姻当事人的努力，将之由"黑"变"红"。英国作家劳伦斯的《查泰莱夫人的情人》中，康妮和克利福特也经历过一段暗黑的婚姻。最初康妮是爱克利福特的，但是自从嫁给他之后，康妮没有享受过一日正常的夫妻生活，丈夫又批判做爱为机械的器官活动，于是她的性欲被严重压抑，导致她整个人的精神都萎靡不振，这是暗黑婚姻对康妮的荼害，但是后来康妮与梅勒斯结合了，她抛弃了拉格比庄园，离开了不能给她正常生活的克利福特，结束了那段非人的暗黑婚姻，重新开始了一段灵与肉和谐的两性关系，我们在一定程度上可以将其定义为由"黑"转"红"的婚姻状态。

暗黑婚姻则不必然以毁灭自身为代价去结束婚姻。相反，为了某种利益，不得不结合在一起的婚姻才是典型的暗黑婚姻。在这种婚姻中，或出于爱，或出于报复心理，或出于某种欲望，夫妻双方维持着貌合神离的婚姻形式。

2. 暗黑婚姻与畸形婚姻

畸形，泛指事物的不正常发展。正常的婚姻形式即一男一女的结合，也有部分地区认同同性婚姻，也就是说婚姻的当事人是两个主体之间达成的具有法定效益的关系。结为夫妻的两人有各自的父母长辈，也会孕育出新的生命，这就会存在一定的伦理关系。暗黑婚姻仍然符合正常的婚姻形式，所以在探讨暗黑婚姻时，笔者更多地仍将其局限在夫妻二人之间。很多文学作品中都会夹杂着婚外恋或出轨的桥段，有的暗黑婚姻也是因为夫妻中的一方出轨，另一方才采取了报复的手段。这种情况下的"第三者"只是一个诱因，而且主人公对"第三者"持不容忍的态度。《绝望的主妇》中，鲍勃清楚明白地告知妻子露丝他爱玛丽，虽然露丝嘴上没说什么，但她在心里怨恨着玛丽，时刻诅咒着玛丽，最后她决意复仇，正是因为她再也无法忍受露丝的存在。玛丽虽然得到了鲍勃的人和心，但她仍是不合法的、不被容忍的"第三者"。

"暗"，在现代字典中有三个解释：其一为不亮，没有光；其二为不公开的，隐藏不露的；其三为愚昧、糊涂。"黑"，在现代字典中有四个解释：其一为像墨或煤那样的颜色；其二为暗，光线不足；其三为隐蔽的，非法的；其四为恶毒的。二字都有光线不足、隐蔽的意思。之所以被定义为"暗黑"的婚姻，不过是因为存续着的婚姻黑暗、没有光亮。同时结合黑色浪漫主义，暗黑婚姻中应存在着暴力、血腥、计谋，制造出一种令人恐惧的氛围。所以，那些早已无爱无性的，夫妻一方反抗这种令人窒息的婚姻关系却被另一方拒绝或者是被时代大背景束缚的婚姻；虽有爱有性，却因夫妻双方性格、追求的不同造成矛盾，使之演化成无性无爱的婚姻；有爱有性，却掺杂着阴谋、报复的婚姻，统统属于暗黑婚姻的范畴。

二、英美文学中的暗黑婚姻

（一）造成暗黑婚姻原因之比较

当分析文学作品的意义时，我们总需要了解作品创作的时代大背景。只有对时代背景有充分的了解，我们才能真正明白文学作品的丰富内涵。很多文学作品反映的是时代大背景下的故事。每个人都生活在一定的历史事件中，个人很难凭一己之力改变些什么。婚姻也是如此，它无法独立于时代而存活。所以，因时代的束缚造成的暗黑婚姻最让人无奈。因为那是客观存在的，婚姻中的人们只能靠个人的努力尽量去扭转时代造成的困境。

1. 英美时代大背景等客观原因束缚下的暗黑婚姻

（1）《查泰莱夫人的情人》中英国工业化催化的暗黑婚姻

《查泰莱夫人的情人》中,康妮嫁给克利福特没多久,克利福特就在战争中受伤导致下身残疾,康妮便无法像正常人一样享受夫妻生活,她已失去生活当中无比重大的一部分。但是,起初时,康妮并没有任何抱怨,而是协助丈夫克利福特写小说,装作从中获得了乐趣。身体残疾的克利福特需要从健康的妻子那里得到丈夫应享的各种权益,康妮也将丈夫所需的东西一一给了他。但康妮同样需要从丈夫那里获得作为妻子应享受的权益,然而克利福特无法为妻子提供正常男人该提供的东西,他没有这个能力。更荒唐的是,在这些空虚、保守、做作、虚伪的英国贵族眼里:"做爱只不过是一种纯粹偶然的事,是一种附加的东西,一种令人感到好奇的、器官的运作。这种运动本身总是粗俗的,却并不是不可缺少的"。不仅克利福特无法为康妮提供爱与温暖,就连康妮来到的格拉比庄园也无比沉闷,让康妮备受压抑——格拉比庄园阴森幽暗,米德兰矿区杂乱无序,砖厂的小屋寒酸凋敝,树林是阴郁的,绵羊是灰蒙蒙的,到处都是一片腐朽的景象。受到生活环境的影响,康妮的心情像是终年见不到太阳的阴雨天气,她感觉自己似乎和有生命的世界脱离了联系,快要枯萎凋谢了。

无爱无性的暗黑婚姻和周遭凄惨的环境让康妮感到自己的活力与激情正在一点一点被吞噬,宝贵的青春时光也被消磨掉,摆在她面前的有两条路——要么像克利福特那样变成工业时代里一部麻木的机器,要么去别处寻找生命的新生。

康妮的父亲曾警告女儿:"你面临的是半个死亡"。若干年后康妮才开始体验到某种"与日俱增的躁动"。隐隐约约地,康妮感觉到自己要变成碎片了,快要与世隔绝了,似乎再也触摸不到那个充满活力的世界。直到此时我们的女主人公才意识到自己所处的困境。这一觉醒的意义是巨大的,因为她随后就要为自身的存在负起责任,去奋斗。后来她爱上了卑微的守林人,并怀上了守林人梅勒斯的孩子,康妮为了与相爱的梅勒斯生活在一起,她向克利福特坦白了自己出轨的事实。令康妮震惊的是,当克利福特得知妻子怀上其他男人的孩子时,虽然很气愤,但却不愿意和妻子离婚,还说会抚养这个孩子。康妮看着这个精神扭曲的丈夫,心生恐惧,萌生了第二次逃脱暗黑婚姻的想法。

这里,造成暗黑婚姻的原因是丈夫无法为妻子提供正常的夫妻生活,妻子一方面忍耐着身体的寂寞,一方面被工业社会压抑着。其实作者想要表达的是工业社会对人精神和身体的双重扭曲,这是造成康妮婚姻暗黑的根本原因。

(2)《红字》中美国宗教对暗黑婚姻的催化作用

《红字》中海丝特由父母包办嫁给了比她年长很多的一个老医生奇林沃斯——一个身体畸形的学者,他热衷于典章书籍,对海丝特毫不关心。自从嫁给奇林沃斯,海丝特就没过上正常的家庭生活,而是在孤独与性压抑中度日。她与他的生活"犹如白墙上的一丛绿苔,靠腐朽的质料来养育"。当年的清教社会一纸公文,要求"禁欲",便迅速将爱情冷冻起来。可海丝特不愿为宗教而忍耐,于是她大胆地爱上了她的牧师丁姆斯戴尔。

清教思想盛行之下，人们认为人生而有罪，上帝会随其所好挑选他要拯救的人。清教本身就要求"禁欲"，海丝特却和丁姆斯戴尔通奸，这种行为与当时社会的主流思想格格不入，自然受到民众的蔑视与唾弃。背着通奸的罪名，海丝特走上受刑台，并被关在牢狱中七年之久。牧师丁姆斯戴尔则在受刑台下，眼睁睁地看着海丝特被批判，他一面希望海丝特将他供出来，一方面又希望这个秘密永远无法公之于众。海丝特服刑时，她的丈夫齐林沃斯来探望，她坦白自己和齐林沃斯在一起时感受不到爱，也不曾假装彼此之间有爱意的存在。海丝特认为自己的婚姻只是靠物质在维系，完全没有精神的交流和共鸣，她从未感觉到一丝丝的幸福。

齐林沃斯和海丝特无爱无性的婚姻是暗黑的。在这段暗黑的婚姻中，海丝特遇到光环闪耀的牧师，她似乎看到了希望。爱给了她独自受刑的勇气，她也勇敢地承担了当时社会强加于她身上的罪名。海丝特试图用这种抗争来表明自己不愿成为家庭的奴隶、男人的附庸品，她甘愿背负通奸之罪名也要摆脱那段暗无天日的婚姻。

这里，造成婚姻暗黑的原因是双方性生活的不协调，更重要的是，海丝特和丈夫没有感情基础，自始至终，海丝特都不曾爱过齐林沃斯。而清教又宣扬压抑人的欲望，齐林沃斯是清教统治下的产物，他不表达自己的爱，压抑着自己的激情，海丝特自然连假装都不屑于，同时这也是海丝特被判刑的重要原因。

2. 欲望、理想追求等主观原因造成的暗黑婚姻

（1）《还乡》中物欲贪念下的暗黑婚姻

《还乡》中的游苔莎出身良好，从小接受了良好的教育，长大后在大城市生活，对上流社会骄奢淫逸的生活无比向往，不幸的是，双亲去世后，她只能无奈地跟着外祖父来到爱敦荒原生活。在这里，她与克林一见钟情，相识不到半年便结为了夫妻。但他们的结合有着巨大的误会。因为在游苔莎看来，这个从巴黎归来的昔日珠宝商，极有可能再次带她回到巴黎生活，这是她选择克林的最大理由。谁知，克林早已厌倦了大城市纸醉金迷的生活，他决意回到家乡爱敦荒原，利用自己的学识开办学校，为当地的村民传授先进的知识与理念。

尽管游苔莎深知克林回到爱敦荒原并非探亲和暂时闲居，但她仍希望结婚之后可以用自己的魅力使丈夫放弃回乡办学的想法带她前往巴黎定居。可是婚后，克林患了眼疾无法开展工作，闲暇砍柴时哼着小曲儿，这些举动总能让游苔莎情绪激动，她不明白作为克林的妻子，克林为什么就是不肯听她的劝告回到巴黎："作为从巴黎归来的珠宝商人，就应该做一些体面的事情，而不是干那种低等人的事情"，更让游苔莎不可忍受的是，克林从不觉得有失身份，还能自得其乐。因为游苔莎曾亲口对昔日的情人韦狄说过："我想享受所谓的人生——音乐、诗歌、千回万转的情肠、千军万马的战局、世界大动脉里一切跳荡和搏动……我青春时期的梦想，就是这样的人生，不过我没享受到。然而我认为，我可以

从我的克林身上享到呢",所以,身份低微的韦狄显然不能够实现游苔莎纵享荣华富贵的梦想,只能是她精神空虚时的玩物。刚好,这里出现一个充满神秘感的克林,在游苔莎眼里,克林是"一个见过灿烂事物、见过辉煌世界的人物,一个使人崇拜、使人爱慕、使人心醉的英雄",同时也因为游苔莎厌倦了韦狄,她不想承受孤独一人的生活,非有另一个爱的对象不可。游苔莎对克林的爱从一开始就带有明显的功利性。当游苔莎婚后在克林身上看不到希望而渐渐无聊绝望时,韦狄获得一笔巨大的遗产——那是一大笔钱,足以满足游苔莎对生活的种种追求。尽管游苔莎口口声声说自己不是金钱的追求者,但她实在无法控制自己对金钱能带来的华贵生活的渴望。于是,在一个风雨交加的夜晚,她悄悄离开她和克林的家,与韦狄携手踏上了奔赴梦想中美好生活的道路。天公不作美,一场大雨浇灭了他们的幻想——他们在黑暗中陷入泥沼双双丢掉性命。

这里,游苔莎对物质生活的追求与克林完全不同,两人又都不能使对方妥协,这是造成暗黑婚姻的原因,作者认为是游苔莎对物质的贪婪导致了这段暗黑婚姻。

(二) 暗黑婚姻中的阴谋之比较

如果说爱情是激情燃烧的岁月,那婚姻就是淡如水的枯燥生活。恋爱的两个人一旦没了火花,也许就会果断地选择分开。婚姻则不同,它意味着更大的责任,它总是被各种利益与情感拉扯着。相对于易碎的爱情,婚姻有着惊人的韧劲。有时看似伤痕累累的婚姻关系,却因某些原因依然维持着。而婚姻的当事人既然分不开,就开始使用计谋去获取他们的"利益"。

1. 英国《绝望的主妇》的整形复仇之路

(1) 无爱的暗黑婚姻

《绝望的主妇》第一节,女主人公露丝便直接介绍玛丽·费雪是罗曼史小说作家,她不仅有充裕的金钱储备,还娇小美丽、举止优雅,她的丈夫鲍勃爱玛丽·费雪,她爱她的丈夫,所以她恨玛丽·费雪。

露丝起初是鲍勃父亲公司的打字员,因为露丝不幸的身世,鲍勃的父母想要给露丝一个家。于是,当鲍勃上大学不在家时,露丝便住进了鲍勃的房间。圣诞节鲍勃回到家,只能睡沙发,但是夜里他偷偷爬回自己的床铺,比起又硬、又冷、着又窄的沙发,露丝像是一块温香的软玉。在鲍勃心里,与露丝同床共眠,不过是因为得不到奥德丽的爱,不过是对父母如此安排的小小报复。露丝却无比开心。因为露丝怀孕,鲍勃父母要求他们结婚。刚开始鲍勃认为这个妻子和那个妻子没有什么区别,但他们去婚姻登记处时,他就意识到自己先前的想法是千错万错。鲍勃不喜欢说谎,也不喜欢伪善,因此他总是将自己接下来的打算直接告诉露丝。其实,早在结婚前,鲍勃就说他们的婚姻将会是开放的。露丝心里也很明白,他被迫娶她,这是一桩错误的婚姻,他会对她尽丈夫的基本责任,但他一定不会安于室的。这一切的原因,在于露丝的身体,问题在她,而不是他。

因为露丝身高约1.88米,皮肤黝黑,下巴突出,眼窝深陷,却有一个鹰钩鼻,她的肩膀宽大瘦削,但臀部肥而多肉,腿部肌肉发达,手臂和身高相比又太短。在男人眼里,她就是名副其实的"大块头"。露丝对此很有自知之明,所以她从来不去丈夫的办公室,因为她担心万一鲍勃那些体面的客户看到自己,会让鲍勃下不来台。但无论怎样,露丝毕竟是一个有血肉情感、活生生的人,她想要被爱。

鲍勃嫌弃露丝"奇特"的外形,但迫于父母的压力和露丝结了婚生下两个孩子,他不爱露丝,于是就找到娇小可爱、富有才华的玛丽。更过分的是,每次从玛丽住处回到家中,鲍勃就会一脸满足地和露丝讲他在玛丽那里得到的爱。这段婚姻从一开始就是不幸的。

(2) 整形复仇之路

在一次家庭聚会上,鲍勃像往常一样嫌弃、指责露丝:"你今天晚上的表现太恶劣,你气走了我的父母,你害你的孩子难过,你也害我生气,连宠物都受影响"。鲍勃认为露丝是一个三流的人,是个坏母亲,是个更坏的妻子和差劲的甚至不是一个女人,而是一个魔女。当露丝反问鲍勃为什么不爱她时,鲍勃大吼:"一个根本不可爱的人,我怎么去爱?"随即便离开家回到玛丽的住处。这一连串的"攻击"让露丝忍无可忍,她决定以恨为出发点去达成她的目标。由此便拉开了露丝的复仇大幕。

露丝首先从身体上进行报复。她和六十多岁的运动场管理员卡佛发生关系。那个可怜的老翁因爱和欲而颤抖,幻觉使他老迈的身躯瘫痪,但这被露丝认为是新生命的起点。之后,露丝故意造成火灾烧毁了住宅,并以此为契机将两个孩子送到玛丽的住处,她要让这两个孩子成为玛丽和鲍勃矛盾的焦点。孤身一人的露丝搭上东行的火车开始了漫长的"漂泊"生活。露丝来到老玛丽·费雪所在的颐养园,尽心尽力地服侍她,鼓励老玛丽给女儿写信并从中挑拨她们母女关系。露丝偷偷让老玛丽喝啤酒导致其尿失禁,颐养园的老板打电话给玛丽让她把母亲带回家,因为颐养园是老人院而不是尿失禁患者的疗养院。这样露丝在玛丽身边又安下一个大麻烦。此时,玛丽的高塔中,有两个不讨人喜欢的孩子,一个满腹牢骚的母亲,一个心不在焉的爱人和一个闷闷不乐的男仆。她似乎变成鲍勃的性奴隶,她从鲍勃肉体上得到的越多,她就渴求越多。但是玛丽和鲍勃不能结婚,因为法律不允许鲍勃和下落不明的妻子离婚。露丝虽然消失在鲍勃的生活中,但她对鲍勃的生活还是有着些许牵制。

露丝后来去了卢卡斯山做护士。在这里,她开始了整容计划——从修正牙齿开始。在这里,她结识了霍普金斯护士,俩人睡在同一个房间,间或有些许性经验的探索。闲暇时间露丝学习会计记账的知识。她说服霍普金斯开办职业介绍所,专门培养女性使她们可以找到工作养活自己。露丝将一个打字员介绍到鲍勃的事务所工作,并趁鲍勃不在事务所的空档溜进去悄悄修改鲍勃的账单。与此同时，那个被派去的打字员诱惑鲍勃上床后被解雇抛弃，露丝怂恿她给鲍勃的情妇写信告知此事。这个事件再次影响了鲍勃和玛丽的感情，玛丽很伤心，却不得不原谅鲍勃，因为不原谅他，就会失去他。

露丝从鲍勃的存款账户中转了大约两百多万到他们的共同账户。她以鲍勃的名义将这两百万支票转到打字员在瑞士的账户上。露丝分别给打字员和瑞士银行的员工一些好处，之后打字员将钱取出还给露丝。鲍勃则在年度审账时被警察带走审问。为了让鲍勃在牢房里多待几年，露丝潜入法官家中做帮佣。为了让法官给鲍勃多判几年，露丝和法官上床并忍受着法官非人般的性虐待。露丝情愿鲍勃待在监狱中，因为只有在监狱里，鲍勃对她才是忠诚的。当露丝成功劝诱法官给鲍勃判了七年牢狱之灾后，她便离开法官家，开始了她的整容大计。她的整容计划不是变得漂亮，而是变成玛丽·费雪。为此，她减肥，隆高鼻子，抬高眼皮，整平下巴，植入牙齿，改小乳房，抽出脂肪，紧致臀部，缩紧阴道，缩短手臂，截短小腿……有时露丝会在半夜尖叫，所有的疼痛只能依靠吗啡来镇定。"任何达成目标的事都得付出代价，相应地，如果你准备付出代价，你就几乎可以达成任何目标"，露丝独自承受着这些苦痛，只是为了能夺回本属于她的鲍勃。

手术后的露丝不能动弹，她便学习拉丁文，上文学鉴赏课，开始写作。在这个过程中，玛丽郁郁寡欢地死去。修复好的露丝隆重地出席了玛丽的葬礼。葬礼上，她遇到了鲍勃，随后露丝花了大价钱将鲍勃保释出狱。七年的牢狱生活让鲍勃患上忧郁症，即使是这样，露丝还是选择回到鲍勃身边——带着玛丽·费雪的脸庞回到鲍勃身边。鲍勃重新爱上露丝，为她倒茶，帮她调酒，替她拿包。一个曾经被鲍勃抛弃、从头到脚都不要的肉体，现在却被渴求着。而露丝的每一步都像是踩在刀尖上，她感慨截短自己的腿是一个滑稽的转变，从滑稽到严肃。

2. 美国《消失的爱人》的"谋杀"复仇之路

（1）多重面具下的暗黑婚姻

艾米出生于纽约，是位才貌俱佳的知名作家，尼克同样是位作家，他虽来自密苏里州小城，但依旧自信满满、风度翩翩。他们相识于一场聚会，第一次相遇，艾米便被尼克深深吸引，在一场酒会上向她求婚，两人在夜晚的街头拥吻，爱情如约而至。尼克体贴浪漫，她欣然应允。婚后的两年，他们非常幸福，生活时刻充满惊喜。他们约定绝不像那些平凡的夫妻一样互相猜疑，彼此厌恶，相约无论在任何状况下都共同面对困境，互相扶持。

可惜好景不长，尼克失业了。艾米曾在日记里这样写道："想要测试你婚姻的薄弱点吗？过一段穷日子，丢掉两份工作，那惊人地有效"。很长一段时间，他无所事事，靠游戏打发时间，人也变得敏感多疑。尽管艾米时常鼓励他，他却不为所动，甚至将鼓励解读成不满。最糟糕的是，尼克的母亲突然间得了重病，尼克决定搬回家乡小镇生活，却没有和妻子商议。艾米尽管不悦，还是跟随丈夫搬到了小镇。在陌生小镇，她没有朋友，又被丈夫冷落，顿时觉得生活暗淡无光。尼克母亲病逝后，他们的关系并没有得到改善，经济上也变得拮据。为了让丈夫重整旗鼓，艾米用所有积蓄为尼克开了间酒吧。殊不知，正是两人之间经济实力的悬殊，让尼克在家庭财政大权的问题上失去话语权。处在人生低谷的尼克虽然开起了酒吧，但经济压力反而变得更大，他意志消沉，放弃努力，没有选择和艾米携手共渡难关。

另一方面，艾米和尼克婚前都曾尽力为爱隐藏真实的自我性格。尼克喜欢酷女孩，艾米便将自己扮成酷女孩的模样；尼克喜欢乖巧的妻子，艾米便夫唱妇随地跟着尼克回到密苏里州，即使她心里一百个不乐意。同时，尼克为了让这迷人的女人爱上自己，他也尽力地将自己伪装得更好。他原本是个怀抱平凡梦想的普通男人，却伪装成野心勃勃、有思想、有深度的成熟男人，他还承诺会在婚后尽快变成艾米梦想中的伴侣。他们假装成另一种人，假装是快乐的夫妇。当激情褪去，婚后平淡的生活也渐渐褪去了他们的面具，曾经的爱和温情被抽离，只剩下冷漠与疏离。

最终让艾米生起报复之心的是：她亲眼看到尼克用第一次亲吻自己的方式亲吻了另一个年轻的女孩。在艾米看来，她曾经拥有的美貌与才华，她曾与尼克共患难的时光，到头来败给了年轻的身体。那个相似的吻否定了她曾付出的一切，也否定了他们共同经历的一切。她知道丈夫不再爱她，却不会主动离开她，因为他要依赖她生活。于是她决心报复。她只等一切就绪，便以自杀了结自己，然后令丈夫受到惩罚。

(2) "谋杀"复仇之路

艾米的"复仇"计谋首先从伪装失踪开始。在第五年结婚纪念日的上午，对"寻宝游戏"兴趣索然的尼克回到家，发现茶几的玻璃碎了一地，妻子却不见踪影。接到报警赶来的警察对现场查探之后对尼克产生怀疑。

艾米留下来的寻宝线索，第一条指向尼克的办公室，就是在这里尼克和他的女学生勾搭在一起。在尼克办公室找到的第二条线索指向一个棕色小木屋。那是尼克父亲的房子，但尼克故意隐瞒了真相，自己一个人偷偷前往小木屋，在小木屋里，尼克找到第三条线索，这时，尼克发现警探居然跟踪他来到了小木屋门口。警探在小木屋里找到了艾米伪造的日记。日记记录了艾米和尼克相识、相知、相爱的全过程，记录了婚前的甜蜜与婚后的冷淡，记录了一个漂亮女孩沦为绝望主妇的过程。仿佛一切已成定论：变心的丈夫、绝望的主妇、蓄谋已久的谋杀，一切都能从艾米的日记中找到答案。尼克则顺着第三条线索来到了妹妹曼戈的小仓库内。在小仓库里他发现了一堆昂贵的物品——全是他"挥霍"的证据。正中间的礼物是一对木偶，他猜出那寓意着谋杀与惩罚。

就在人们为艾米的生死担忧时，其实她已经悄悄离开了小镇。她制造了成堆的假象：用信用卡消费，让人们觉得丈夫挥霍无度；提高保险的额度，让人们认为丈夫要杀害妻子谋取不义之财；跟陌生的、不讨人喜欢的邻居成为好朋友，故意向邻居刻画丈夫的歹毒心肠；提前制造假怀孕的现象以博取更多同情。她在日记里记录婚姻前期真实幸福的生活，然后伪造丈夫要杀害她的假象，最后她精心布置绑架案发现场——将茶几推翻，制造打斗痕迹，将自己的血抽出来抹在地板上，仔细擦干净却留下些许蛛丝马迹，将凶器藏在容易找到的地方，让人们以为她已遇害。

与此同时，艾米还巧妙地利用了围观者的猎奇、无聊的心理，借助舆论审判将尼克玩转于股掌之上。当尼克意识到这是艾米的阴谋时，他也利用媒体扮演了一个因痛失爱而悔恨不已的丈夫形象。他对着镜头向妻子申请告白，希望她回来，并请了著名律师准备着随时为自己辩白。

而艾米在外因被抢劫，不得不求助于前男友德西。在德西面前，艾米扮演了一个遭受丈夫虐待的妻子角色。德西相信了艾米的谎言，并答应帮助她，把她带到湖边的别墅居住。德西细心地为艾米安排着一切，特地买来化妆品和得体的衣服，期望艾米早日恢复昔日的光彩。德西虽然对艾米关爱有加，但却间接地操控着她的生活，这让艾米感觉有些窒息。于是，她又开始策划另一场阴谋。早饭后，等德西出门，艾米在监控拍不到的地方制造自己受虐待的假象，然后在监控器前装作被迫害而大声呼救。夜晚等德西回来，艾米在监控拍不到的地方引诱德西，就在他们亲热时，艾米用早已藏好的美工刀残忍地杀害了德西。第二天一大早，当尼克醒来，看到艾米浑身鲜血地从车里走出来。夫妻相见，艾米在一群记者面前倒在丈夫怀里。艾米编造了德西将他从家中绑架并施虐的故事，称自己饱受折磨后奋起反抗，杀死了罪犯。当警探问到细节处，艾米不予回复，却反过来指责警方的失误让她和丈夫饱受折磨。为了避责，警方匆匆结案，杀人凶手艾米则一跃成为从恶魔手中逃脱的"英雄"。

（三）暗黑婚姻中的努力及结局之比较

1. 从暗黑婚姻到"皆大欢喜"

(1)《查泰莱夫人的情人》中成功私奔的康妮与梅勒斯

当康妮意识到自己所处的困境时，她决定为自身的存在去奋斗。可是这时的康妮是矛盾的。她虽然从内心十分厌恶当前的生活，但她并不能就这样抛弃丈夫离开拉格比。于是她就尽可能地逃到森林中去，试图在自然中舒缓发达的工业给人带来的窒息感。幸运的是，她在这里遇到了梅勒斯——克利福特的守林人。梅勒斯身份低微，在老家娶过妻子，但俩人完全无法生活在一起，为此梅勒斯在1915年从了军，正是因为前一段痛苦的婚姻，梅勒斯曾暗下决心再也不和任何女人发生联系。康妮被梅勒斯自然的生活所吸引，但她背负着文明的道义，每次都是偷偷地来到林园中，又匆匆离去，与梅勒斯结合时，脑海中查泰莱的影子时隐时现。交往之初，康妮怀疑梅勒斯对她的爱，有时故意连续好几天不来树林找梅勒斯以压抑内心的欲望。当得知梅勒斯陷入与前妻的婚姻官司中时，康妮对梅勒斯的爱产生了动摇："还是脱离他吧，……他也许真是个庸俗下贱的人呢"。梅勒斯也曾躲避着康妮，因为他想保持独处的生活，当他发现康妮同样被无爱的婚姻折磨时，梅勒斯才决定再次接近她，并不惜一切代价与前妻办理离婚。这是康妮第一次试图寻找爱，她在暗黑婚姻之外找到了归属感。

所以当康妮怀了梅勒斯的孩子后，康妮思考良久决定将一切坦白，争取能顺利与克利福特离婚。当尊为贵族的克利福特获悉妻子居然是和他的守林人发生关系而怀孕时，他气愤不已："像他那样的人，居然也配降生到人间"，然而他表示可以让康妮把孩子生下来，她也可以从别的男人那里获取他不能提供的情与爱，但这个人绝对不可以是卑微的守林人，同时他们必须保持名义上的夫妻关系。毕竟作为贵族，克利福特丢不起这个人。康妮对克利福特的妥协感到惊讶，她没有想到丈夫居然可以容许自己的出轨，但她的身心都已寄托在梅勒斯那里，她无法再和克利福特继续这无意义的暗黑婚姻，于是她决定和梅勒斯离开格拉比，去其他的山庄。这是康妮第二次试图挣脱那段暗黑婚姻。

至此，我们看到，康妮，一个出身显赫的贵妇人，她抛弃了贵为男爵的丈夫——一个被战争剥夺了男性权利的"轮椅战士"，一个兼善文墨的煤炭主人，转而投身于一无所有的守林人。康妮决意弃家逃离，和情人栖身于别的山庄，从此厮守终身。康妮其实是在勇敢地向不公的命运挑战，争取自己的权益。这样一位勇敢的女性是幸运的，她从梅勒斯那里得到了爱与活力。她并不认为舍弃贵族夫人的生活是一种无私的奉献，只是因为爱，康妮愿意重新选择自己的生活。梅勒斯喜爱、尊重的是作为女性的康妮，而不是她头上男爵夫人的光环。梅勒斯喜爱的也不仅仅是年轻、貌美时的康妮，他更愿意和一个完整的女性共度余生。而其他男人只是渴慕康妮尊贵的身份却蔑视她的性别。康妮和梅勒斯因性得爱，彼此尊重、爱慕，他们不是贪一时之欢，而是决心结为终身伴侣，他们勾画了美好的两性平等关系。

（2）《红字》中海丝特追求的升华

为了摆脱和奇林沃斯的暗黑婚姻，海丝特爱上了自己的牧师丁姆斯戴尔，并为他生下一个可爱的孩子。在清教统治的社会，海丝特被判有罪，她为了保护牧师，自己一个人走上受刑台，没有将与牧师的关系公之于众，而是独自承担七年牢狱之灾。海丝特的丈夫用尽办法查出她通奸的对象，并对其进行精神恐吓，牧师被折磨得处于精神崩溃边缘，此时海丝特决定挺身而出找前夫理论，并对其进行了愤怒的指责和无情的揭露。这是海丝特第一次为爱做出的努力。

出狱之后，她回到之前受刑的小镇生活，胸前还佩戴着红字。这时海丝特仍然没有放弃追求爱情。她鼓励牧师和她一起去其他地方生活——"将残骸与废墟留在故事发生的地方，别再去管它！一切重新开始！一次尝试的失败难道就使你丧失了一切的可能性？绝非如此，你的将来依然充满着尝试和成功。还有幸福可以享受！还有好些事情需要你去做！……站起来，离开这里！"牧师被海丝特炽热的感情打动，终于决定要与海丝特共赴他乡。这是海丝特为了幸福生活做出的第二次努力。

海丝特和牧师似乎分享着同样的爱，但两人对这份爱的体验完全不同，对这段爱情的理解也迥然相异。海丝特作为勇敢追求爱情的女性，在和牧师产生爱情之后，她开始依赖牧师，渴望与之建立稳定的关系，而牧师希望尽力隐藏这段关系，甚至希望这段关系突然消亡。所以，最后海丝特被抛弃的结局是显而易见的。丁姆斯戴尔在出逃的路上终于不堪病重而死去，他的死预告了海丝特精神支柱的坍塌。更值得同情的是，当海丝特急切地询问他们在死后的人生是否可相聚时，牧师做了否定的回答。连同生命的消失，海丝特甚至也失去了对爱情的幻想。经历重重磨难，海丝特付出了她最美好的青春也未能换取她想要的那份爱情。从爱情的视角来看，海丝特是一个失败者，她将爱的希望寄托在他人身上，企图依靠他人赋予生命更多的意义，这种依赖必定带来全盘皆输的后果。

然而，海丝特作为一个受到宗教迫害的女性，她在这段时期一直思考着女性生存的价值和悲剧的根源。牧师死去后，海丝特一度心如死灰，但她对彼时的社会问题有了更深刻的认识——"首先是整个社会制度必须推翻，必须重建！其次男人的本性必须从根本上得到改变！最后是女子自身的变革！"在此基础上，海丝特把个人对爱情的追求上升到对人类的博爱上，表现出超越时代的成熟女性的自我意识。从这方面来说，海丝特摆脱了清教的束缚，实现了个人追求的升华。

（3）小结

两位女主人公都爱上了丈夫之外的男人，并试图和相爱的男人私奔。康妮和丈夫摊牌，期望能光明正大地结束那段暗黑婚姻，然后再开始新的生活。而克利福特居然允许他们私交，也同意康妮生下孩子。康妮对此十分惊愕，她看到了扭曲的克利福特，她不想再留在格拉比庄园和变态的丈夫生活，于是就决定和梅勒思私奔。海斯特则是在丈夫缺席的情况下爱上了自己的牧师，并与之发生性关系并产下一女。之后，在清教教规的审判下，海斯特被判监禁七年，这是海斯特为结束暗黑婚姻付出的代价。与此同时，海斯特在狱中和丈夫坦白，指责丈夫对牧师的恐吓。出狱后海斯特回到原来的村镇生活并鼓励牧师与她一道离开。

值得注意的是，在追求爱情的过程中，女性都表现出强于男性的勇敢与果断。海丝特鼓励牧师私奔，独自受刑，牧师死后依然回到小镇坚强地生活。与牧师的懦弱相比，梅勒斯要更具男子汉气概。因为梅勒斯是自然的象征，他有强壮的身躯和坚强的意志，所以当康妮怀了他的孩子之后，梅勒斯毫不犹豫地决定要和康妮私奔。但在第一次和康妮发生性关系后，康妮问道，"你自己害怕吗？"梅勒斯的回答是："呵！我害怕。我害怕要出事情。"面对同样的问题，康妮回答道："我不害怕，因为我已没有什么东西可以失去了"。

也许对于女性，被爱温暖是最幸福的事情。

也就是说，两位女主人公通过一系列的抗争，她们最终都摆脱了暗黑婚姻的束缚，争取到了自己应得的那份爱。康妮稍显幸运，与梅勒思成功出逃并建立起和谐、平等的两性关系。海斯特未能与牧师相伴一生，但通过追求真爱，海斯特获得了人们的敬仰，鲜红的"A"字从最初的侮辱性寓意转变为积极的象征，也算是一种圆满。

2. 挣扎之后依旧暗黑的婚姻

《绝望的主妇》的最后，露丝整容成玛丽·费雪的模样回到鲍勃身边。除了容貌的相似，露丝还试着写小说，并把文稿寄给玛丽·费雪的出版社，他们要买下它，但露丝不答应。露丝只是想确定自己也能写，"那毕竟不是什么难事，而玛丽也没什么了不起"。露丝还买下了玛丽曾经居住的高塔，重新雇佣了贾西亚，并学着玛丽的样子，在鲍勃面前和贾西亚调情。鲍勃视力模糊，仿佛一个老人，他大可想办法做美容手术再度变年轻，但这需要向露丝要钱。从金钱到肉体再扩大至整个生活，鲍勃被露丝控制得失去了所有尊严。这就是露丝的目的，她要鲍勃承受比她当年更多的痛苦！"它从来不是性别问题，而是权力。我拥有一切，他什么也没有"。受苦那么多年，苦心的计划，不过是为了拥有一切、控制一切。徒有空壳的婚姻，即使操控了一切又有什么意义？正如露丝最开始的告白，她也是人，她想要被爱。可是现在，变成翻版玛丽·费雪的露丝，她得到的爱是真实的吗？成功报复丈夫之后，露丝也并没有变得快乐、幸福起来。她只是过着曾经玛丽的生活而已，仅此而已。

《消失的爱人》的最后，艾米回到了尼克身边。媒体大肆宣传艾米的事迹，夫妻俩成为名人，不停参加各类节目。早在探案过程中，尼克就清楚地知道了一切，但是却无法揭穿艾米。他们双双假装还爱着对方，还在一起做他们相爱时喜欢做的事情，几乎可以以假乱真，因为他们学得实在太像了。他们搬回一个卧室居住却没有男欢女爱，甚至难得触碰对方。尼克是个粗枝大叶的人，现在却要常常反省自己的言行举止确保自己没有得罪艾米，"我记下了她的日常作息和爱憎，以防她哪天心血来潮要考考我。我成了一个出色的丈夫，因为我怕她哪天会杀了我"，尼克永远不能安心沉入梦乡，当艾米出现在他身边时，他甚至无法闭上双眼，那种感觉就像和毒蜘蛛同床共枕。尼克准备写一本书，从他的角度讲述发生的事情，并将这本书取名为《疯子贱人》。原本不想再和艾米一起生活，但艾米告诉他，她怀孕了。因为极度的不信任，尼克硬是将艾米拽到诊所，亲眼看到鲜血从她的血管里被抽出，又待了两个小时等诊断结果。尼克不相信那是自己的孩子，艾米说："为了确保自己的安全，我总得想点办法。"而且要求尼克删掉那本书。尼克最后选择妥协。他删掉自己的书，小心翼翼地和艾米生活着。

当孩子即将出生时，尼克轻抚着艾米的头发，开口问还能为她做点什么，艾米说："天哪，尼克，你为什么对我这么好呢？"

他原本应该回答："这是你应得的，我爱你。"

结果他却说："因为我为你难过。"

"为什么？"

"因为每天早上你都必须醒来扮作你这副模样。"

到最后，他们仍然带着厚厚的面具，扮演着对方喜欢的模样，控制着彼此的生活。面对如此鸡肋的爱情和婚姻，艾米说，这就是婚姻。也许尼克已经看透了婚姻的本质，面对婚姻中的无奈与纠缠，尼克选择接受忍耐，不再试图逃离婚姻这座围城。

这两部小说，切实地描绘了婚姻中的暗黑和无奈。妻子因丈夫的出轨而选择报复。露丝蛰伏好多年实行自己的复仇计划，艾米也早早着手伪造各种物件去陷害丈夫。露丝是为了用自己的方式夺回属于自己的一切，而艾米最初真的是想自杀并嫁祸于丈夫。最后露丝以极端的方式将丈夫豢养在自己身边，艾米也回到了对自己极度恐惧的丈夫身边。这样的婚姻无所谓爱与温情，也许只有复仇后的快感，以及对婚姻操控的安全感。

3. 酿成悲剧的暗黑婚姻

对于游苔莎这种倾向于物质享受的人来说，当丈夫不能满足她的物质欲望时，她就会寻找下一个可以满足她欲望的目标。可以说，从始至终游苔莎的爱情、婚姻都具有极强的功利性。同时游苔莎的爱情观也非常与众不同：她追求热烈似火的爱情，却不管这份爱情能否天长地久；她不需要什么具体的爱人，却孜孜不倦地追求叫作爱情的抽象概念；而她所追求的爱情，只不过是她寻求刺激、排解寂寞、实现人生梦想的工具。这样，游苔莎就无法死心塌地和一个人长长久久地生活在一起。克林是受过先进道德熏陶的知识人，他这样评价妻子游苔莎："你心气太高了，游苔莎——不，确切地说不是心气高，是追求享受"。游苔莎为自己辩白："别误会我，克林，尽管我爱巴黎，但我爱的就是你这个人。对我来说，成为你的妻子并在巴黎生活不啻是生活在天堂，不过我宁肯跟你一起在这穷乡僻壤中生活，也不要不是你的妻子"。婚后，无论游苔莎怎么劝说克林，克林也不打算返回巴黎。游苔莎的期待落空，便开始和克林争吵。在家里无法得到慰藉的游苔莎参加乡村野餐会以排解内心苦闷，在野餐会上偶遇韦狄，不顾自己已婚的身份，与韦狄打得火热。在此之前，游苔莎因为韦狄一无所有曾把他抛弃过。此时，韦狄刚刚继承了一笔巨额财富，为了填补内心的空虚和实现逃离爱敦荒原的梦想，游苔莎与韦狄重修旧好，因为现在韦狄是唯一一个可以使她的梦想变成现实的"东西"。这与当初游苔莎和克林结婚的理由如出一辙。

无奈的是，克林是个有着坚定信念的人。他对家乡有着深沉的爱。不管怎样，他都不愿再回到令人忧伤的巴黎。他们夫妻二人谁都无法被说服，也都不肯妥协。这样不同的生活追求使得夫妻俩关系若即若离，也使得两人矛盾不断升级。直到游苔莎选择和韦狄私奔去巴黎，宣告了游苔莎和克林婚姻的破裂。途中，游苔莎和韦狄深陷泥沼中，双双遇难，游苔莎和克林曾貌合神离的暗黑婚姻最终以悲剧结尾。

爱波本身属于中产阶级，婚后的生活很安逸，她并没有对物质享受有更高的要求。只是当物质欲望得到满足之后，人们就会开始追求更高级的东西，比如精神世界的丰富。爱波就是这样的典型代表。她不满死气沉沉的生活，不满足每天困囿于家庭的穹庐之下，她加入话剧社，她将自己的视野放得长远，触及更深层次的领域。当弗兰克以工作升迁为借口拒绝她的提议之后，她没有像游苔莎那样寻求另一个可以达成目标的人。她首先是反思自己，然后反思这些年的婚姻，最后渐渐看清丈夫的懦弱与自私。她也渐渐发现自己其实和旁人无异，曾经的激情与梦想被平淡无奇的生活湮没，她在一成不变的生活中变得焦躁不安、失去耐心。爱波寄希望于弗兰克身上，却未曾想到弗兰克竟是他实现自己梦想的阻力。弗兰克对"巴黎梦"的抵抗，让爱波反思这些年的婚姻，回首往事，她突然意识到当初之所以草草答应弗兰克的求婚只是想要逃避糟糕的生活状况，她沉醉在与弗兰克的互相夸耀中，忘了审视这份爱情的真实性。弗兰克一味地否定妻子的"巴黎梦"，爱波因内心的苦闷和邻居发生了性关系。可是短暂的肉体狂欢之后是更巨大的空虚与无趣，意识到自己婚姻的虚伪和人生选择的错误后，爱波走上了觉醒与反抗之路。"如果一个人想要做一件真正忠于自己内心的事情，那么往往只能一个人独自去做"。所以她果断地采取措施和过去浑浑噩噩的生活决裂，清醒地去追求她渴望中的另一种生活。堕胎时，爱波因大出血而死。她的死为这段暗黑的婚姻划上了一个悲剧的句号。

可是，"巴黎梦"真的可以实现爱波描述的理想状态吗？20世纪50年代的美国缺少生机与活力，邻里之间关系冷漠，生活枯燥无趣。谁又能保证爱波在法国巴黎就可以活得有滋有味？巴黎对于爱波来说是一个美好的梦想，那是她逃离现实生活最便捷的途径。同时，"巴黎梦"也是爱波婚姻噩梦的开始。这是婚后两人产生最大分歧的源头，以致最后达到无法调和的地步。一度，弗兰克被爱波描绘的全新生活打动，但在紧要关头弗兰克得到升职的机会，便以此为理由拒绝，这让满怀希望的爱波彻底失望。

"巴黎梦"对两位女主人公来说都是摆脱现有生活的一种方式。游苔莎的"巴黎梦"只是物质生活的追求，爱波则对在巴黎生活有着更长远的规划。同样的，她们的丈夫却因为不同的原因拒绝"巴黎梦"的诱惑。克林曾是巴黎的珠宝商，他厌倦了巴黎的生活，回到爱敦荒原，致力于家乡的教育事业。弗兰克则是缺少改变的勇气，对迁往巴黎强烈恐惧。而妻子们都无法施展魅力说服丈夫听从自己的意见。这时，诉求不同的夫妻就开始产生矛盾，他们为鸡毛蒜皮的小事争吵，和其他异性发生肉体关系以排解忧闷情绪，感情在日复一日的吵闹中越来越淡。外人看来美满的婚姻因此布上点点斑痕，呈现出暗黑色彩。最后，因为双方的不妥协，妻子们踏上死亡之路，暗黑的婚姻因此成为悲剧婚姻。

相比游苔莎的悲剧婚姻而言，爱波的悲剧婚姻具有更深层次的意义。爱波更像是名孤独的战士，她的"巴黎梦"——对精神世界的追求，从来没有得到过他人的支持，即使是家人，也在质疑、指责她的选择，甚至爱波的死，后来在革命山庄也只是成为邻居之间津津乐道的反面典型。从作者的创作意图可以看出，哈代对游苔莎持批判态度，其实这也是对当时社会风气的批判，耶茨则是赞扬爱波，用这样一位大无畏的女性形象反衬50年代美国了无生机的社会现实。游苔莎和爱波都是时代下的悲剧。

三、暗黑婚姻中的女性主义色彩

（一）暗黑婚姻中的女性

1. 女英雄与反女英雄形象的塑造

说起英雄，我们首先会想到像奥德赛这样史诗般的英雄，他们智慧超群，体能过人，威武不屈，坚韧不拔。还有一种英雄，他们正直善良，淳朴真诚，能逢凶化吉，求得正果。然而在现当代西方文学中，主人公们或愤世嫉俗，特立独行；或标新立异，孤绝怪僻。他们是边缘人，是反英雄，是不合时宜的人，他们是逃离战场，不守"军规"的飞行员尤索林；是逃学游逛，不守校规的"麦田守望者"霍尔顿；是独守一隅，甚至给死人写信的大学教授赫佐格。

相对于往常文学作品中塑造的男性英雄和男性反英雄形象，本节试图从女性视角去分析涉及的文学作品中的女英雄与反女英雄。

首先，女英雄和男英雄一样，她们坚韧不拔，执着于信念，为了理想甚至可以牺牲自己的生命。康妮出身贵族，受过良好教育，面容极好，性格温顺，听从家庭的安排嫁给身体残疾的克利福特，起初康妮并不嫌弃克利福特，还爱过这个煤矿主，协助他写作。这完全是一个受广大男性喜欢的女性形象。但作者并没有迎合男性的喜好，就此塑造温顺听话的康妮，而是逆向而行，一步一步让康妮走向反抗之路。她先是不满残缺的夫妻生活，又被格拉比庄园阴郁的气氛影响，第一次反抗——走向大树林，向沉闷的工业文明宣战。她遇到大自然的化身——梅勒斯，并被他深深吸引，灵与肉都渴望着新生。她和梅勒斯的结合是第二次的反抗——反抗被压抑的欲望，尽情释放人的本性。康妮怀了梅勒斯的孩子后，勇敢地向丈夫坦白一切，期望能得到丈夫的许可，并与之离婚。身体和精神都被严重扭曲的克利福特控制，不允许她和梅勒斯结合，却说自己可以让她把这个孩子生下来，并帮助康妮一起抚养，被克利福特的想法吓到的康妮进行了第三次反抗——和梅勒斯私奔到别处的庄园，逃离畸形的格拉比和克利福特。我们无法预料之后康妮和梅勒斯的生活，但我们完全有理由相信，互相尊重、互相爱慕的两个人一定可以携手面对生活的风风雨雨。康妮是追求自然、追求爱、渴望解放天性的英雄。她为了人与人之间的真情，甘愿放弃富足的生活。也正是康妮一次又一次的反抗，让我们看到工业化大背景之下一个完整女性的生命。

《红字》中的海丝特同样是位女英雄。她在清教统治下的社会被判有罪，但小说中从未出现过海丝特亲口承认自己有错的情节。在海丝特看来，她一没有背叛丈夫，二没有背叛社会的道德教义。海丝特年轻貌美，却嫁给一个佝偻着的无趣的老学究，他们常年分隔两地，夫妻关系名存实亡，她在两人的关系中从未感受到过一丝丝的爱情。本来就无爱无性的两人，背叛从何谈起？那些清规教义在海丝特看来是极不正确的，更是违反人性的，她从来没有相信过这些荒唐的教义，因此也谈不上背叛社会道德教义。可以说，海丝特是有独特信念的女性。在别人看来，她和牧师犯了通奸罪，她自己却认为那是真正的爱情。即使是尝受了七年的牢狱之苦，她依旧听从自己的内心，回到曾经被爱、被惩罚的地方重新生活。她坚信自己对爱的追求没有错，她坚信未来会建立起一个新世界，她坚信在新的世界里她追求的爱情会被人们接受。尽管当时的社会对她指指点点，海丝特却坚定地朝着自己认定的方向前行，尽管她对自己的遭遇沉默不语，却成为爱的先行者，塑造了令人难忘的女英雄形象。

与海丝特相似，爱波是一个孤独的女英雄。20世纪50年代的美国价值观保守，逐步丧失了活力。在安逸的物质包裹下，人们丢掉了精神信仰，乏于探索多元化的发展，生活单调枯燥，整个社会的物质与精神食粮逐渐失去平衡。爱波却是那样一个追求精神生活的女性。迁往巴黎之后，她设想着自己可以凭着打字和速写的技能赚钱养家，如果赚的钱足够多，还可以请钟点工在她上班时照顾孩子，这样爱波和弗兰克都可以从索然无味的家庭劳动中解脱出来，去看书、去学习、去散步、去思考……在全新的生活中，爱波可以自食其力地分担家庭责任，也可以以此摆脱作为家庭主妇的空虚和苦闷，改变依赖丈夫和顺从命运的现实，从而寻找到自身的价值，寻找到自我认同的定位。所以丈夫否定巴黎计划的举动，相当于是否定了爱波的价值，也阻止了爱波寻求自我价值的脚步，爱波只好选择尽早结束这段无望的暗黑婚姻，清醒地去追求她渴望中的另一种生活。堕胎时，爱波因大出血而死。她的死宣告了她追求自我肯定的破灭，也宣告了向往自由主义的进取精神在50年代美的国里消耗殆尽。爱波巴黎之行的计划，堕胎计划，不被周遭的人理解，但她依旧为探寻真正意义上的精神追求和理想生活孤独奋斗着，直至牺牲掉自己的性命。

其次，反英雄的概念相对来说比较现代，尤其是反女英雄的概念。这些反女英雄不迎合男性的喜好，听从自己内心，遵照自己的意念生活，并有能力颠覆男性的话语权。

《绝望的主妇》中，露丝便是一个典型的反女英雄形象。如前文描述的那样，露丝身高约1.88米，高于普通男性，皮肤黝黑，下巴突出，眼窝深陷却有一个鹰钩鼻，肩膀宽大却瘦削，臀部肥大多肉……之前她被丈夫深深地厌恶，在徒有其表的婚姻中处于被支配地位。但当露丝实行了整形复仇计划之后，她便彻底打破了"男尊女卑"的价值观——她变得漂亮，除掉情敌，手握巨额财富，夺回了已失去尊严的丈夫。小说中鲍勃曾让露丝阅读"好妻子祷文"："为了息事宁人，我不快乐的时候也必须要假装快乐；为了息事宁人，我不可以为我的态度提出辩解；……为了维系婚姻，我必须对他的所作所为予以道义上的支持，不论这些行为是否失德。我必须在一切事项上假装他最重要……"这个祷文充分地体现了男人想要控制女人的强烈欲望。小说的最后，露丝主动地掌握了自己的生活，像恶魔一样将鲍勃控制在自己身边，然而，我们不禁发问，统治了男性之后，露丝就享受到女性统治的快乐了吗？露丝从一个弱者变为生活强有力的舵手，她对自己身体的改造这种暴力行为令人惊愕，这种建立在暴力上的女性主义事实上已走到了人性的对立面，这样的自我实现可以说毫无价值，露丝成了一个彻底的反女英雄。

相比较来说，艾米这个反女英雄虽然没那么暴力，却足够血腥残忍。艾米智慧超群，心思缜密，从小就有许多鬼主意。上学期间陷害女同学跟踪自己，大学时诬陷恋爱对象，害他险些进牢房。畅销童话《神奇的艾米》以艾米为原型，将现实中不完美的艾米完美化。在现实中，每当艾米搞砸一件事情，书中的艾米就会成功搞定这件事。于是艾米竭尽所能活成虚拟童话里的偶像。也就是说，从艾米降生下来，她就有多重面具。但她选择扮演成乖巧的样子，看上去精致、柔弱、美丽，实际上有操控一切的欲望。当人生出现意外波折时，她便用聪明的头脑让生活按照她的意愿发展，就如她一手设计的陷阱。她伪造出成堆的假象，误导警方怀疑丈夫尼克。可惜尼克足够了解艾米，识破了艾米的诡计。不聪明的前男友德西便没那么幸运，他以为可以牢牢控制艾米，却不料自己不明不白丢掉性命，还被扣上"绑架犯"的罪名，反倒是杀掉德西的艾米被塑造成从恶魔手中逃脱的"英雄"，讽刺意味十足。艾米才貌双全、多才多艺、聪明机智，但她被"神奇的艾米"绑架，成为一个让人心生畏惧的可怕的反女英雄。

2. 当代女性的"花木兰式"困境

婚姻对于女性的意义往往要比男性丰富得多。纵观人类婚姻历史，女性一直处于婚姻中的弱势地位。女性因为自身的身体特征，无法像男性一样独自谋生，她们要么靠出卖肉体获得生存，要么通过婚姻改善经济状况。这种情形下，女性就不得不对男性产生极大的依赖，女性的幸福与否也完全取决于男性。随着科技的进步，女性渐渐从烦琐的家庭琐事中解脱出来，可以参加一定的社会劳动。而且男人养家式的婚姻模式在现代社会呈现式微的趋势，男性一人的劳动收入远远不够养活一家老小。沉重的家庭压力迫使女性走出家庭，进入社会劳作。与其说，现代女性是自主走向经济独立，毋宁说，她们是被迫选择自强不息。

事实上，无论社会怎样进步发展，传统观念中女性在婚姻中就是要操持家务，照顾好每一个家庭成员，她要有爱家、顾家的美德，另一方面，现代女性越来越清晰地认识到自己的"他者"地位，都在竭尽所能通过自身的努力掌控自己的命运。为了尽可能在经济上与男性达到平衡状态，女性不得不在工作中像个男人一样去战斗，但传统视角下女性又不得不花费比男人更多的时间和精力去操心家庭事务，这就是现代女性的"花木兰式"困境——需面对工作和家庭的双重压力。但是，值得注意的是，女权运动、女性主义并不是为了消灭男性，这不是一场权力的争夺与更替。倘若女人代替男人统治世界，那充其量不过是男权世界的翻版。因为，女性不可能消灭掉所有的男性，男女对峙的关系是两性关系的常态。所以，如果女权运动专注于颠覆男性霸权、打倒男性，那只能让女性解放走向自我限制。更不可取的是，对待暗黑，女性一味选择偏激的方式解决。当今社会，男性的处境并不比女性好多少。为了建立两性最终的互惠关系，当代女性不应只关注自身，而是应该以公平公正的态度看待问题，以理性的思维解决问题。当女性以匪夷所思的手段报复丈夫时，也就意味着女性的复仇之路走向了偏激，偏离了自我解放的真正出路。

（二）现代人婚姻生活的困境

现代人的婚姻困境不是一个孤立现象，而是现代化进程中整体性精神危机的一个表征，是精神平庸化在两性关系上的表现。

1."无爱"的婚姻

爱情这个东西是"非日常性"的，它需要艺术的、神秘的感觉去支撑，更准确地说，爱情本身就具有"神性"。男女双方被对方神秘的形象所吸引，在种种神秘感的引诱下，人们产生了想要深入了解对方的意愿，直至最后两人完全消除之前的神秘感，不分彼此。这就是爱情之所以将恋爱双方陷入虚无缥缈之中的原因。相对于神秘而激情的恋爱，婚姻真的是太过平淡了。人们总以为婚姻是实现水乳交融、不分彼此的最佳选择，殊不知当爱情的神秘色彩消失之后，即当"神性"消失以后剩下的就只有人性了。人性所带来的必然是生活的琐事。婚姻是一种社会组织，它强调的现实条件比想象中的要多得多，这种现实性会冲破爱情的梦幻感。或者说，从决定结婚的那一刻起，炽热的爱情就开始慢慢褪色了，因为快速而复杂的婚姻生活不会留给浪漫爱情太多时间，只要婚姻存续一天，就不能阻止爱情的"日常化"。所以，将爱情这一非理性因素加入需要长治久安的婚姻中，只会使得婚姻更加容易产生裂痕。

其次，无爱，还包括夫妻之间逐渐消失的性爱。想要建立长久的男女关系，不仅需要精神上的恋爱，还需要在肉体上发生长久的联系。精神之爱会促使男女发生肉体关系，肉体关系又会反过来促进彼此的精神交流。我们不得不承认，肉体与精神是婚姻中不可或缺的元素。烦琐平淡的婚姻生活固然会消磨掉夫妻之间的爱情，但双方如果能够保持长期的、愉悦的性爱关系，夫妻关系还是极有可能长存下去的。一旦夫妻双方失去了身体上的联系，婚姻也就名存实亡了。《查泰莱夫人的情人》中，康妮虽然在最开始时爱着克利福特，但长期以来康妮的身体得不到满足，这导致她从肉体上出轨梅勒斯。与梅勒斯有了身体的欢愉之后两人产生了感情。《消失的爱人》中，最终让艾米下定决心报复的事情就是她目睹了尼克和年轻女孩亲热。生活中，很多人不能很好地控制性需求，轻易就在外面寻求生理上的刺激。这对老实本分的另一半是不公平的，不公平，就必然导致婚姻的失衡。不自律的性，是出于兽性，是泄欲，是解决生理需求。自律的性才包含爱，才是真正的性爱。

现代社会，出轨的男性越来越多，他们让原本幸福的婚姻呈现暗黑的色彩。但我们不能就此忽略女性出轨的后果。康妮出轨之后，最终与梅勒斯私奔；艾玛接二连三出轨，包法利虽不在乎那次次的羞辱，但最终在出轨的路上断送了自己的性命。无论是男人还是女人，都会有空虚寂寞的时候，空虚无聊时总会做出一些荒唐之举。但人是高级动物，丝毫不控制欲望而任由其泛滥显然是不适宜的。

2. 温情的婚姻

探讨文学作品的现实价值，就是要看文学作品给人们提供了怎样的现实引导。

《查泰莱夫人的情人》引导女性要敢于反抗，释放天性，追求灵与肉的新生；《红字》引导女性要坚定信念，即便前面有严重的刑罚，也不要胆怯地放弃爱的信念；《还乡》引导女性树立正确的价值观，不要被欲望吞噬；《消失的爱人》和《绝望的主妇》则引导女性在婚姻中少一点计谋，多一些真诚，少一些控制，多一些自由。

爱是自私的，但不代表着你爱一个人就要占有她/他，控制她/他。当你真如露丝一样牢牢控制住了不爱你的丈夫，又有何意义？爱，需要能力。游苔莎虽然一直追求热烈的爱情，但其实她是爱无能——她无法从始至终只爱一个人。如何能够让你爱的人一直爱你，是一门艺术。每次结婚纪念日艾米都要设置寻宝游戏，她以为通过回忆往事的方式可增进二人感情，但其实尼克早已厌倦这种幼稚的游戏。婚姻中的感情更像是"亲情式的爱情"，它远比纯粹的爱情更深长，比普通的情感更浓厚。

婚姻生活需要温情——夫妻双方的互相体谅、理解、尊重、宽容，多一些真诚的沟通，少一些恶意的猜疑，这是婚姻的社会属性所决定的：太过激烈的情感会让婚姻不停摇动，太过理性的思维会使婚姻失去温度，只有温情——既有感情又有理性，才能让婚姻更长久、更美满。

第二节 美国黑人女性文学中的姐妹情谊探析

由于美国黑人独特的历史文化背景使得他们在美国社会的处境尴尬，而美国黑人妇女既是黑人又是女人的身份无疑使他们的生存处境雪上加霜，处于美国社会的边缘之边缘。处于边缘即虽是整体的一个部分，但却处于整体之外。在与种族歧视与性别歧视的共谋压迫做斗争中，黑人妇女经常从她们的女性姐妹那里获得帮助，因此姐妹情谊对黑人妇女而言变成一种特别重要的生存体验，不但成为黑人女性主义理论批评家积极构建的理论图景，对于从小深受这种群体文化熏染的黑人女性作家而言，姐妹情谊也成为她们在作品中孜孜不倦建构的主题，成为一种可证明的同一的文学传统。

一、姐妹情谊的自觉——以《他们眼望上苍》为例

佐拉·尼尔·赫斯顿是哈莱姆文艺复兴时期一颗耀眼的明珠，是美国黑人女性文学的先驱，代表作《他们眼望上苍》第一次以黑人女性为主人公，正是在表现女性对精神生活的独立追求。赫斯顿的这部作品开创了黑人女性文学的先河，是第一部黑人女性主义的文学作品。在这部小说中，赫斯顿探讨了黑人妇女追求自我争取解放的艰难历程，并且在作品中建构了珍妮与菲比的一段姐妹情谊，由于女性有她自身独特的生命体验，这些都是男性无法体会的，因此女性间相互倾诉和理解就成为作者建构女性情谊的一种表达方式。

（一）黑人妇女的生存困境

1. 种族压迫

小说的女主人公珍妮是个黑人妇女的私生女，她从小跟随在白人家当女仆的外祖母，在白人家庭里生活。珍妮的外祖母南妮出生在奴隶制度下的美国社会，她经历了奴隶制的残酷折磨，在她17岁的时候，南妮就被白人奴隶主强暴，之后怀孕生下女儿利菲，南妮在生下女儿没多久，由于白人女主人的嫉妒，就遭到白人女主人的毒打与辱骂，白人女主人威胁她："不管怎样，那个臭东西一满月我就把它远远卖掉。"她为了不让白人女主人卖掉还嗷嗷待哺的利菲，无奈之下她冒着生命的危险带着刚出生没多久的孩子逃跑了，之后她为了让女儿利菲的人生大路上布满阳光，不再有和她一样的悲惨命运，她拼命干活甚至终身没有嫁人，因为她不愿意再让人有机会虐待她的孩子，南妮就这样含辛茹苦地把利菲抚养长大，而且让她接受教育，希望女儿可以改变自己的命运，不幸的是利菲步南妮后尘，也在17岁时被学校的白人老师强暴，精神受到极大刺激的利菲一蹶不振，从此借酒精麻醉自己，在生下珍妮后就消失不见了，生死不明。可以说珍妮是两次种族强暴的产物，从她一出生作为一个美国黑人女孩，她就成了种族压迫的间接受害者，在这个白人家庭里，她其实依然受到种族歧视，我们知道名字对一个人很重要，可是珍妮自述道："那时候他们都管我叫字母表，因为有那么多人给我取了不同的名字。"在沃什伯恩家里没有人尊重珍妮，他们想怎样称呼就怎样称呼她，在这个白人家人的眼里，她最多只是以字母表代称的一个消遣之物，由此可见这一家人骨子里还是歧视这个黑人小女孩，种族歧视已经慢慢地在侵蚀小珍妮。

美国白人社会对黑人种族的歧视还体现在大洪水过后白人在处理黑人和白人尸体的不同解决方法上，首先他们把尸体按照肤色分类，然后把白人尸体装进做好的棺材里，而把

所有黑人的尸体先集中起来扔进挖好的坑里，然后给所有堆在一起的黑人尸体上面撒上石灰，之后再把所有尸体用土埋在一起。由此可见美国社会种族歧视之甚，即使死者也难免被歧视，种族社会的后果之一就是被压迫种族对主流社会文化范式的内化，黑人内部浅肤色与深肤色之间的歧视即是见证，珍妮在大沼泽地结识的特纳太太就是一个鲜活的佐证，特纳太太虽然是一个黑人妇女，可是因为她的肤色浅"谈到黑人时她总是一副嫌弃的态度"。

2. 性别压迫

长大后的珍妮肤色白皙，对生活充满了无限向往，和所有花季少女一样她也向往浪漫的爱情，16岁的时候她把自己想象成等待蜜蜂采蜜的盛开的梨花，对爱情的期待让她背着老祖母与一个叫约翰尼·泰勒的黑人青年偷偷交往，结果被南妮发现，珍妮无忧无虑的少女时代宣告结束。南妮决定在自己去世前要安排好珍妮的婚事，过去身为奴隶的南妮受够了歧视和压迫，为了不让自己的外孙女重蹈母辈覆辙，也为了让珍妮过上人上人的在物质上有保证的生活，她给16岁的珍妮安排了一桩婚事，让她嫁给一个拥有60英亩土地的年龄很大的老鳏夫洛根·基利克斯，在某种程度上说，珍妮的婚事也是黑人妇女在受到多重压迫下的产物。出于对理想爱情婚姻的追求，她自然是不愿意的，她认为洛根·基利克斯的形象渎了梨树，出于无奈，老祖母声泪俱下地告诉了外孙女她的身世，并且以她这样一个在社会最底层活了大半辈子的黑人妇女的切身感受对珍妮讲述黑人妇女的生存现状："亲爱的，就我所了解的来讲，白人主宰了一切。或许远在大洋里的某个地方是黑人掌权，但是，除了我们见到的情况之外，我们对此一无所知。因而白人把重负扔下，叫黑人男子把它拾起来。他把它拾起来了，因为他不得不这样做，不过他没有搬运它。他把它交给了他的女人。依我看，黑人妇女是世界的骡子。我一直在祈祷，希望你会不一样。"这段话是黑人妇女受性别、种族、阶级压迫的写照。正如贝索（Bethel）所言"外祖母南妮忠实地屈服于男权系统，又将其受伤的心理作为遗产传给珍妮，这充分显示出男权社会对黑人妇女的压迫具有可悲的连续性。"珍妮在外祖母的安排下很无奈地嫁给了这个拥有60英亩土地和一所大房子的富裕农民老男人洛根·基利克斯，南妮之所以选洛根是出于土地和房子的考虑而不是爱情。南妮认为这段婚姻可以让珍妮过上衣食无忧的生活，免于和她们一样的命运——成为世间的骡子，南妮想用婚姻来改变孙女的命运。而在洛根看来，珍妮和他的土地和房子一样，只是他的一笔财富，女人的作用其实就是和一头干活的骡子差不多，他找妻子的目的是帮他做饭收拾家务和干田地里的活："要是我能把劈柴运到院子里给你劈好，你也应该能把它们抱进厨房来。……我打算用两张犁，我要去找的这个人有一头训好的骡子，连女人都能使唤。"讲究实用的洛根没有给珍妮想要的爱情生活，反而让她劈柴、切土豆，甚至准备买骡子让她驾犁下地干活，除了让她干体力活外，洛根还试图压制她的声音，不愿意倾听珍妮的任何想法和感受，当不愿意帮洛根运粪的珍妮替自己辩解时，她的言语辩解惹怒了洛根："你今天早上少跟我顶嘴，珍妮，不然我要揍你一顿。我这是等于把你从白人的厨房里救了出来，让你体体面面地待在这儿，可是你却小看我！我要拿那把斧子进去劈了你！你最好还是住嘴！"可见，洛根不仅压制珍妮的声音，而且打算通过家暴让她变得顺从听话，这段枯燥的婚姻没有给珍妮带来任何幸福和欢乐。

当她遇见自信、精力充沛、野心勃勃的乔迪后，她便毫不犹豫地选择与乔迪离开这里，可以说与乔私奔是她与命运抗争，努力寻求自我的最好例证，她希望与乔迪开始一种全新的生活，这种生活又让她感到战栗和狂喜的爱，这种爱就是她16岁时在梨树下所感知的，然而她对婚姻和爱情的美好憧憬被再一次挫败。乔迪也是一个深受父权制毒害的黑人男人，在伊顿维尔镇定居后，他处处约束珍妮的行为举止，他要求珍妮把自己与小镇上其他女人从阶级地位上区分开来，让珍妮成为一个"系着铃的带队牛"，而让小镇的其他女人成为跟着珍妮的"牛群"，他给珍妮和其他黑人妇女都标上动物的形象，另外也让珍妮明白她与其他黑人妇女的阶级区分。实质上，珍妮被剥夺掉的是其他妇女的陪伴，是与那些跟她具有共同经历和问题的姐妹们的交往，她开始了一场孤独的斗争，反对斯塔克斯下的，也是男人给女人下的定义。作为男人，乔迪具有特别强烈的占有欲，为了不让镇上的其他男人和他一样欣赏、抚摸珍妮的一头秀发，乔迪不让珍妮在公众场合把头发露出来，而是让她把头发用头巾完全包起来，而且他在生活中处处剥夺珍妮的话语权，让珍妮变成一个沉默的客体，当小镇的人们邀请珍妮作为镇长夫人发表讲话时，乔迪却告诉所有人："感谢大家的夸奖，不过我的妻子不会演讲。她是个女人，她的位置在家庭里。"乔迪不让她跟镇上的人有语言上的任何沟通，当珍妮非常想参与小镇上的人对骡子的聊天时，乔迪不让她参加进去，并告诉她说："你是斯塔克斯市长太太……这帮人连睡觉的房子都不是自己的，我真不明白像你这样有能耐的女人为什么会拾他们的牙慧。"他以镇长夫人之名处处约束珍妮的言行举止，让珍妮觉得做镇长夫人是一种冰冷且恐惧的感觉，与其他黑人妇女划清界限更让她觉得孤独。后来她拼命和他顶嘴，不过这对她一点好处也没有，乔反而更嚣张了。他要她绝对顺从，而且要一直斗到他觉得她绝对顺从了为止。就这样她咬紧牙关逐渐学会了缄默。就这样乔迪使珍妮逐渐成为父权制下沉默的大多数（女性主义批评认为，在父权制社会里，男人主宰了一切，是社会的主体，妇女没有发言权，是沉默的客体），而且乔迪也会因为一些家庭琐事对珍妮实行家庭暴力，可以说珍妮与乔迪的婚姻让她再次走入父权制对妇女的束缚中，尽管他给予珍妮一种在物质上富裕的生活和在表面上作为镇长妻子的体面地位，可是珍妮只是乔迪用来点缀他生活的没有话语权的一个"带队牛"而已，家里家外都要对他言听计从，绝不能有自己的想法和主张，在作为一个顺从和失语的市长妻子二十多年后，在一天当乔迪当众羞辱她如此大年纪却连切块板烟这样的小事都做不来时，珍妮终于爆发了："哼！说我显老！你扯下裤子看看就知道到了更年期啦！"自从珍妮在公众场合顶乔迪的嘴让他颜面尽失，彻底否定了他的权威，颠覆了他的父权位置，给了他致命一击，他在精神上受此打击后不久就离开了人世，尽管镇上的人害怕乔迪甚至不喜欢乔迪，可是在这件事上，镇上几乎每个人都在指责珍妮的忘恩负义，可珍妮根本没打算伤害她的丈夫乔迪，她只是想保护她自己免于继续受侮辱，这种侮辱已持续了好多年，在那个男权至上的伊顿维尔镇，每个人都把珍妮20年如一日的对丈夫的顺从视为理所当然，一旦她想为她自己说话，这种威胁父权、威胁她丈夫至高无上地位的行为自然受到来自小镇各方铺天盖地的责备。事实上乔和洛根骨子里都是一样的人，有着相同的逻辑，只是他们控制、压迫珍妮的方式不同罢了。他对珍妮的控制表现为一种不同于洛根的方式，一种更高明的方式，那就是让她做一个完全没有话语权的"带队牛"。可见要化解男女两性的对立和冲突必须从话语层的沟通开始，没有男性的理解女性的解放就很难。

  在乔迪死后的日子里，经常有很多求婚者围着珍妮向她求婚，所有条件不错的求婚都没有打动珍妮，出乎所有人的意料，珍妮爱上了一个绰号为"甜点心"的流浪的打工小伙子，他一无所有并且比珍妮小很多岁，虽然阶级地位和年龄都相差悬殊，但是珍妮还是决定跟他离开，因为珍妮觉得他让自己发现了一个全新的自我，最主要的是他们俩是一种平等的关系，对于珍妮而言，乔迪的大男子主义和男权至上的思想让她与乔迪的婚姻不是一段幸福的婚姻，可是甜点心对她的爱是建立在相互平等、彼此尊重的基础上，在某种程度上甜点心作为珍妮的第三任丈夫是被作为乔迪的对立面来描写的，这个从作者给他取的女性化的绰号就可看出。他蔑视乔迪从占统治地位的白人文化中引进的等级体系的价值观，他也拒绝执行乔迪内在化并强加于珍妮身上的对两性关系的解说，他教珍妮玩跳棋、学射击、学驾车等，甜点心摧毁了乔迪强加于女性的对两性关系的定义，他带着珍妮重返黑人集体的文化生活，并且与珍妮建立了一种基于平等而不是等级制的关系。不像乔迪经常用语言控制珍妮，约束珍妮的言行，甜点心鼓励珍妮大胆地说出她的真心感受。正如珍妮所说："他重新又教会我少女的语言了"。乔迪控制着珍妮的性征，强迫她在公众场合用头巾包裹她的头发，甜点心反其道而行之，在珍妮睡着的时候为她梳头发，并给她抓头皮屑，甜点心在这里不仅从事于传统的女性活动，而且沉溺在以她头发为代表的自由中，他是把珍妮完全作为一个女人来对待。珍妮与甜点心结婚后，甜点心带着珍妮去了大沼泽地，这是作者精心描画的一个不受外界变化影响的黑人的伊甸园，在这里，珍妮只是一个普通的女人而不是市长夫人，不是被大家敬而远之，而是被大家平等地接受，珍妮与甜点心一起工作，分享劳动的乐趣，甜点心也为珍妮分担家务活，在他们的门廊周围，每一个人都可以参与社区丰富的文化生活，包括珍妮，她不再是一个旁观者，而是他们中间一个积极的参与者，她甚至可以把自己编的故事讲给大家听，他们与其他工人和印第安人唱歌、跳舞，过着幸福的生活，这段以爱为基础的婚姻就是她16岁时在梨树下想象的婚姻。

  可是美好的日子总是短暂的，甜点心作为作者精心描绘的一个正面的黑人形象，最终也难逃父权制意识形态的毒害。影响甜点心的这个人就是特纳太太，她不喜欢本种族的黑人，她接近珍妮，喜欢跟她交往，只是因为珍妮肤色很浅，长得像个白人，她不解珍妮为什么要跟甜点心在一起，她极力想促成珍妮和她弟弟的姻缘，这件事被甜点心无意中听到后，他一气之下打了珍妮，作者在这里不是为了给我们描述一出家庭暴力，而关键在于甜点心打珍妮这件事背后的动机，甜点心打珍妮不是一种自发的感情表达，而是一种早有预谋的行为，在特纳太太返回沼泽地后就在策划。"我不是因为珍妮做了什么错事打她，我打她是为了让特纳家那些人知道知道谁是一家之主。……我就为让她明白是我控制一切"，可见，父权制严重扭曲黑人男性的精神世界，使得他们通过伤害黑人女性挽回他们的男性尊严。从这一刻起，甜点心的行为开始改变，他就不让珍妮和他一起下地干活了，他要她休息好。这一做法呼应了乔迪的行为，在压迫珍妮的同时把珍妮固定在市长夫人的座位上。最后甜点心在暴风雨中救落水的珍妮时被一只疯狗咬伤，感染了狂犬病，当他听说特纳太太的弟弟又回到沼泽地，病重的他认为珍妮会抛下他与特纳太太的弟弟走掉，在疑心的驱使下，再加上狂犬病让他神志不清，他才会用枪射杀珍妮。出于自我保护，珍妮在甜点心射杀她的同时也用步枪射向甜点心，结果甜点心被她打死了，从这一刻，她已经是个有自我保护能力的女人了，因为有医生作证，她被无罪释放。事后，她给了她，丈夫一个体面的葬礼，然后回到伊顿维尔镇。

（二）姐妹"自桥"的搭建

这部小说是以倒叙的方式由小说主人公珍妮讲述给她的好友费奥比的，作者为两颗孤独的心搭建了一座心灵沟通的桥梁，让她们之间的友谊随着心灵上的沟通不断深化，费奥比与珍妮不同，她是一个传统的黑人妇女，是孤独的珍妮在小镇上唯一可以倾心交谈的最好朋友。在乔迪让她作为沉默的"带队牛"的那段婚姻生活中，由于乔迪的限制，除了费奥比，她没有别的女性朋友。在她与乔关系僵化并当众让乔颜面尽失时，当小镇上所有人都指责她时，费奥比作为一个工人的妻子，她不顾阶级区分和别人的非议，跑去安慰珍妮，听珍妮诉说她所遭受的委屈，劝解她，听她倾诉内心的痛苦与悲伤。珍妮也把费奥比当作知心朋友向她倾诉自己的心声，乔迪死后，费奥比也一直陪伴着她。当她选择要和甜点心离开时，费奥比出于对好朋友的关心，第一时间来找珍妮，并且言辞恳切地劝她谨慎处理这件事情。当甜点心去世后，珍妮身着象征解放的工装裤，肩披长发回到伊顿维尔镇时，随之而来的是各种流言蜚语。她不为小镇的父权传统所接受，虽同是黑人，可是她的不幸遭遇没有得到人们的同情，街坊邻居反而对她的落魄归来做出各种恶意的猜想，认为她肯定被那个比她小很多的丈夫抛弃并被骗走财产，并且对她评头论足，指责她那身不得体的衣着。面对各种对珍妮不利的流言蜚语，又是费奥比勇敢地站出来替珍妮说话："你是说你气的是她没有停下来把自己的事都告诉我们。不管怎么说，你们究竟知道她干了什么坏事，要把她说得这样一无是处？就我所知，她做的最坏的事就是瞒了几岁年纪，这丝毫也没有损害别人，你们真让我起腻。照你们的说法，人家还以为这个城里的人在床上除了赞美上帝，别的什么事也不干呢。对不起，我得走了，因为我得给她送点晚饭去。"

说完费奥比就带上晚饭去拜访处于四面楚歌之中的珍妮，靠近她，接纳她，听她倾诉，赫斯顿为珍妮构建的这样一种孤立无援的社会环境使得费奥比成为她最佳的倾诉对象。正如珍妮所说："费奥比，我们已经是二十年的亲密朋友了，所以我指望着你的善意态度，我就是出于这点和你来谈的。"通过与费奥比的心灵沟通，珍妮释放了长期压抑在她心口的失去甜点心的沮丧和悲伤。

整部小说貌似是以珍妮的三段婚姻经历讲述一个黑人女性自我意识的觉醒，珍妮和费奥比之间友谊之桥的巧妙搭建表面看来只是为了完成这个故事，珍妮讲，费奥比听，故事就在这一讲一听中被展示。然而姐妹情谊有它自己的作用，在整个小说中，珍妮扮演的是以费奥比为代表的普通黑人妇女的精神启蒙者，珍妮不但让自己获得了解放，而且还成为以费奥比为代表的其他传统黑人妇女的榜样。在听完珍妮的故事后，两年多以前曾经极力主张珍妮嫁给那个受人尊敬的殡仪员的费奥比则羡慕地感叹道："天啊！光是听你说说我就长高了十英尺，珍妮，我不再对于自己感到满足了，以后我要让山姆去捕鱼时带上我，他们最好别在我面前批评你。"可见费奥比已经不满足于她的生活现状，她也想获得一种与黑人男性平等相处的关系，珍妮给予费奥比以精神养料，费奥比给予珍妮以物质食粮，她们彼此相互支持，正如胡克斯所说："当赫斯顿描写异性恋的浪漫爱情时，她认为女性不需要像性别规范提议的那样成为竞争对手，相反，她们可以共享权力，加强彼此的独立自主，珍妮提出她新发现的思想解放也对菲比的生活产生了变革性的影响。"珍妮的故事触发了隐藏在费奥比内在的解放精神，她与珍妮的姐妹情谊成为她这样一个传统的黑人妇女解放自我的外在动力源，美国黑人妇女处于美国这样一个种族社会，作为一个被压迫种族，难免不被主流文化范式影响，她们不仅受白人的种族主义压制，而且受本民族内部男同胞父权制的压制。珍妮的三段婚姻就是一个最好的例子，珍妮尚且如此，其他黑人妇女就不言而喻了，可以说这股内在被压抑的解放精神如同一座沉寂多年的火山，一直在等着一个诱发它爆发的导火索。珍妮的经历不仅让珍妮本人受益良多，而且成为其他黑人妇女的范例，同时珍妮劝告费奥比不要只是听，而且还要付诸行动："费奥比，你得亲历其境才能真正了解，爹妈和别的人谁也没法告诉你，指给你，有两件事是每个人必须亲身去做的，他们得亲身去到上帝面前，也得自己去发现如何生活。"珍妮的言外之意就是让费奥比投身黑人妇女的解放运动以改变自己的命运，同时珍妮告诉费奥比："可以把我的话告诉他们，这和我自己去说一样，因为我的舌头在我朋友的嘴里。"可见赫斯顿不只是单纯地在给我们讲一个身处于美国的黑人女性追寻自我的成长过程，珍妮的回归也许是为了暗示个体在追寻自我和完整的过程中，与群体之间那种复杂的、充满张力的相互依存关系。

她是想通过珍妮的经历提醒所有的黑人妇女要勇敢地站起来寻找真正的自我,但这种自我的追寻离不开群体,她希望通过珍妮引导像费奥比这样的,足不出户并且已经内化了主流社会附加给她们价值观的传统黑人妇女打开她们的视野去看,去勇敢地尝试改变,她希望身处美国主流社会边缘的黑人妇女可以沿着她以姐妹之爱搭建的心灵沟通之桥增进彼此对话,如同珍妮和费奥比那样,唤醒姐妹意识,改善自身的生存困境,从被忽略的边缘走向被关注的中心,这就是赫斯顿搭建这段姐妹情谊的终极目的,具有强烈的政治意识。她所搭建的姐妹情谊为当代美国黑人女性文学中姐妹情谊的建构奠定了基本的框架,艾丽斯·沃克沿着赫斯顿搭建的姐妹桥梁在自己的作品中继续探讨着姐妹情谊的建构。

二、女性同盟的形成——以《紫色》为例

与孤立的珍妮和菲比相比,艾丽斯·沃克在《紫色》里建构的姐妹情谊不再局限于两个女性之间,而是扩展到了一个女性群体,而且这些女性群体有更大、更自由的空间去感受和交流,而且姐妹情谊的类型更加多样,它是血亲之间的姐妹情谊,是沃克所说的对同性的爱(性爱或非性爱),还是超越种族的姐妹情。在《紫色》中,黑人妇女内部的姐妹情谊涉及更多的黑人女性,甚至辐射到白人女性和非洲的女性,是女性走出种族、性别樊篱的重要途径,她们之间的信任、互助和友爱超出了种种传统的障碍。

(一)黑人妇女的生存境遇

1. 在父权社会的遭遇

在《紫色》中,沃克认为父权制是妇女受压迫的原因之一,小说一开始就为我们描述了一个场景,茜莉的母亲由于身体不适无法满足她继父的性要求,在她母亲去看望她当医生的姐姐后,14岁的茜莉被他继父强暴并威胁她说:"除了上帝,你最好决不要对谁说,否则,你妈妈会给气死的。"这种来自茜莉继父的占统治地位的男性声音提醒茜莉,由男人制定的秩序不能被妇女反抗,于是她不得不保持沉默并接受来自继父暴行的折磨,可以说这种男性声音笼罩了茜莉的前半生。父权制掌握着教育建构而成的权利象征系统,由于命名大权操纵在男人手中,所以语言是男人制造的,它传达男权价值,在父权制社会中,语言本身就对妇女构成压迫,它一直使妇女处在沉默状态中,这即是所谓的"女性失语症"。茜莉成为一个失语的女孩,她不得不转向写信给上帝诉说她的困惑、羞耻以及强加于她身上的沉默。她的头几封信给我们揭示了那个除了上帝谁也不能告诉的秘密,即她继父对她的性侵害。茜莉在以后的日子里不断遭到继父对她的性暴力,之后她怀孕了,可是当她病重的母亲问她孩子是谁的时候,她只能说是上帝的,她不能告诉母亲实情,直到她母亲临死前依然没有停止指责、咒骂她。年幼的她在受到如此重创时得不到母亲的保护和帮助,母亲死后留下茜莉独自面对她的继父,如果说以前她继父在她母亲活着时还有所忌

惮，而现在则肆无忌惮了。茜莉前后怀了两次孕并且生了两个孩子，她的继父把两个孩子都送了人，而且没有告诉她两个孩子的下落，这种性暴力在茜莉年幼的头脑里留下了难以治愈的永久的伤痕，并且导致茜莉以后不能再生孩子。除了这种性暴力，茜莉还被迫做繁重的家务劳动，甚至当她还在怀孕时依然如故。除了忍受这些，茜莉总是会因为一些莫名其妙的理由而挨打，或者因为他继父认为她在教堂里与一个男孩眉来眼去，然而她也许只是用她的眼睛看别的什么，或者只是因为她穿得邋遢。几年以后当茜莉的继父方索厌倦她，并把兴趣转向她的妹妹聂蒂之后，就把茜莉许给了鳏夫 X 先生，X 先生决定娶她只是因为他急需一个做饭、干家务活，可以照顾他四个孩子的女人，而且可以得到作为茜莉的陪嫁的一头牛，茜莉就这样被当作一件物品从一个专横低劣的男人转交给另一个不爱她的男人。茜莉嫁给 X 先生后恪尽本分，扮演着黑人妇女作为"骡子"的角色和继母的角色，她在家里和田地里干活都很卖力，然而她并未得到她丈夫或孩子的爱和关心，她经常被 X 先生侮辱和虐待，当他儿子问他打茜莉的理由时，他只是告诉他因为茜莉是他的老婆。沃克在《寻找我们母亲的花园》中曾用这样一段话来描述美国南方黑人妇女的生存境遇："她们盲目地、跌跌撞撞地生活着：生命力被滥用，身体遭残损，痛苦使她们糊涂、迷乱。她们甚至认为自己不配怀有希望。在没有自我的抽象状态下，她们的身体变成了供男人使用的东西，她们变得不仅仅是'性交对象'，不仅仅是妇女，她们成了'圣徒'。她们没有成为完整的人的信念，因为她们的身体萎缩了，她们的心灵变成了适宜于崇拜的圣殿。"女主人公茜莉正是这些失去自我的女圣徒中的一员，即使这样，茜莉也从未想过去反抗。她让自己变得麻木，苟且偷生，她不但不反抗，而且内化了父权制的思想。当继子哈波来向她请教管妻子的方法，她就让哈波去打索菲娅，因为她在无意识中用父权制的标准衡量索菲娅，觉得她不符合父权制的标准："她的行为一点也不像我，她说话时，假如看到哈波和 X 先生进屋来，也照样说个不停。如果他们问她哪件东西在哪里，她就说不知道，继续说她的，一点儿也不管，……我想到 X 先生叫我时，我每次都急得跳起来，可她看起来很惊奇，而且好像同情我，揍她，我说。"父权制让茜莉逐渐变得麻木并失去自我意识。

沃克不仅描述了美国的父权制，而且通过聂蒂写给茜莉的信为我们揭示了非洲奥林卡部落的性别压制。非洲妇女的生活比美国黑人妇女的生活更糟，在奥林卡实行的是一夫多妻制，这些女人除了要服侍丈夫、带孩子，还要下田地里去劳动。丈夫对妻子有生杀权，这里的女孩没有受教育的权利，女孩不被允许去上学，只有男孩才可以上学，女孩在成年后还要接受纹脸仪式。当男女交谈时，女人不允许盯着男人的眼睛与男人面对面交谈，她们只能低下头。

  2. 在种族社会的遭遇

  种族主义是一个在美国社会长期以来从未得到很好解决的政治问题，也是在美国的黑人种族不得不面对的一个问题，除了黑人男人，黑人妇女也不能逃脱被白人压迫的困境。

在《紫色》中，黑人妇女遭受种族压迫的一个典型例子就是索菲娅——茜莉的儿媳，当索菲娅和拳击手以及孩子们在市里逛街时，恰好市长和市长夫人从他们身旁经过，市长夫人对索菲娅把孩子们照顾得那么整齐干净大加称赞，于是她要求索菲娅去她家做女佣。索菲娅因拒绝了市长夫人的要求挨了市长一个耳光，结果索菲娅也把市长打倒，接着索菲娅就遭到一群警察的毒打，最终她因此坐了牢。白人永远不希望从黑人的嘴里说出个不字，尤其是从黑人妇女的嘴里，她们被认为是下等的下等。在她与市长妻子顶嘴时，遭受市长和随之而来的六个警察的毒打，关进监狱后，她依然在监狱里受到非人的虐待。当茜莉去监狱中看她时，她很吃惊她被打成那样却依然活着："他们砸破她的脑袋。他们打断她的肋骨。他们把她的鼻子打得歪到了一边。他们弄瞎了她的一只眼睛，她从头到脚全身浮肿，她的舌头肿得像我的手掌，就像是一块橡胶从牙缝里伸出来，她不能说话，她浑身发紫，像茄子的颜色。"索菲娅不但没有得到来自法律的援助，市行政司法长官反而咒骂索菲娅是个疯女人，并说："要告诉她，她没死，算是幸运的"。为了维护他们自己的权利，法律体系变成白人压迫黑人的工具，在白人头脑里黑人不是和他们一样拥有正常感情的人。索菲娅最终为市长家无偿做了11年的女仆，可她在市长家的日子并不好过："他们把我关在屋子底下一间小储藏室里面，说不上比奥德沙的门廊大多少，不过，里面像冬天的房间里那么暖和。我整日整夜地听候他们使唤，他们不让我去看看我的孩子，他们不让我见任何男人，到了五年之后他们才准许我一年看你一次，我是个奴隶。"后来市长妻子为了表现她的宽宏大量，在索菲娅刚教会她开车不久就要开车带5年没回家的索菲娅回家看望孩子，可是因为市长妻子不会倒车，这种施舍的团聚只维持了15分钟，然后市长妻子就不顾任何情面让索菲娅开车送她回家。索菲娅自己事后也很惊讶白人怎么那么爱折磨人。奥莉维娅的继母柯林是当地一个受人尊敬的神职人员，但因为她是黑人，她依然被白人歧视。当她去商店买布时，白人老板态度很差，连量都不量就撕下她要买的布，而且让她买自己不想要的线。

茜莉同样受到种族主义的压迫，初看茜莉的生活似乎与种族主义无关，但仔细分析我们可以发现，种族主义是她命运的决定因素。茜莉是一个黑人家庭的长女，茜莉的父亲是一个勤劳、聪明和能干的黑人，他自己经营了一家布店和铁匠店，而且店里的生意非常好，甚至超过了白人店里的生意。但他兴隆的生意引起了白人的嫉妒和不满，白人因此对她父亲处以私刑，他的店铺也被烧掉，茜莉的妈妈那个时候还怀着身孕，当看到她丈夫残缺不全被烧焦的身体时几乎昏死过去。茜莉的母亲因为受到严重的刺激而变得神志不清，从那以后，她的意识就再也没有恢复过来，她整日陷入对她深爱的丈夫的回忆中，并且因此不能照顾她的两个小孩。正是种族暴行毁掉了茜莉的母亲，并且毁掉了一个原本幸福的家。小说从开始到结束都没有提到她父母的名字，这可能暗示我们在种族主义的笼罩下，他们孤立和绝望的境地是普遍存在的，像茜莉家这样遭受种族主义迫害的不在少数。之后一个叫方索的黑人男人为了钱娶了茜莉的母亲，成了她的继父，茜莉的悲惨生活开始了。

（二）姐妹同盟的构建

1."同性爱"中的姐妹情谊

沃克在妇女主义的定义中说："妇女主义者热爱其他女人（有性欲方面或没有性欲方面）。"然后就有人认为妇女主义宣扬女性间的爱，是同性恋的鼓吹者。其实沃克提出热爱妇女的思想绝不能用简单的"女同性恋"一词来解释。因为根据以沃克为代表的妇女主义思想，黑人妇女间的同性恋关系并不局限于一般的消极意义上的肉体上的吸引，而是一种广义上的积极的具有创造性的互助关系，它能使黑人妇女在男性占统治地位的父权社会中保持自主与独立。

茜莉是从她继母那里看到的一张莎格的照片认识莎格的，莎格以她的美貌和时尚给茜莉留下深刻的印象。茜莉一直对她自己丑陋的外貌感到难为情，她把莎格作为美貌与自由集于一身的崇拜偶像，在某种程度上这可以解释为什么她的丈夫把生病的莎格带回家时她不讨厌和憎恨莎格。当茜莉看见被她丈夫用车子接回家的莎格本人时，虽然莎格病得很严重，她的美貌依然折服了茜莉。可是莎格在见到茜莉第一面时并没有像茜莉对她的印象一样好，毕竟她们是情敌："她从头到脚打量着我……'你确实很丑！'她说。"莎格在她家住下之后，茜莉对莎格无微不至的关心照顾逐渐化解了莎格对茜莉的敌意，莎格在她身体康复后专门为茜莉创作了一首《茜莉小姐之歌》，并且在哈波开的小酒吧里当着包括X先生在内所有人的面公开演唱了这首歌。这让茜莉非常感动，因为这是头一次有人用她的名字命名而作的歌曲。这件事在茜莉重新建构自我的过程中起着重要的作用。当莎格从茜莉口中得知一向对自己很温柔的X先生经常打骂茜莉的时候，她决定留下来帮助茜莉。首先，莎格教茜莉重新认识自己的女性身体，并且学会爱自己的身体，教她怎样自我满足，品尝性的快乐，重建她作为一个女人的自信。莎格让茜莉把自己难以言说的事情言说，茜莉在14岁时就被她继父方索强暴，这种身体上遭受的暴力行为是茜莉的第一次性经历，这使她对性只有害怕和抵触。这种害怕渗透进她的生活，之后多年的性侵害和挨打以及被转嫁给X先生后仍然遭受男性的家庭暴力让茜莉否认自己的女性身体，让自己的身体变得没有知觉。由于茜莉受男性压迫的时间太长，她的肉体已经麻木，鉴于茜莉特殊的身世和特殊的心理障碍，为了拯救茜莉，莎格只好采取一种非常手段，通过与她发生性关系来唤醒茜莉的身体意识："在与莎格的肌肤相亲中，她体验到的是隐约的童年记忆，被母亲搂抱、与妹妹相拥而眠的亲密与安全。"从来不懂性爱快乐的她在莎格的性启蒙下，在莎格身上找到了性冲动，让她体会到了爱的感觉，她不再是一棵没有感觉的树，而是变成一个有爱和欲望的鲜活的女人，莎格对茜莉的爱引导她走出了自卑的阴影。因此有很多评论者认为《紫色》是一个女同性恋文本，可笔者认为不能简单地把它归类于女同性恋文本。正如波伏娃所言："女人之间的爱是沉思的，抚摸的目的不在于占有对方，而是通过她逐渐再创造自我。"因为莎格不是一直只对女人感兴趣，准确地说，她对茜莉与其说是爱，不如说是同情。她是X先生多年的情人，后来又嫁给比她小很多的男孩格拉第，而且茜莉也不是一直就爱女人。由于长期受男性迫害，茜莉对男性充满了恐惧，在莎格看来只有用这种极端的方式才能拯救这个备受男性虐待的女人："当她发现自己也可以了解自己的身体，这个身体还有继父、丈夫无法占有的秘密、感触的时候，她才开始了真正倾听自我身体里面的声音，明白自己的欲望和需要，从而寻找到生活的目的与存在的意义。她才能够成长为一个自主、独立的女性。"其次，莎格帮助茜莉摆脱白人的宗教束缚。茜莉一直给上帝写信诉说她的悲伤和痛苦，把上帝作为她唯一的倾听者，之所以会这样是因为从小遭受继父侵害的茜莉的周围没有她可以倾诉的人，甚至这个唯一听他诉说的上帝也不是她自己的选择。在茜莉14岁被继父强暴后，她继父怕她把事情说出去，便威胁她这件事除了上帝，谁也不能告诉。当茜莉在莎格的帮助下找回被X先生藏起来的聂蒂写给她的信并通过妹妹的信得知了自己的悲惨身世后，她开始质疑上帝："原来我一直向他祈祷和写信的上帝，是个男人，举止就像我认得的其他男人一样：轻薄、健忘而卑鄙。"莎格使茜莉从白人圣经中所描述的那个只要人顺从和虔诚就能在死后进天堂的上帝中解放出来，茜莉最终在莎格这位精神启蒙者的引导下放弃了对白人上帝的信仰。她不再给上帝写信，而是开始给她妹妹写信。再次，莎格在思想上鼓励茜莉与男权至上的思想做斗争，告诉她不要被男权思想蒙蔽了双眼，迷失自己："你必须把男人的影子从你的眼珠里抹掉，你才能看到一切东西"。最终茜莉在莎格的鼓励下开始觉醒，在茜莉临走前，面对X先生对她的侮辱，她发布了自己的独立宣言："我很穷，我黑乎乎的，我也许很丑，又不会烧菜。不过，我还活在这个世上。"最后，莎格鼓励茜莉依靠做裤子在经济上过独立的生活。莎格不但在身体和精神上唤醒了茜莉的自我意识，而且她带茜莉走出给她带来痛苦的家，让茜莉与她一起出去见世面，做开阔视野。茜莉与莎格来到孟菲斯市后，莎格从不把茜莉当仆人用，不让她为她理头发、熨衣服，一向闲不住的茜莉竟在莎格的餐室中做起了裤子，但做裤子的钱都是莎格的，也就是说，茜莉的创业启动资金是莎格资助的，最终茜莉凭借自己的创造性和莎格的帮助开了裤子公司，取得了经济上的独立，发现了她生存的价值和生活的意义。

2. 血亲中的姐妹情谊

茜莉和聂蒂是一对亲生的姐妹，她们一起度过了短暂而悲惨的童年，与顺从的茜莉不同，聂蒂聪明、勇敢、坚强。在茜莉被嫁人后，当她意识到继父对她有非分的想法时，她勇敢地从家里逃出来，暂住在她姐姐家，得知姐姐被X先生以及他的孩子欺负时，她告诉她姐不要一味忍让，要去反抗，"别叫他们压过你，你得让他们知道谁厉害，谁占了上风……你应该斗争！你应该斗争呀！"她是第一个告诉茜莉要斗争的人，而且她也是茜莉的好老师。因为她们继父的原因，茜莉被迫过早辍学，聂蒂并没有放弃茜莉，而是一有时间就耐心地教茜莉识字，希望开启茜莉的心智。就像茜莉说的："帮我练习拼写，教我她认为我需要知道的一切。不管会出现什么情况，聂蒂总是坚持不懈教我懂得天下发生的事儿。"而且她还把X先生向她献殷勤用来赞美她的话用来赞美茜莉，在听了聂蒂的赞美后，一向自卑的茜莉重拾自信。由于躲不过X先生对她的反复纠缠，聂蒂被迫离开茜莉，去找茜莉告诉她让她去找的那家人。离开后，她依然牵挂软弱的茜莉，一直写信给茜莉并鼓励茜莉："你应该跟阿尔伯特斗，从他家里逃走。他一点儿也不好。"后来聂蒂找到了茜莉让她找的那家人，并且跟随着这个传教士家庭去了非洲，意外地发现原来这家的两个孩子就是茜莉那两个被她继父送人的孩子。聂蒂在非洲的20年一直给茜莉写信，她告诉茜莉在非洲她所在布道的奥林卡部落女性的悲惨命运，让茜莉明白性别歧视不是美国的专属，在非洲这个国家也很普遍。聂蒂在信中常告诉茜莉她和孩子们的生活情况，她告诉茜莉在柯林染病死后，她嫁给了桑莫尔——两个孩子的养父，并且与她的丈夫、侄子、侄女过着幸福的生活，茜莉的儿子亚当也与泰希结婚了，让茜莉对生活充满希望。还为茜莉讲述非洲这个国家的人民所遭受的殖民压迫。当茜莉在莎格的帮助下找到X先生偷藏起来的聂蒂的信后，当她从这些信中得知聂蒂还活着的时候，茜莉开始给聂蒂写信，把聂蒂当作倾听她内心感受的忠实听众，在写信倾诉中重获被剥夺的话语权。聂蒂的信不仅打开了没有接受多少教育，未曾出过远门，整天围着丈夫孩子转的茜莉对外面世界的视野，而且把茜莉个人感受到的压迫与整个非洲大陆第三世界妇女所受的压迫与剥削联系在了一起。正是聂蒂的信激起了茜莉对生活的希望，给予了茜莉活下去的精神支柱，并给予她与X先生做斗争的勇气和力量。最后聂蒂带着茜莉的女儿奥莉维娅和儿子亚当以及她的儿媳泰希从非洲回到美国与茜莉团聚，使茜莉拥有了一个真正的家。

索菲娅是对茜莉思想变化产生重要影响的另一重要人物。索菲娅是茜莉的儿媳，茜莉和索菲娅之间的关系虽是婆媳关系，可是从年龄上来看，笔者更愿意把她们的关系归入姐妹关系。与顺从懦弱的茜莉不同，索菲娅强壮、大胆，具有反抗的勇气，她的性情像个男人，她长得强壮并且喜欢做一些传统上只有男人才干的劳动，比如修漏水的屋顶、犁地、喂牲口、开车等，索菲娅根据她自己的意志和决定做一切，从来不会被他人操纵、受他人摆布，没有人可以阻止索菲娅追求她想要的生活。当她爱上哈波，想嫁给他，可是他们双方家长都不同意这门婚事时，她未婚先孕，然后离家出走，与哈波结婚。习惯了对男人唯命是从的茜莉对索菲娅大胆的言行很是惊讶，茜莉从未想过一个女人像索菲娅一样可以做生活的主宰者。她不但遭受来自父权制的性别压迫，深受性别压迫之苦，而且可悲的是她把这种父权制的意识形态内化了，成为父权社会的同谋，助长了家庭暴力之风的盛行。索菲娅的不顺从让哈波很头疼，他问茜莉如何让索菲娅变得和茜莉一样对男人言听计从，出于嫉妒，茜莉让哈波去打索菲娅，用家庭暴力纠正索菲娅的思想，让她变得顺从听话。但是自那以后，茜莉因为这件事而变得寝食难安，说明茜莉只是被父权制思想毒害了，她本性并不坏，再者她也怕索菲娅知道是她让哈波打她的。可是这件事还是被索菲娅知道了，当她跑来质问茜莉为什么让哈波打她时，茜莉承认："这是因为我嫉妒你。这是因为我不能干的事，你都干了。"索菲娅使茜莉意识到并且承认她内心潜藏的抵抗精神，这股被压抑的精神就像一座沉寂多年的火山，当它达到一定的程度便会喷出地表。索菲娅做了茜莉想做而不敢做的事，索菲娅间接为茜莉做了与父权制对抗的榜样，索菲娅告诉茜莉："我一生都得打架，跟我爹爹打，跟我兄弟打，跟我堂兄弟和叔叔伯伯打。一个女孩子在男人统治的家里是不安全的……我爱哈波，但是，在我让他打我之前，我就先打死他！"并且提到了她母亲逆来顺受的生活，但是她没有像她母亲一样活着，而是选择去斗争。索菲娅告诉茜莉，她斗争力量的源泉是她有姐姐们为她做后盾，她们家里的孩子都长得很大、很强壮，在她们家里，所有女孩子都团结一致，这也是为什么她拥有自信和力量去斗争。她与哈波的婚礼也是她姐姐们操办的，茜莉也向索菲娅坦诚了她在娘家的生活以及嫁给 X 先生后他对她的家庭暴力，可是笃信上帝的她选择了忍耐，经过这次姐妹之间交心的谈话，这对婆媳终于冰释前嫌，而且索菲娅鼓励茜莉用武力保护自己："你得把 X 先生的脑袋砸开，她说，然后再想上帝吧！"她们坐在一起缝制一条百衲被，之后她们为它取名"姐妹的选择"。缝被在沃克笔下被用来象征化解矛盾、谋求理解和团结。在得到索菲娅谅解后，茜莉睡得也踏实了，这个强势的女性人物为茜莉的精神觉醒树立了一个很好的榜样，成为茜莉又一个学习的榜样。

通过茜莉与莎格、她丈夫的两个妹妹、她的儿媳索菲娅，还有她的亲妹妹聂蒂的姐妹情谊，作者为我们建构了一个以茜莉为中心的姐妹同盟，最终让茜莉这个代表美国黑人妇女中深受父权制和种族压迫的一类女性，在这个姐妹同盟里找回自己的声音，重新建构新的自我。沃克在小说中建构的女性之间的情谊还表现在其他女性之间，比如索菲娅与艾琳娜·简之间跨种族的姐妹情谊，奥莉维娅与泰希跨越国界的姐妹情谊，X 先生的两个妹妹与茜莉之间的姐妹情谊等，沃克用九十二封信把各种姐妹情谊缝制在一起，形成一个强大的可以抵御外界寒流的姐妹同盟百衲被。同性之间的互助，在沃克看来是黑人女性成功反抗非人的男权压迫，实现自我生存和解放的必要因素之一，也是她对自己定义的妇女主义者的行动要求。

三、女性天堂的建立——以《天堂》为例

与赫斯顿和沃克相比，莫里森后期小说中的姐妹情谊更加复杂多样，《天堂》中的姐妹情谊超出了血亲、肤色、种族、阶级以及个体差异性，力量也更加强大，一群互不相识但都是被侮辱与被迫害的女人在青春期受到自然所有力量的共同攻击，结果便处于男性的偏见、白人毫无逻辑的仇视和黑人力量的薄弱这三方面的交叉火力网中。处于交叉火力网

中的她们用姐妹之爱建构起一个专属她们的人间天堂。

(一) 同是天涯沦落人

1. 多重困境下修道院的女性

女修道院位于距离鲁比镇 8.5 千米的一个地方，女修道院的前身是一个腐败的官员为自己修建的豪宅，后来随着这个官员被捕，在鲁比镇建镇的第二年，这所豪宅被改成了教会学校，专门接收印第安女孩并为她们提供免费教育。这些印第安女孩由于种族和肤色被剥夺了接受教育的权利，后来学校受命关闭，不仅是因为捐赠早已用完，而且也因为那些亲切可爱的印第安姑娘们早已离开，后来只剩下修女玛丽·玛格纳和她所拯救的孤儿康妮在此生活，她们等不到政府的资助，只好开始自力更生。随后，经常有处于困境的女人来这里避难，女修道院逐渐成为这些漂泊无依的女人的安身之地。

第一个来到女修道院的是玛维斯，她是一个遭受父权制压迫的绝望的家庭主妇和不受子女尊敬和爱戴的母亲。她包揽了家里所有的家务活，然而她的辛劳并没有换来孩子们对她的尊重和爱戴，与之相反，孩子们却设法折磨她，即使在客人面前，她们依然在肉体上折磨自己的母亲："弗兰基和比利·詹姆斯挤在她右边，萨尔用力掐着她，掐的时候很长，而且就集中在一点。萨尔的指甲想掐出血来……萨尔把头靠在母亲的肩头，同时继续掐着玛维斯后腰的肉。"这种折磨不仅是对她的一种侮辱，而且表明作为一个母亲，她在子女眼里什么都不是，但玛维斯不敢反抗，她不敢把萨尔的手拍开或者认可疼得不厉害。按照常理，一个母亲管教孩子并让孩子处于自己的管制下是她分内的事，但是玛维斯却在自己的子女面前表现得如此无力和不堪，不敢要求她作为母亲的权利。作为一个妻子，她也没有得到丈夫应有的疼爱和庇护，她的丈夫弗兰克认为他作为男人只负责养家糊口，正如玛维斯告诉采访她的记者："你不能指望一个大男人干完活儿回家来，还得在我忙正经事时，把两个婴儿放到他眼前让他照看。我知道那样是不对的。"他不仅不愿意帮助妻子做家务，而且煽动孩子们不尊重母亲，玛维斯因为她丈夫不帮她照看两个新生的婴儿，她不得不在外出买东西时带上这对双胞胎，由于她一时疏忽，在购物时忘了给留在车里的两个婴儿打开车窗通风，导致两个孩子窒息在车里，之后玛维斯受到各种责难，她的丈夫甚至纵容孩子们折磨她们悲伤的母亲。除此之外，玛维斯的丈夫把她当作他的个人财产，在他乐意时就与她性交，而且他不允许她结交其他女性朋友，弗兰克总有些办法阻止她们的相识变成友情，让她的交际圈变得很狭窄。所以玛维斯在她的生活中没有任何同性的朋友，玛维斯甚至对她的邻居也不是很熟，对于弗兰克而言，妻子应该顺从丈夫，对丈夫言听计从，至于妻子的需要他不关心。另外，玛维斯的母亲也不愿意帮助身处困境的女儿，当玛维斯向她寻求帮助时，她却私下通知她的女婿，让他来接玛维斯回家，因为在深受父权文化影响的她的母亲看来，嫁出去的女儿就像泼出去的水，她只属于她丈夫，所以根据社会的习俗，她已经没有责任照顾她女儿。对于玛维斯而言，家庭生活早已让她难以忍受，两个婴儿的死亡就成为她离家出逃的导火索。她开着丈夫的卡迪拉克出逃，因为烧完汽油，她步行来到女修道院求助，还在病中的玛丽·玛格纳和康妮收留了这个为家人所不容的女人。

  第二个来到修道院的是格蕾丝，大家都叫她吉姬。她是种族斗争的间接受害者。玛维斯的故事是按照时间顺序被描述的，而吉姬的过去则是通过回忆被展现的。她也是偶然来到女修道院，她是一个十分性感的女孩，但她没有一个幸福的家可以依靠：父亲坐牢，母亲与父亲离婚并再婚。格蕾丝在和她男友在街上散步时偶遇了一个警察与市民间的冲突场面，在离冲突人群不远的后街上，她看见一个黑人男孩被警察枪杀，男孩的血液渗透了他白色的衬衫，她一直被这个种族冲突场面纠缠，再加上缺乏关心和爱，她被周围压抑的环境压得喘不过气来。她听她男友米基说亚利桑那州有一尊男女交欢的石像，便独自一人出去，找但没有找到，后又听说鲁比镇附近有两棵树，像一对情人一样缠绕在一起，而且如果你找准了地方挤进两棵树的间隙中，嘿，你就会感到没人编得出或仿得来的一种着迷的狂喜。人们说，有了这个经历之后，就没人能够拒绝你了。她就坐长途汽车到了鲁比镇，性感的她引起 K. D. 和其他黑人男人的注意，她在镇上转了一圈便搭上罗杰准备去拉女修道院院长尸体的车去火车站，就这样，她偶然来到女修道院并在那儿过了夜。第二天，K. D. 来找她兜风，她就这样留了下来，本来是来此看风景却不想一住就是四年，她并不是因为 K. D. 才留下来的，因为她对他并不是认真的，她在厌倦他之后就抛弃他了，这种做法也是对父权制的挑战。由于对外部世界的恐惧，再加上男友和父亲都坐了牢，使她不愿意走出修道院。

  第三个来到修道院的是西尼卡，她有一个悲惨的童年，她的母亲吉恩生她时只有14岁，五年后19岁的吉恩抛弃了她，把她扔在政府建的救济贫民的公寓里，而不知真相的西尼卡在这栋公寓里找了她一直唤作"姐姐"的母亲四天五夜。她用一个小女孩的童心认为只要自己变乖点、变卫生点，姐姐就会回来，"她仔细地刷了牙，洗了耳朵。她还在用完厕所之后立刻冲洗干净，并且把短袜叠放在鞋子里。还把她想从冰箱中举起罐子时摔碎的玻璃碴捡起来。"第六天，饥饿的她在面包盒里发现了一封她"姐姐"用口红写给她的信，但还没上学读书识字的她除了勉强认得她自己和"姐姐"的名字外，其他的都不认识。她把信藏在自己的鞋子里，等到自己上学后可以认识很多字时再拿出来看，却发现那封信干脆成了一张涂了炮仗般红色的纸，没有留下一个认得出来的字了。后来她被一家人领养，悲剧的是她被收养她的那家人收养的另一个孩子哈里强暴，在他实施暴行时不小心用她裤子上的别针刮破了她的肚皮，当她的养母在给她洗澡时发现这个伤口后心疼不已。因为她得到的同情太少，所以养母对她的怜悯让她非常感动，于是以后她便有了自残的习惯以博取同情。可是当养母得知了她养子的暴行之后，反而责备她，并把她送给了另一家人去领养，等她上了初中后，她便成了男性骚扰的对象，到那时候，她已经懂了在她身体里有某种东西使男孩子想得到她，使男人们想盯着她。她一边虐待自己，一边被男人虐待，她把受伤视为理所当然。之后她工作并结交了新的男友，可是好景不长，她认识6个月的男友因为一起交通事故而坐牢，无助的她便去向男友的母亲求助，可她看到的却是一个貌似无情，实则和她一样无助的女人。之后，一位贵妇看上了她并拿她消遣了一段时间，她因耽误了上班时间太久不敢回到原来的工作地，于是就拿着挣到的几百元钱搭上便车到处漂泊，在鲁比镇附近她看到了在路上行走貌似在哭泣的斯维蒂，而她最怕见到的就是哭泣的女人，因为她曾在"姐姐"失踪后的第五天在窗前盼着可以看见"姐姐"的身影时，看到一个哭泣的女人，这个人让她想起她"姐姐"，于是在她看到斯维蒂后便不由自主地跳下车跟着斯维蒂走，一直跟着她来到了女修道院。

第四个来到女修道院的是帕拉斯，她家境很好，母亲是画家，父亲是律师。但好景不长，在她3岁的时候父母离婚。在她16岁时，她结交了个长得很帅，看起来很正派的男友，她男友是她所读中学的汽车维修工人，虽然他们只认识了四个月，但她还是决定带她男友去见她母亲。她天真地以为他不会离开她，可是她没有发现她的男友其实在年龄和性格上与她母亲更适合，直到有一天，她发现她男友卡洛斯在和她母亲发生性关系。一个是她的母亲，一个是她全心全意爱着的男人，受到刺激的她跑上自己的汽车，漫无目的地乱开，以至于与卡车相撞，后又被人强暴落入水中，十分狼狈，衣不遮体的她搭上了一辆车，并被拉到鲁比镇附近，在狄莉亚的帮助下到了女修道院。在修道院，她一直沉默寡言，后来与她父亲联系上后她回家了并重新回到了学校。可是由于同学的嘲笑，政府部门对被拐事件的调查，以及父亲对她的严加防范，这些都给她精神上造成了很大的创伤和压抑之感，她借口去她姑妈家做客，又偷跑回女修道院，之后在这里生下了孩子。

最后一个是一直住在女修道院里的康瑟蕾塔。她几乎被一段与鲁比镇一个男人的恋爱所摧毁，她的过去也是十分辛酸的，她很小的时候被抛弃在一个外国的城市并在那里被强暴。在九岁时她被一个名叫玛丽·玛格纳的修女所救并被带到美国，随后她们被分配到目前这个荒野中的女修道院，跟着这些修女住在一起，她得到了关心，远离了肮脏的生活。在宗教生活中，康妮与母亲平静地住在一起，在母亲潜移默化的照顾下，她通过言传身教的教导方式，康妮把虔诚地献身上帝视为生活的唯一目的，并成为她母亲的骄傲。后来当康妮与鲁比镇的黑人男性第肯偶然邂逅后，她忘我地爱上了这个比她小十岁的男人第肯。至此她平静的生活被打乱，她不在乎第肯是个有妻室的男人，而他只是把康妮当作他的情人，不愿意给她任何承诺，即使这样她也不在乎。有一次她在激情中咬破了第肯的嘴唇并舔了唇上流出的血，康妮内在的自主性、女性的力量和欲望让第肯害怕，第肯一怒之下抛弃了康妮，使她处于忧郁之中，让她每日谴责她的性欲。当康瑟蕾塔咬破迪肯的嘴唇时，她颠覆了控制两性关系的文化传统，当她吸取迪肯嘴唇上的鲜血时，不仅显示了被她颠覆的权力关系，也显示了她自己的力量，而迪肯的反应则揭示出他对男权丧失的焦虑。玛丽

·玛格纳不远万里带她到远方的大教堂去忏悔，耐心地安慰她，后来康妮在母亲的指引下回归宗教，在精神上依赖她的母亲。母亲玛丽·玛格纳死后，康妮再次迷失了自己和丧失了自己生活的目标，苟延残喘地活着，使她自己终日沉浸在酒精之中，蜷缩在地下室里，总是怕见阳光，整天戴着墨镜避免与其他人面对面接触，以此表达她对生的绝望，以及生存的痛苦。

2. 多重困境下鲁比镇的女性

另一群姐妹是在鲁比镇的修道院外的女人，包括索恩、多薇、帕特丽莎、娄恩、比莉·狄莉亚、斯维蒂·阿涅特等，与修道院的女人相比，鲁比镇的女人过着与修道院姐妹完全不同的生活，她们似乎幸福地生活在一个地面上的天堂，物质和安全上有保证。但事实上她们不幸福，因为鲁比镇是一个父权社会，以摩根兄弟为代表的男性控制着社区的一切，莫里森在一次访谈中就曾说："鲁比镇是父权制的"。镇上的女性无论是在社会生活中还是在家庭生活中都生活在父权制和种族主义的压制之下，鲁比镇的男人自认为他们在白人主流社会之外建立了一个由他们支配的纯黑人的天堂，但实际上他们在处处模仿白人男人。在这个小镇上，八层石头家族的族长决定什么该做，什么不该做。为了维持鲁比镇所谓的安全和繁荣，双胞胎兄弟尽最大努力让鲁比镇的居民过着一种与世隔绝的生活，他们按照自己的想法构建了一个理想的社会，他们认为他们在处处保护他们的妻儿，实际上在有意识和无意识地处处伤害他们，他们按照自己的利益定义、归顺黑人女性，鲁比镇的女人在精神上过得并不自由。首先，她们是失语的。在摩根兄弟所讲的关于祖辈和他们的大迁徙，以及祖辈建立黑文镇，乃至他们后来建立鲁比镇的历史中，女人几乎都是失语的，女人很少在这些故事中被提到，即使被提到，也是为了证明男性的遭遇并强调他们的伟大性。据斯图亚特所说："孕妇们需要越来越多的休息，德拉姆·布莱克霍斯的妻子赛列斯特，他的祖母敏迪小姐。"这里女人的名字被提到仅仅是为了夸大男人的遭遇，还有摩根兄弟之所以用他妹妹鲁比的名字为新的小镇起名也主要是为了记住种族主义和隔离政策对他们的伤害。最令人信服的例子就是 K. D. 和阿涅特之间的事情，阿涅特与 K. D. 未婚先孕，为了平息这一问题，这两家召开了一次两个家庭之间的会议，可是作为直接受害人的阿涅特却不被允许参加会议，所有的参加者都是男人，摩根兄弟、阿涅特的父亲阿诺尔德·弗利特伍德、她的哥哥杰夫，当斯图亚特问阿诺尔德是否可以决定她女儿的问题，他回答道："我是她父亲，我会安排她的主意的。"这表明了在鲁比镇，女人是没有话语权的。另一个鲁比镇女人失语的例子是关于袭击女修道院这一事件，在鲁比镇，男人屠杀完修道院女人之后，对这一事件有不同版本的说法，在他们之中，娄恩·杜波列斯这个接生婆讲出了真实的故事，她是在无意中听到鲁比镇男人的屠杀计划的，然而鲁比镇的男人为了不让他们的声誉被毁掉，他们尽力让娄恩沉默，让娄恩的版本被认为是不可靠的。其次，鲁比镇的女人一直受黑人民族主义的迫害。也就是说，黑人内部也存在歧视，深肤色黑人对浅肤色黑人尤其是浅肤色的女人的歧视。这些浅肤色的女人被歧视和排斥是因为她们被认为是对八层石头血液纯洁性的一个威胁。对于鲁比镇的男人而言，浅肤色的黑人尤其是妇女是不纯的。帕特丽莎的父亲罗杰·贝斯特因为娶了浅肤色的狄莉亚而备受歧视，当帕特的母亲生病时鲁比镇的男人都不愿意送她母亲去医院，结果导致她母亲离世。帕特很清楚他们面临的境况："他们恨我们，因为妈妈是你的第一位顾客。他们恨我们，因为她的模样像南方穷白人，而且注定会有像我这样的白人长相的孩子"，穷白人意味着有污点的人，意味着她的血液不纯，因为她的浅肤色，帕特的母亲被厌恶和残忍地对待。为了改变不幸的命运再次发生，帕特丽莎不得不嫁给了一个八层石头的黑人男人，但很不幸，她的女儿比利·狄莉亚也是浅肤色，由于她的肤色，她也遭遇了同样的排斥和歧视。当比利·狄莉亚还是个孩子时，她第一次骑内森·杜波列斯的马，这种骑马的快乐一直持续到她三岁，有一天在做完礼拜后，当她看到内森先生在街上骑着那匹马，她便跑了过去，在举起双手等着被抱到"硬货"的背上之前，先把礼拜天的紧身短衬裤拽了下去。就在那一刻，她永远失去骑马的机会，而且必须负担起一种永远的耻辱。"突然之间，在那些盯着她看感到很舒服的男孩子们的眼睛里有一股阴暗的光彩。突然之间，在女人们的眼睛里有一种好奇的振奋，而男人们把目光转向别处，而她母亲则是持久地注视。"在骑马事件之后，她变成鲁比镇男性出于性兴趣注视的性客体和女性出于贞洁责难的目标，虽然比利·狄莉亚只是一个对性一无所知的三岁孩童，但是大人们并没有因为她的年龄小而对她的无知行为有所宽容，而是因为她的肤色对她恶意地加以嘲弄。后来在帕特整理完这些家族的家谱后她逐渐意识到："她女儿要是个八层石头，他们也不会抓住那件事来对付她。他们也就是看到什么就是什么——无非是个不懂事的小孩做了件傻事。"

（二）相逢何必曾相识

1. 修道院中的姐妹情谊

修道院女性之间的情谊为这些无家可归、伤痕累累的女性提供了一个心灵的庇护所，而且使她们逐渐成长为一种新的自我。在康妮的影响下，这些住在修道院的女人首先学会的是自力更生。她们靠买食品和农产品自己养活自己，她们出租土地，种植蔬菜，出售鸡蛋、山核桃、自制的大黄馅饼，还有最出名的由辣椒秘制的烤肉调料汁，她们在经济上不再依靠男人，不再是没有经济能力和谋生能力的男人的附属品，她们的生活不再受男人的控制。过去的玛维斯不会安排或者凑合出一顿简单的饭菜，靠的是现成食品和开车路过即取即吃的东西，现在却能做出小薄饼这类精美的食物，用不着每天去采购。其次在其他女性姐妹的影响下，她们学会了对自身的认同。玛维斯过去是个大小事情都顺从丈夫和孩子，从不敢反抗的女人，来到修道院后，由于她和吉姬性格的差异，两人之间总是发生摩擦，她们争吵时，她不再像以前一样忍气吞声，而是坚持自己的观点，有时因为这种坚持，她甚至会和吉姬打上一架。打架在这里不是一个消极的现象，她们在打架中建立了一种更加与众不同的自我意识:"其实她还挺喜欢打这么一架的。打呀,打呀,连咬吉姬都令人高兴,就像做饭一样,这是旧的玛维斯已经死去的又一例证。原先那个玛维斯在一个十一岁的女孩面前都保护不了自己,更不消说面对丈夫了。"对于玛维斯而言,与吉姬打架意味着一种再生,因为在她过去的家庭生活中,她不敢为了她自己的权利与她丈夫和孩子做斗争。对于吉姬,这传达了她的自我保护的意识,在更深层意义上说明她有勇气与一直纠缠她的被杀死的黑人男孩这一萦绕在她脑海中的场景的恐惧做斗争。再次,她们学会了爱自己的身体和灵魂。作为最早来到女修道院的康妮,她对自我的认识与面对来自对这些女人的拯救,她欢迎这两个做伴的人,因为她们,让她不致一味地陷入被逐、饥饿和不悔的死亡的自怜念头,她们让她从绝望中分散了注意力,这四个女人之所以愿意待在修道院不走,也是因为康妮拥有给人好感的性格。她们把她当作一个最佳听众,一个能与她们分享一切,但从不过问她们的任何事的理想的长辈、朋友、同伴。当一直用酒精麻醉自己的康妮透过她古铜色、灰色或蓝色的各式各样的墨镜看着她们,看到的是些心碎的姑娘、惊吓的姑娘、孱弱和躺着的姑娘。尤其是那种放任自流,她决定教会她们不用伤害自己也可以从心里移除心理负担的方法,她让这些女人先把地下室的地板打扫干净,然后让她们脱光衣服躺在地板上,接着引导她们在地板上画下她们的躯体,让不能言说的事情被言说。她们躺在那里,康妮教导这些女人灵与肉不能分离,女性应该热爱自己的灵魂与肉体。拯救了康妮的女人只是教她在精神上要依赖上帝,然而康妮把全身心给予的那个男人却无法给她爱的承诺并最终抛弃了她,导致她对自己的轻视,直到她变成一个医治者,把她的爱给予这群受伤的女人,她才把分裂的自己弥合在了一起,用这种方法,康妮变成了一个"新型的、修改过的女道长"。康妮的话在那些女人身上起了作用,她们的创伤性记忆都被以噩梦的形式讲了出来,在她的引领下,玛维斯诉说双胞胎因为她的大意窒息在卡迪拉克中的痛苦,吉姬诉说了在种族冲突中所用的催泪瓦斯和受伤的人群;西尼卡诉说被遗弃后白天在大厅中来回跑,晚上则开灯睡觉;帕拉斯诉说被陌生人强暴的痛苦和与母亲成为情敌的绝望。作为其他女人的精神指导者,她引导她们说出各自内心的伤痛,走出她们过去的阴影,裸体躺在冰冷的地板上做她们"喧嚣的梦",这种喧嚣的梦是一种集体创伤性治疗。在第一次做完这些喧嚣的梦后,她们曾发誓不再这样做,可后来还是照做了,她们用彩笔在身体轮廓上画上更细致的部位,当西尼卡想自残时,渴望在她的大腿内侧划道时,她没有动手,而是选择画了躺在地下室地面上的一个裸体。她不再伤害自己的肉体。这些女性正是由伤害肉体走向关爱肉体,通过对身体的诉说,她们将肉体与灵魂交织在一起,共同开启了一个崭新的世界。通过这种心理疗法,修道院里的五个女人都变了,她们变得开放、成熟、平静、自信、潇洒。康妮摘掉了太阳镜,表明她已经敢于直面自己过去惨淡的人生,她不但治愈了别人,也治愈了自己。康妮除了教她们以大声说梦的方式释放各自隐藏在内心的伤痛,还带领这群女人在大雨中狂舞,使她们在精神上接受洗礼,雨水冲刷掉她们精神上的所有污渍使她们在精神上得以纯净。西尼卡释放了阴暗的凌晨，那个时候是她被抛弃的时间；格蕾丝不再害怕血腥的屠杀场面，因为那件血淋淋的衬衣被这场雨冲洗干净；玛维斯不再为她窒息的婴儿愧疚，因为她们快乐地与她在一起成长，通过接生帕拉斯的孩子，她担当起一个慈爱的母亲；帕拉斯不再逃避让她惊慌的圣诞节的梦，大雨冲洗掉她对黑水的恐惧。新的自我的重新建构改变了她们，在鲁比镇九个男人袭击修道院时，她们没有束手待毙，而是勇敢地还击。她们不再是只会依赖男人来保护，她们可以自己保护自己，而且变得镇定、有责任心。当这些男人离开后，逃离的女性回到修道院，带上了死去的人和当时没来得及带走的婴儿。

2. 修道院外的姐妹情谊

不管是来到女修道院的女性，还是居住在鲁比镇上的女性，由于父权制和种族主义的存在，她们的生活基本都是一样不幸，相同的命运使不同空间的女性连接在了一起。修道院的女人不仅相互扶持，而且也将安慰给予处于父权制下鲁比镇的女人们。许多鲁比镇哭泣的女人、瞪着眼的女人、愁眉苦脸咬着嘴唇的女人，或者显然是迷途的女人，拖着她们的悲苦来往于鲁比镇和女修道院之间的道路上。从鲁比镇到女修道院去寻找保护，为了不受虐待和折磨，也为了在这里逐渐找回迷失的自我。修道院女人日常播下的姐妹情谊的种子在鲁比镇黑人女性心中破土发芽，使她们清醒地认识到自己作为女性的生存价值，使她们加入解放自我的行列中。鲁比的女人是失语的，被排斥于社会边缘，生活在这样一种环境下，她们不能自由表达她们自己，更不用说解放她们自己。一些女人像帕特，她意识到这种压迫，生活在痛苦之中，然而还有很多女人仍然没有意识到她们的困境，她们与修道院姐妹的友谊提供给她们一股新鲜的空气，使她们在缺氧的生存环境下获得一丝喘息的空隙。鲁比镇的女人在她们被伤害、被抛弃或者处于困境中时，都会来修道院求助，康妮是索恩的丈夫第肯的情人，她们本应是一对情敌，可是后来在康妮采用"迈步进去"的魔法救了索恩出车祸的儿子斯考特后，她们却成了一对挚友，因为康妮给了斯考特第二次生命。阿涅特在16岁时就怀了K. D.的孩子，无助的她跑到女修道院寻求帮助，康妮帮她生下孩子，玛维斯和格蕾丝拿上土地的租金开车去商店为新生婴儿购物，买回来的用品、尿布和玩具，足够开一个幼儿园的了。她在生下孩子后便匆忙离开了，只是在不久后，在她结婚的那个晚上来索要孩子，只可惜那个孩子在出生后没多久就死了。斯维蒂连生四个残疾孩子，她身心因此很受伤害，连续六年她都在家足不出户照顾孩子，终于到了精神崩溃的边缘。一天早上，她瞒着家人穿着很单薄的衣服在寒风中向镇外走去，她的表情似哭又似笑，在路过此地的西尼卡的陪同下，她迷迷糊糊地来到女修道院，在女修道院女人的照顾下，心力交瘁的斯维蒂的身体终于恢复了元气。比利·狄莉亚在与她母亲帕特吵了一架后，在修道院待了两周零一天后，比利·狄莉亚意识到她作为一个女人的能力和潜力，她不再满足于鲁比压抑的生活，"她在丹比找到了一份工作，买下了一辆车，也许会开上车到圣路易斯去呢,只是拿她的双重爱恋没奈何。"修道院女人与鲁比镇女人之间的亲密的联系,使得娄恩·杜波列斯在偶然听见鲁比镇九个男人密谋驱逐修道院女人后找人赶往救援,虽然这种帮助因为来得太迟而没有阻止这场杀戮。我们可以看出女修道院的女人没有像鲁比镇男人那样盲目排外,她们不歧视任何人,当鲁比镇的女人来到修道院,她们像对待她们的姐妹一样接受她们,给予她们爱和很好的照顾,虽然她们知道鲁比镇的居民事实上对她们并不友好并怀有敌意。此外,虽然鲁比镇的一些女人在男人的影响下对她们有误解,但是修道院女人勇敢的形象,她们对自我的寻找,以及她们提供的姐妹情谊帮助鲁比镇的女人意识到她们的受害状态,并开始她们寻找新的自我的旅行。

　　这些遭遇父权制和种族压制的女性最终用姐妹之爱为自己建构了一个远离社会伤害的超越种族阶级的人间天堂,芭芭拉·史密斯在她的著作《黑人女性主义评论的萌芽》一文中谈道:"莫里森在文学作品中指出,仅仅为了生存就要求黑人妇女紧紧团结在一起。"在这个纯女性的群体中,这些不幸的妇女学会了独立自爱和爱他人,获得了精神上的新生,而且重新建构了一个强大的新的自我。

参 考 文 献

[1] 朱莺. 浅析十九世纪英美女性文学的发展背景及后世影响 [J]. 科技信息, 2010, (12): 138.

[2] 张志忠. 女性文学的新境界 [N]. 光明日报, 2000-08-31.

[3] Emily Dickinson. The Letter of Emily Dickinson [A]. 徐颖果, 马红旗. 美国女性文学: 从殖民时期到20世纪 [C]. 天津: 南开大学出版社, 2010.

[4] 赛尔登. 当代文学理论导读 [M]. 刘象愚, 译. 第5版. 北京: 北京大学出版社, 2006.

[5] 霍桑. 红字 [M]. 姚乃强, 译. 北京: 中译出版社, 2006.

[6] 托马斯·哈代. 还乡 [M]. 孙予, 译. 上海: 上海译文出版社. 2009.

[7] 吉莉安·弗琳. 消失的爱人 [M]. 胡绊, 译. 北京: 中信出版社, 2012.

[8] 刘爱玲. 别让虚荣心毁了你——哈代小说《远离尘嚣》和《还乡》女主角婚姻悲剧探析 [J]. 广西教育学院学报, 2014., (01): 66-69+114.

[9] 谢鹏. 从格拉比到大林园——《查泰莱夫人的情人》女性与自然分离与结合主题 [J]. 温州大学学报, 2004., 17(05): 52-57.

[10] 张丽秀. "女恶魔"对生态女性主义"神话"的颠覆 [J]. 意林. 2012., (06): 28-36.

[11] 寇丽媛. 解读《消失的爱人》中爱情婚姻悲剧 [J]. 环球纵横, 2015, (20): 151-153.

[12] 祝朝伟, 林萍. 人格的动态博弈与译品样态: 庞德翻译的精神分析视角 [J]. 外语研究, 2014, (4): 26-28.

[13] 刁曼云. 婚姻: "超我"与"本我"之间的距离 [J]. 借鉴与比较, 2015, (4): 49-50.

[14] 郑家钦. 霍桑《红字》女性主义解读 [J]. 大理学院学报, 2008, 7(5): 36-38.

[15] 罗婷. 女性主义文学与欧美文学研究 [M]. 北京：东方出版社，2002.

[16] 罗婷. 女性主义文学批评在西方与中国 [M]. 北京：中国社会科学出版社，2004.

[17] 姜珊. 贝尔·胡克斯黑人女权主义思想探析 [D]. 陕西师范大学，2011.

[18] 寇艳. 美国黑人女性文学中的姐妹情谊探析 [D]. 南昌大学，2013.

[19] 陆晓芳. 重构黑人女性主体——解读托妮·莫里森小说 [D]. 山东大学，2005年.

[20] 孙欣. 论贝尔·胡克斯后殖民女性主义思想 [D]. 山东大学，2013.

[21] 弗吉尼亚·伍尔夫. 伍尔夫随笔全集 [M]. 王义国等，译. 北京：中国社会科学出版社，2001.

[22] 弗吉尼亚·伍尔夫. 伍尔夫散文 [M]. 北京：中国广播电视出版社，2000.

[23] 张岩冰. 女权主义文论 [M]. 济南：山东教育出版社，1998.

[24] 杨跃华. 法国女性主义文学批评与弗吉尼亚·伍尔夫 [J]. 四川外语学院学报，1999，(03)：39-42.

[25] 郭张娜. 弗吉尼亚·伍尔夫与女性写作——从《一间自己的房子》说起 [J]. 外语教学，2003，(05)：88-91.

[26] 周韵. 弗吉尼亚·伍尔夫和《达罗卫夫人》[J]. 江苏教育学院学报，1999，(04)：90-91+93.

[27] 杨跃华. 从对立走向对话——解读《到灯塔去》中主人物的两性原则及雌雄同体的隐含意义 [J]. 四川外语学院学报，1998，(04)：6.

[28] 程锡麟. 赫斯顿研究 [M]. 上海：上海外语教育出版社，2005.

[29] 张岩冰. 女权主义文论 [M]. 济南：山东教育出版社，2002.

[30] 宋素凤. 多重主体策略的自我命名：女性主义文学理论研究 [M]. 济南：山东大学出版社，2002.

[31] 周春. 美国黑人女性主义批评研究 [M]. 成都：四川大学出版社，2007.

[32] 干守仁，吴新云. 性别·种族·文化：托尼·莫里森与三十世纪美国黑人文学 [M]. 北京：北京大学出版社，1999.

[33] 晓英. 走向完整生存的追寻——艾丽丝·沃克妇女主义文学创作研究 [M]. 苏州：苏州大学出版社，2008.

[34] 唐红梅. 种族、性别与身份认同——美国黑人女作家艾丽丝·沃克、托尼·莫里森小说创作研究 [M]. 北京：民族出版社，2006.

[35] 姚佩芝. 托尼·莫里森与美国二十世纪黑人女性文学 [M]. 长沙：湖南人民出版社，2010.

[36] 魏大真,梅兰. 女性主义文学批评导论[M]. 武汉:华中师范大学出版社,2011.

[37] 张京媛. 当代女性主义文学批评[M]. 北京:北京大学出版社,1992.

[38] 鲍晓兰. 西方女性主义研究评介[M]. 北京:三联书店 1995.

[39] Elaine Showalter. A Jury of Her Peers: American Women Writers from Anne Bradstreet to Annie Proulx [M]. Oxford: Oxford University Press, 2005.

[40] Rooney Ellen. The Companion to Feminist Literary Theory [D]. Cambridge University, 2006.

[41] [美]伊莱恩·肖瓦尔特. 妇女·疯狂·英国文化,1830-1930[M]. 陈晓兰,杨剑锋,译. 兰州:兰州大学出版社,1998.

[42] [美]伊莱恩·肖瓦尔特. 她们自己的文学:英国女小说家从勃朗特到莱辛[M]. 韩敏中,译. 杭州:浙江大学出版社,2012.

[43] [美]伊莱恩·肖瓦尔特. 学院大厦[M]. 吴燕莛,译. 上海:上海三联书店,2012.

[44] 程锡麟,方亚忠. 什么是女性主义批评[M]. 上海:上海外语教育出版社,2011.

[45] 荒林. 女性主义[M]. 桂林:广西师范大学出版社,2004.

[46] 金莉. 当代美国女权文学批评家研究[M]. 北京:北京大学出版社,2014.

[47] 李银河. 妇女:最漫长的革命——当代西方女性主义理论精选[M]. 北京:中国妇女出版社,2004.

[48] 林丹娅. 中国当代女性文学史论[M]. 厦门:厦门大学出版社,2003.

[49] 刘岩,马建军,张欣. 女性书写与书写女性:20世纪英美女性主义文学研[M]. 上海:上海外语教育出版社,2012.

[50] 金莉. 当代美国女权主义文学批评的多维视野[J]. 外国文学,2014,(02):90-105+159.

[51] 金莉. 美国女性文学史的开山之作——论肖沃尔特的《她的同性陪审团:从安妮·布雷兹特里特至安妮·普鲁克斯的美国女性作家》[J]. 外国文学,2010,(03):126-1378+160.

[52] 景美霞. 论肖瓦尔特的女性文学思想基础[J]. 长江大学学报,2013(12):35-36.

[53] 詹俊峰. 构建女性中心的文学批评话语——伊莱恩·肖瓦尔特的"女性批评学研究"[J]. 妇女研究从论,2011(4):78-83.

[54] 张羽歌. 评肖瓦尔特的女性主义思想与批评理论[J]. 吉林省教育学院学报,2014,(05):109-110.

[55] 苏红, 柏棣. 西方后学语境中的女权主义 [M]. 桂林: 广西师范大学出版, 2006.

[56] 柏棣. 西方女性主义文学理论 [M]. 桂林: 广西师范大学出版社, 2007.

[57] 刘岩, 邱小径, 詹俊峰. 女性身份研究读本 [M]. 武汉: 武汉大学出版社, 2007.

[58] 杨莉馨. 西方女性主义文论研究 [M]. 南京: 江苏文艺出版社, 2009.

[59] 程锡麐, 方亚中. 什么是女性主义批评 [M]. 上海: 上海外语教育出版社, 2011.

[60] 王祖友, 张彩霞, 等. 美国文学评论案例 [M]. 北京: 外语教学与研究出版社, 2011.

[61] 王楠. 美国女性主义文学理论的精神实质 [J]. 国外理论动态, 2009, (05): 105-108.

[62] 俞倩, 容新芳. 伊莱恩·肖瓦尔特之研究 [J]. 大众文艺, 2011 (3): 153.

[63] 高芳. 女性意识的建构: 评美国女性主义批评理论奠基人伊莱恩·肖瓦尔特 [J]. 辽东学院学报 (社会科学版), 2012 (6): 68-71.

[64] 孙静. 女性主义批评理论的构建——评伊莱恩.肖瓦尔特的《她们自己的文学》[J]. 青年文学家, 2013, (07): 9.

[65] 裴仁焕, 金志茹.《她们自己的文学》与肖瓦尔特的女性主义思想 [J]. 吉林省教育学院学报 (上旬), 2013, (6): 97-99.

[66] 景美霞. 论肖瓦尔特的女性文学思想 [J]. 长江大学学报 (社会科学版), 2013, (12),: 35-36.

[67] 张羽歌. 评肖瓦尔特的女性主义思想与批评理论 [J]. 吉林省教育学院学报, 2014, (5): 109-110.